Zwischen Himmel und Erde

Paul Badde

fe-medien, kisslegg

1. Auflage 2009

Hauptstr. 22, D-88353 Kißlegg
Titelfoto: © Hermann Dornhege 1988
Umschlaggestaltung: Manuel Kimmerle
Druck: Ludwig Auer GmbH, Donauwörth
ISBN 978-3-939684-45-9
Printed in Germany

Zwischen Himmel und Erde

PAUL BADDE

Verstreute Reportagen
und Essays

In dankbarer Erinnerung an Maria und Joseph

* 1. VI. 1907 – † 26. X. 1992
* 27. VI. 1906 – † 21. VII. 1958

„There are more things twixt heaven and earth,
than are dreamt of in your philosophy!"

William Shakespeare
(Hamlet zu Horatio, 1. Akt, 5. Szene)

Himmel und Erde

(rheinisch)

Zutaten für 4 Personen:

1 kg Kartoffeln
500 g säuerliche Äpfel (Boskop)
1 EL Zucker
1 EL Zitronensaft
50 g durchwachsener Räucherspeck
400 g Zwiebeln
200 ccm Milch
1 EL Butter
1/2 TL Salz
Muskatnuss, geraspelt
500 g dicke Blutwurst

Kartoffeln schälen, vierteln und in Salzwasser garen. Äpfel schälen, vierteln, entkernen und mit Zucker und Zitronensaft bei geringer Hitze dünsten. Speck würfeln und ausbraten. Zwiebeln in Streifen schneiden, zugeben und gelb braten. Kartoffeln abgießen und zerstampfen. Milch mit Butter, Salz und Muskat erhitzen. Nach und nach zu den Kartoffeln geben und schön locker schlagen. Mit Salz abschmecken. Äpfel zufügen und unterrühren. Speck und Zwiebeln aus dem Bratfett nehmen. Wurst in 1 cm dicke Scheiben schneiden und pro Seite 2 Minuten im Fett kross braten. Himmel und Erde auf einer Platte anrichten, Blutwurst darauf legen und die Zwiebel-Speckmischung darüber geben.
Getränkeempfehlung: Bier vom Fass oder ein trockener Riesling vom Rhein

Dulcinea

(El Toboso 1987)

Alonso Quijano starb so friedlich wie ein Mönch in seinem Bett. Sein schmales Gesicht war noch schmaler geworden. Ansonsten aber konnte ihm in dieser Stunde kein Mensch mehr ansehen, dass er der erste Terrorist der Landstraßen gewesen war. Vor den harmlosesten Reisenden hatte er seine Lanze für eine gerechte Sache gefällt und zersplittert, die es nur in seinem Kopf gab. Jetzt aber waren die verlorenen Schlachten und unzähligen Niederlagen wie weggewischt aus seinen Zügen. Ein Wirt hatte ihn zum Ritter geschlagen, zwei Huren hatten ihn vor seinen Ausfahrten gespornt und gegürtet, jahrelang hatte er sein Brot von keinem Tischtuch gegessen. Er war liebeskrank bis zum Wahnsinn gewesen. Aldonza Lorenzo aber, des Lorenzo Corchuelos Tochter, an der sich diese Liebe einmal entzündete, hatte nie etwas davon erfahren, und jenes Weib aus El Toboso, das er an ihrer Stelle verherrlichte, hat es in Wirklichkeit nie gegeben.

Erst drei Tage vor seinem Ende befreite ihn endlich ein Tiefschlaf von seinem wirren Traum, der ingeniöse Hidalgo Don Quijote de la Mancha zu sein – und von dieser „Dulcinea del Toboso“, die die Beherrscherin seines Herzens gewesen war. Danach bereute er seine Sünden, empfing die Sakramente und verfasste noch ein ordentliches Testament. Alonso Quijano war völlig genesen, als er starb.

Seine Liebe war Illusion. Doch sie, gerade, überlebte ihn. Und auch die Orte seiner imaginären Abenteuer sind allesamt wirklich geblieben. Sie liegen alle in der Mancha, jener Hochebene südlich von Madrid, die bis zur Sierra Morena reicht und die so hoch ist, dass man an ihrem Ende nicht hinauf, sondern in die Berge hinunter steigt. Diese Landschaft ist ein solches

Nichts, dass dort alles möglich ist. Ihre größte Erhebung ist deshalb kein Berg, sondern ein Buch; ein einsamer Gipfel der Literatur, der vor knapp vierhundert Jahren von einem einsamen Einhändigen in einer Kerkerzelle aufgeschichtet wurde. Die Gegend ist so leer, dass nur der Himmel mit seinen Wolkenbildern sie füllen kann. Der Horizont ist beängstigend weit. Die Mancha ist wie ein Meer.

Als ich sie das erste Mal kreuzte, war ich dort mit einem angebissenen Apfel in der Hosentasche und einem Kopf voll phantastischer Zukunft unterwegs. Das Glück würde mir hinterher laufen! Ich würde ein Dichter werden, wusste ich damals, mit Maßanzug, Pomade im Haar, mindestens drei bis vier funkelnden Goldzähnen und vielleicht sogar einer Sekretärin. Wie? Ganz einfach. Ich würde eines Tages alle meine Hintergedanken nach vorne holen und zu unvergesslichen Gedichten verarbeiten. Das konnte nicht schief gehen, war ich mir sicher – und hat sich dann leider doch alles zerschlagen.

Später, als ich immer noch „in der Welt herumzog, um ein Ei mit zwei Dottern zu suchen", wie es in dem Buch aus jener Gegend heißt, habe ich einmal auf einem dieser Hügel zwischen ein paar Steinen mein Glück wiedergefunden. Da man von seinem Glück und seiner Liebe jedoch nichts erzählen darf, wie ich von einem zuverlässigen Freund erfahren habe, überspringe ich dieses Kapitel und will gleich davon berichten, wie ich zum ersten Mal in das berühmte El Toboso kam, in die unumstrittene Metropole im Reich der Imagination.

Denn da früher die Autos, in denen ich saß, nur selten genau dahin fuhren, wohin ich wollte, beschloss ich Jahre danach, als ich ein eigenes Auto besaß, einmal selbst dahin zu steuern, wohin keiner meiner ehemaligen Chauffeure wollte: zur Wiege der phantastischen Dulcinea, des „schönsten Weibs auf Erden, die all ihre Tage so rein und unbescholten war, wie ihre Mutter sie gebar". Musste nicht – auch wenn es diese Frau nie gab – zumindest dieser Ort etwas von ihrer Unschuld haben und bewahren, und sei es auch nur ein hängengebliebenes Haar an einem Gartenzaun? Musste sich dort nicht zumindest ein Körnchen der Illusion im Lauf der Jahre mit der Wirklichheit verschmolzen haben? Ein wolkenloser Tag in Madrid schien uns gerade recht, diesen Fragen einmal nachzugehen.

Ein anderer Traum von Glück, den wir damals pflegten, kam diesem Unternehmen entgegen. Das war ein rollender Motor, eine schnurgerade lange Straße vor uns, mit einer Bergkette am Horizont, gemütlich verdauende Mägen, eine gute Zigarre – väterlicherseits –, leise Gespräche – ein kühles Getränk dabei – und die Kinder friedlich schlafend auf dem Rücksitz. Um diesem Glück ein wenig nachzuhelfen, sangen wir den Kleinen bisweilen so lange Wiegenlieder vor, bis sie nicht mehr anders konnten als einzuschlafen.

Beinahe all das kam nun auch an diesem Tag zusammen: der Motor, die Straße, die Zigarre, das leise Singen und El Toboso statt der Berge in der Ferne. Kurz hinter Campo de Criptana konnten wir über dem unendlichen Grün der Weinfelder plötzlich das weiße Dorf wie ein Wölkchen erblicken. Die Straße verlief schnurgerade auf die Kirche zu. Es war helllichter Mittag. Und ebenso plötzlich – wir hatten gerade zum vielleicht fünfzigsten Mal nach hinten die Frage gestellt, wieviele Sterne denn nun eigentlich stehen – hörte auch das Knuffen und Kneifen auf dem Rücksitz auf. Nun war unser Glück perfekt, unser Traum wahr geworden. Der Natur des Schlafs entsprechend war es allerdings ein etwas sensibler Traum. Jedes Schlagloch und schon das Herunterschalten in einen anderen Drehzahlbereich hätte die Kleinen wieder wecken können. Unausgeschlafen aber waren sie nach guter Kindersitte ein wenig ungenießbar. Mit dem Entschlummern trat daher sofort eine glückliche Grundregel für solche Fälle in Kraft: Wir konnten alles tun, nur Anhalten ging nicht.

So erreichten wir zum ersten Mal das herrliche El Toboso. Vorsichtig umsteuerte ich einen Hund, der quer auf der Hauptstraße Siesta hielt. Kein Mensch ließ sich blicken. In Schritttempo durchkreuzten wir ganz leise und langsam das weiße heiße Dorf, um unseren Traum nicht aufzuwecken. Es war wunderschön – das Fassbare unfassbar, das Unbegreifliche in Griffweite, die Illusion als Wirklichkeit. Und so verließen wir El Toboso. Es war wie eine weiße Wolke, durch die ein Flugzeug stößt, ein echtes Luftschloss.

Als ich zum zweiten Mal den Geburtsort der unwirklich Schönen besuchte, sah die Sache von Anfang an ganz anders aus. Denn diesmal hatte ich einen brandneuen Panamahut dabei, einen schicken roten Mietwagen, ein Flugticket und einen Auftrag in der Tasche, um über diese Hauptstadt der Illusion zu berichten. Hatte Hemingway jemals mehr bekommen? Alles hatte sich geändert. Hatte nicht sogar das Wort „liebeskrank" inzwischen dramatisch seinen Sinn gewechselt?! – Diesmal fing ich deshalb schon im Flugzeug mit dem Artikel an. Achttausend Meter über Genf holte ich meinen weißen Block aus dem Handgepäck, nahm meinen Kugelschreiber und fing zügig an: „In einem Ort der Mancha, an dessen Namen ich mich nicht mehr erinnern will..." – Nein, dachte ich mir gleich, so geht es nicht. Das war ganz schlecht. Langsam strich ich die Sache wieder durch.

Aber der erste Satz, dachte ich mir weiter, der erste Satz muss doch besonders gut sein, sonst kann ich den Leser und diese Geschichte ja gleich vergessen! Das Flugzeug geriet in Turbulenzen. Das kräftige Rütteln der Maschine begleitete meine erste Schreibhemmung. Gar nichts würde mir einfallen! Ich war schon am Ende, bevor es angefangen hatte. Über Toulouse nahm ich dann endlich den Block erneut vor, riss die angefangene Seite heraus und begann ein zweites Mal. EL TOBOSO malte ich oben in Großbuchstaben über das neue Weiß. Und plötzlich zog mich der magische Dreiklang mit Macht in die Geschichte hinein.

„Die Romantik, der Idealismus und die Sentimentalität",

schrieb ich, „sind allesamt (denn Frauen sehen die Welt seltener so eng) zuerst männliche Leiden. Romantik, Idealismus und Sentimentalität waren schon lange da, bevor sie zur ausschließlich beherrschenden Ideologie des neunzehnten und zwanzigsten Jahrhunderts wurden. Nun aber bilden sie die Dreifaltigkeit, an die wir alleine glauben. Die Werbung wäre ihr teures Geld nicht wert, wenn sie nicht exakter als jede soziologische Analyse beweisen würde, dass es genau so und nicht anders ist.

Die edelsten Philosophien sind zu unserer allgemeinsten und vulgärsten Ambition verkommen. Mit ganzem Einsatz suchen wir fast nur noch das Glück allein, das Glück zu zweit oder das Glück in der dreieinhalbköpfigen Familie der Statistiken. Unsere Liebe ist exklusiv. Wir glauben nicht mehr an den Weihnachtsmann, wir sind ja aufgeklärt. Dennoch arbeiten wir uns die Seele aus dem Leib, bringen uns um die Gesundheit und leben in Traumgebilden. Denn wer träumt nicht – zumindest in der Jugend, die heute lebenslänglich verordnet wird – immer noch von Prinzen und Prinzessinnen, die sie und ihn eines Tages erlösen werden? Wer fühlt sich nicht ums Leben betrogen, wenn es anders kommt? Es ist ein Witz. Aber wir können nicht mehr darüber lachen.

Der letzte, der darüber lachen konnte, war vielleicht Miguel de Cervantes Saavedra. Er ahnte diesen Wahn und konnte ihn noch überwinden, bevor er Allgemeingut wurde. Er belächelte noch, was wir verklären. Er gab dem Wahn auch noch ein Zuhause: in El Toboso. Er war ein fürsorglicher Realist. Sein Held Alonso Quijano alias Don Quijote umkreiste diesen Ort allerdings noch als ‚der keuscheste Liebhaber und tapferste Ritter', den es je gab. Sein Wahn war sozusagen noch so rein wie die Phantasie eines Neugeborenen. Bei uns verbirgt er sich hingegen längst hinter dem dröhnenden Lachen von Impotenten und den frivolen Posen frigider Frauen. Aber auch ihr Stammbaum reicht zurück nach El Toboso."

Na na, dachte ich mir. Die Maschine setzte gerade zur Landung an. Kann man das so sagen? Ob der Leser das schluckt? Und die Leserin? War ich da oben vielleicht ein bisschen zu abgehoben? Mit einem Mal kam mir dieser Anfang doch reichlich enthemmt vor. Ich hatte offensichtlich beim Landeanflug einen Schreibsturz erlitten. Das kann ich so nicht stehen lassen, sagte ich mir bei der Passkontrolle, und: Das Ganze wird noch etwas reifen müssen, am Schalter des Autoverleihs.

Es war zu spät, um gleich nach El Toboso zu fahren. Und am Abend war ich in einem Bahnhofshotel zu erschöpft, um gleich einzuschlafen. Es war auch zu heiß; gerade die rechte Stunde, um den Artikel noch einmal ganz von vorne zu beginnen. Du musst den Leser sofort wissen lassen, was in dem Kaff los war, schärfte ich mir diesmal ein, sonst liest er erst gar nicht weiter.

„Don Quijote de la Mancha brauchte genau sechzig Kapitel", begann ich nun also, „bis er endlich in das ruhmreiche El Toboso einzog. Davor kreiste er nur Tag und Nacht mit all seinen Gedanken um die süße Dulcinea, die innerhalb der schneeweißen Mauern dieses Schlosses mit ihren Gespielinnen Hof hielt. Die Vision einer Dame hatte ihm sogar den Dunst nach übernächtigtem Kartoffelsalat, der ihm aus den Lippen anderer Frauen, die ihm bis dahin begegnet waren, entgegen geströmt war, zum Duft flüssigen Ambers verklärt. Da es dieses Fräulein seiner Sinne aber leider niemals und nirgends auf Erden gab, und auch nicht in El Toboso, erwartete ihn also nun hier, in diesem Ort, die Stunde der Wahrheit."

Sehr gut, so läuft es, so muss es sein. Ich goss mir noch ein Glas Wein nach, steckte mir eine Olive zwischen die Zähne und schrieb weiter.

„Hier muss und hier wird Alonso Quijano also das Ende seiner Täuschung erleben. Die Kapitale der Illusion ist der Ort der Enttäuschung für die Stunde der Wahrheit. Das Wort Enttäuschung verrät uns aber schon – in der deutschen wie in der spanischen Sprache mehr über uns selbst, als wir gemeinhin wissen oder wahrhaben vollen. Denn der betrübliche Beigeschmack des Enttäuschtseins heißt ja, dass wir einen Verlust beklagen, wenn wir Wirklichkeit gewinnen, wenn wir eine Täuschung verlieren. Wir werden traurig, wenn wir etwas verlieren, was es nicht gibt. Denn wir lieben die Täuschung natürlich mehr als die Wirklichkeit..."

Ich war entzückt. Denn das war genial, das brauchte mir erst gar keiner zu bestätigen. Hurtig spulte ich den Faden weiter auf: „Vielleicht sind die Engländer und Franzosen da anders als wir, da ihr gängiger Ausdruck für die Enttäuschung ja lediglich beinhaltet, dass eine Verabredung geplatzt ist. Vielleicht wissen sie ja nichts vom süßen Genuss der Täuschung und von der betörenden Erscheinung Dulcineas. Egal, hier in El Toboso wird jedenfalls nur Sancho Pansa seinem ritterlichen Herrn in dessen schwerster Stunde beistehen. Zum Glück. Wir aber sind hier ganz allein. Dafür sind wir wesentlich schneller in El Toboso als die beiden, bitte sehr, schon im ersten Kapitel sind wir in den Mauern." – Jetzt war es doch sehr spät geworden und mir war nicht mehr ganz klar, ob ich überhaupt noch verstand, was ich da schrieb. Morgen in El Toboso würde ich alles mit eigenen Augen sehen, ging es mir beim Lichtausknipsen durch den Kopf. Ich fühlte mich wie die Glühbirne.

Durch die Nachtarbeit verzögerte sich das Aufstehen etwas. Als ich mich endlich aufrichtete, griff ich deshalb gleich nach dem Block und notierte: „Da es in El Toboso keine Hotels gibt, kommt man gewöhnlich immer erst gegen Mittag in dem Ort an. Nach El Toboso kommt man immer zur unpassenden Zeit." – Der kleine Kunstgriff ließ mir noch etwas Zeit für ein ausgedehntes Frühstück, die Lektüre der Zeitung und nach Landessitte auch noch für ein Gläschen in einem Straßencafé. Denn gerade in den inspirierenden Berufen gehört ja nun leider auch der Schnaps (lat. spiritus!) zum harten Dienst. Dann machte ich mich endlich auf den Weg, den ich schon kannte. Die Mancha war gelb, braun, grün. Alles wirkte bäuerlich, nicht ritterlich. Die Weinfelder glichen Rübenäckern. An ihrem Ende sah ich dann endlich „die große Stadt El Toboso“ wieder wie damals in der Ferne vor mir. Es war Mittag. Meine morgendliche Vision war wahr geworden.

Der Kirchturm, auf den die Straße zulief, sah aus wie ein riesiger Getreidesilo. Nichts hatte sich geändert. Der Köter hielt immer noch Siesta auf der Hauptstraße. Das Dorf war wieder menschenleer, wie geschaffen zum Durchfahren. Tatsächlich sah ich auch nirgendwo eine Pension, geschweige denn ein Hotel – *nada.* Gottseidank. Ehe ich mich versah, war ich schon wieder am Ortsausgang. Hier sah ich nun auch endlich eine erste Bar, parkte, ging in das Haus hinein und bestellte mir an der Theke ein kleines Helles. Der Junge hinter der Theke blickte mich nicht einmal neugierig an. In der Ecke sahen zwei Bauernburschen mit offenem Mund einem dröhnenden Kriegsfilm im Fernsehen zu. Das war alles. Und ich sah schon; hier konnte ich meine Visitenkarte nirgendwo loswerden.

So saß ich schon vor dem zweiten Glas wieder auf dem Fahrersitz, mit dem berühmten El Toboso hinter mir. Denn vielleicht sah das Dorf ja von der anderen Seite ganz anders aus. Vielleicht ließ es sich überhaupt nur von Weitem erkennen und betrachten.

Zwei Kilometer weiter parkte ich deshalb den Wagen erneut. Nur wenige Bäume boten Schatten am Straßenrand. Die Böschung war voller Disteln, es gab nichts, wo man sich hätte lagern und setzen können. Von hier aus versuchte ich, mir die Silhouette der Heimstatt der Unerreichbaren einzuprägen. Sie war sterbenslangweilig. Weit hinten zog ein Traktor seine Furchen durch die Felder. Ein paar Fliegen summten. So schichtete ich mir schließlich zwei Schuttsteine vor den Baumstamm zu einem Sitz zusammen, holte das Buch aus dem Kofferraum, zweiter Band, Kapitel acht, und ritt nun zusammen mit Alonso Quijano und Sancho Pansa noch einmal auf das Dorf vor meinen Augen zu.

Endlich war ich nicht mehr allein. Ich hielt mich eng an Sancho. Denn wie ich hatte auch er der Torheiten dieses Narren wegen Frau und Kinder verlassen. Er trug nicht schwer an seinem Verstand, aber ließ sich dafür von der Intelligenz seines Volkes tragen. Er dachte, sprach und träumte sogar in Sprichwörtern. Mit seinem eigenwilligen Herrn konnte er disputieren wie ein alter Jesuit. Sein Bauch war zu dick. Auch ich fühlte mich fußkrank und hüftlahm, und es war leicht zu sehen, dass wir alle drei schon viel zu alt waren für diesen Sport. Es war sehr lächerlich, und was wollte ich mehr. In El Toboso hatte es nichts zu lachen gegeben.

Denn unter uns gab sich der Schrecken der Landstraße plötzlich wie ausgewechselt. Er philosophierte, er deutete alle Tugenden und Laster, er brillierte im Ausdruck, war ein glänzender Theologe und kannte sich für einen Landedelmann einfach hervorragend in den architektonischen Geheimnissen des Pantheon in Rom aus. Kurzum: Er war ein perfekter Feuilletonist.

So kam mir schließlich ein kühner Gedanke. „Sagen Sie", wandte ich mich an den Berühmten und hüstelte mir die Verlegenheit aus der Stimme, „gehören nicht heute auch die Journalisten zu dem geheimen Orden Euer Ehren von der tapferen Gestalt? Denn sind sie es nicht allein, die heute überall dem Leid, dem Unrecht und der Gewalttat steuern wo immer es sich zeigt, und wenn sie es auch nur vom Hörensagen kennen? Sind sie es nicht, die mit nichts als ihrem transportablen Word-Processor und der Stärke ihrer zehn Finger die Gewaltherrschaft niedergerungen und bezwungen und die Aufklärung gegen alle bösen Mächte der Finsternis alleine verteidigt haben? Errichten nicht letztlich sie die Herrschaft der Völker über den Gräbern der Tyrannei – zu Nutz und Frommen des Gemeinwesens und zur Verherrlichung ihres Namens? Sind also die Reporter und Journalisten nicht heute die einzig wahren Ritter?"

Ich hatte mich, ohne es zu wollen, leider etwas ereifert. „Ja, fahrende Leute gibt es doch heute genug", pflichtete mir nun aber auch Sancho bei. „Viele“, antwortete Alonso sehr trocken und sah mich an, „aber wenige von ihnen verdienen den Ritternamen.“ Er hatte blaue Augen, sah ich – „altes Westgotenblut“, ging es mir durch den Kopf – und ich fühlte, dass ich puterrot geworden war. In diesem Farbenspiel erreichten wir schließlich El Toboso.

Es war mittlerweile Mitternacht. Dennoch wollte der Lanzenreitcr gleich den Palast seiner Süßen aufsuchen. So verirrten wir uns schon nach wenigen Minuten. Der Schatten einer großen Masse, der der Schönen hätte als Hofburg dienen können, stellte sich bald als die Dorfkirche heraus. Sancho empfahl, doch einmal die Sackgassen abzusuchen. „Gott verdammdich, du Esel!“, zischte Alonso zurück, „hast du jemals gesehen, dass Königsschlösser in Sackgassen errichtet wurden?“ – „Fremde Länder, fremde Sitten“, antwortete Sancho, „aber wieso findet Ihr den Palast denn nicht, den Ihr doch wie Euer Zuhause kennen müsstet?“ Der arme Ritter glühte. „Komm mal her, du Ketzer“, schrie er außer Fassung durch die Nacht. „Habe ich dir nicht tausendmal gesagt, dass ich nur wegen des ausgezeichneten Rufs der Dulcinea in ihren Verstand und ihre Schönheit verliebt bin?“

So war es, wenn auch Alonso ganz alleine diesen guten Ruf begründet und verbreitet hatte. Und so verließen wir das Dorf unverrichteter Dinge. Sancho sollte morgen allein der Herrin des Herzens seines Herrn von einem nahen Wäldchen aus eine süße Botschaft überbringen.

Sobald Sancho am nächsten Tag aus der Sichtweite der verliebten Augen verschwunden war, suchte er sich einen Baum zum Trost und zur Stütze aus, setzte sich und hielt dort alleine ein Zwiegespräch, wie es sonst auch zwei nur selten und schwer zustande bringen. Ich hörte ihm gebannt zu. Vielleicht gab es ja etwas zu lernen. Er nämlich hatte immer nur der realistischen Illusion angehangen. An Dulcinea hatte er nie geglaubt, nur immer an die versprochenen Belohnungen. Sancho war ein materialistischer Romantiker.

Jetzt verfiel er deshalb der leeren Versprechungen wegen auf eine heimtückische List: Er würde in dem nächstbesten Bauernmädchen einfach Dulcinea erkennen – wahrhaftiger noch als die Wunder Mohammeds! – und ihre glänzende Schönheit mit so vielen Meineiden beschwören, wie dafür nötig werden sollten. Was konnte er dafür, wenn die Wahrnehmung seines bedauernswerten Herrn durch eine böse Macht verzaubert war? Das hatte er ja nicht zum ersten Mal erlebt. Gedacht, noch ein Nickerchen gemacht, und schon getan.

Er hastet zu Alonso zurück, berichtet ihm atemlos von der Ankunft der Dame mit ihrem Gefolge – und da kommen sie schon. Und schon liegt Sancho vor den Eselshufen im Staub, geblendet von der Pracht der dämlichen Haare, die ihm „wie Sonnenstrahlen“ dünken.

Alonso aber, der bisher überall etwas gesehen hatte, was es in Wirklichkeit nicht gab, wird hier auf einmal völlig klar. Er sieht das platte Gesicht der Bäuerin mit dem Teint verwelkter Fleischwurst, er riecht ihren stechenden Knoblauchatem, er hört ihr loses Mundwerk und blickt der Königin seiner Träume entgeistert nach, als sie so elegant auf die Eselin springt wie ein Bock auf die Ziege. Dulcinea!! Die Schönste aller vom Weibe Geborenen!

Es ist der einsame Höhepunkt aller Aventiuren des Ritters und ein Scheitelpunkt der abendländischen Kulturgeschichte. Denn nun geschieht das Unerhörte. Alonso Quijano glaubt augenblicklich dem unglaublichen Schwindel Sanchos mehr als seinen eigenen Augen! – Au! Eine Stechfliege! Ich war in der Hitze eingenickt und in noch größerer Hitze wach geworden. Das Wäldchen war verschwunden. Sonst war alles gleich geblieben. Drüben über den Rübenfeldern ragte der Turm vom Palast der Dulcinea aus dem flimmernden Weiß des Dorfes wie aus den Traumbildern meiner Döserei in die Höhe. Mein Hemd klebte vor Schweiß.

„Das ist es", dachte ich dennoch, „das musst du augenblicklich festhalten". „So wie El Toboso", begann ich also umgehend wieder mit meiner Arbeit, „zum Ort der Enttäuschung wurde, nahm genau hier auch der ganze Schwindel der Neuzeit seinen Anfang. Denn wir lassen uns nicht enttäuschen. Aber wir haben auch keine Illusionen mehr. Wir wissen schon lange, dass die Welt, wie wir sie uns vorstellen, ein großer Hokuspokus ist. Wir lieben die Lüge, wir genießen es, dass keiner uns die Wahrheit sagt. Denn das ist ja erst richtig romantisch, dass wir die Wahrheit nur ganz tief in uns selber haben, mutterseelenallein, für alle anderen unbekannt. Mit der 'Verzauberung' Alonso Quijanos fing unsere Entzauberung an. Darum garantiert heute jeder falsche Zauber ein sicheres Geschäft. Seit El Toboso ist die Welt nicht mehr, was sie vordem war."

So, dieses wichtigste aller Kapitel saß! Es war wie aus einem Guss. Ich leckte mir die trockenen Lippen. Jetzt bemerkte ich auch meinen schrecklichen Durst. Das heruntergefallene Buch lag noch vor meinen Füßen. Ich nahm es auf, steckte Block und Stift weg, bestieg meinen Sattel und trabte zufrieden in das Dorf zurück.

Die „Bar Marjal" hatte geschlossen. So nahm ich wahllos die nächste Nebenstraße rechts, bis ich dort nach fünfzig Metern linkerhand auf einen kleinen Park stieß, mit Bäumen, Bänken und sogar einem namenlosen Pavillon, vor dem es etwas zu trinken gab. Hier stieß ich auch auf den bisher größten Menschenauflauf in El Toboso. Zwei alte Männer saßen auf einer Bank vor dem versiegten Springbrunnen. Drei Buben spielten in einer Ecke des Parks im Sand.

Die Menge nahm mich gnädig auf. Keiner nahm Notiz von dem Reiter zu Fuß. Der erste Durst war schnell gelöscht. Nichts hinderte mich, das heiße Eisen kühn weiter zu schmieden, das dieser Bericht zweifellos werden würde. Der Kugelschreiber lag gut in der Hand, das geduldige Papier lachte mich an.

„Das einzige Vergnügen“, fuhr ich deshalb einfach fort, „das sich dieser Ort heute leistet, ist ein Viereck von Bäumen an seinem Rand, in dem sich Wolken von Vögeln mit ihrem Gezwitscher niederlassen können, die auch einem größeren Platz Ehre machen würden. Hier gibt es eiskalte Erdmandelmilch, und ein singender Glücksspielautomat erfreut aus einem Pavillon heraus sogar die Ohren des verwöhnten Städters. – Dies ist also der Flecken, an dem der verrückt gewordene Alonso seine Täuschung durchschaute, um fortan dem Schwindel Sanchos zu glauben. Seitdem erzählt uns dieser Ort davon, dass uns nicht nur die Illusion und Täuschung, sondern sogar der schamlose Schwindel lieber ist als die Wirklichkeit. Davor beanspruchte die Öffentlichkeit die eine Wahrheit und das Herz die persönliche Illusion; seit El Toboso aber ist es umgekehrt. Jetzt beherrscht der Schwindel die Öffentlichkeit und das, was wir für die Wahrheit halten, die unzähligen Herzen der Innerlichkeit. So sind wir zu vier Milliarden Wahrheiten gekommen, zur Atomisierung des Unteilbaren.“

Es war so heiß, dass ich meinte, das Gehirnwasser leise sieden zu hören. Bald müssten die grauen Zellen gar sein. Ich fächelte mir etwas Luft mit meinem Sombrero zu. Schon wieder biss mich eine Stechfliege. Durch die Socke! Diese Biester halten beim Klatschen nicht still. Ein Mann kam an meinem Stuhl vorbei. „Guten Tag“, begann ich ein Gespräch. „Sehr guten“, antwortete er im Vorbeigehen.

So ließ auch ich mich nicht aufhalten. „Hier starb die Romantik schon“, brachte ich weiter zu Papier, „bevor sie zur beherrschenden Ideologie der zivilisierten Welt wurde. Denn wir sind ja nicht richtig romantisch. Wir sind keine reinen Toren mehr, eher wahre Schlitzohren.“ – Hatte ich das schon mal? Egal, ich würde es später überprüfen. Jetzt nur schnell weiter im

Text. „Wir durchschauen jeden Schwindel. Wer weiß besser als wir selbst, wie es morgens bei uns zum Frühstück aussieht? Wir sind doch nicht blöd, nur weil wir uns Milch von glücklichen Kühen in den Kaffee gießen. Wenn uns sonst schon keiner umwirbt, wollen wir uns zumindest von den Profis der Werbung ein bisschen verführen lassen. – Wir glauben keiner Illusion. Wir richten uns nur nach ihnen aus, wir haben sie nur zu unserem Maßstab gemacht." – So, das wusste der Leser noch nicht. Das musste ihm einmal gesagt werden. „Kein Ort ist darüber so berühmt geworden und so langweilig geblieben. El Toboso hat sich wahrlich wenig aus seiner Ehre gemacht. Denn die Tobosaner sind natürlich etwas verlegen mit ihrem Ruhm. Spaniens größter Dichter bescheinigte ja schließlich zumindest einigen ihrer Frauen einen herben oder gar pikanten Atem. Er hatte seinen Helden mit einer feinen Nase ausgestattet."

Ein alter Herr mit Hund war zu mir herangetreten. Stehen geblieben, stützte sich mit einer Hand an der Lehne eines zweiten Stuhls und sah mich an. Ich sah ihn an. Er zuckte mit keiner Wimper. Ich zündete mir eine Zigarette am Filter an. Er verzog keine Miene. „Es ist sehr heiß, nicht wahr", sagte ich. Er wandte sich ab und schlurfte weg. „Sehr", sagte er. Das war meine längste Diskussion in El Toboso.

„Die Tobosaner schweigen wie das Grab", schrieb ich weiter, als ein kleines Steinchen an meinen Hut geflogen kam. Die drei Kinder in der Ecke lachten beängstigend männlich. Ich klappte meinen Block wieder auf und beendete noch rasch den letzten Satz: „und Cervantes hat ihnen auch durchaus keinen Respekt vor der schreibenden Zunft vermitteln können."

So komme ich nicht weiter, sagte ich mir nun aber, so werde ich dem Thema hier niemals gerecht. Jetzt fiel mir auch wieder ein, was nicht alles ich meinem Auftraggeber versprochen hatte. Ich dachte an Sancho. Zögernd, dann immer entschlossener. War denn etwas Schönes über El Toboso zu schreiben nicht das gleiche wie dort Dulcinea zu suchen?! Das war es doch, das und nichts anderes. Das allein hieß: aus der Geschichte lernen! Du musst hier schwindeln! Denn das ist ja gerade das, wonach der Ort – literarisch gesehen – am meisten lechzt. Nur so wird die Sache wirklich wahr. Wenn nur diese verdammten Fliegen nicht wären!

Ein Rumoren in meinem Magen schreckte mich aus meinen befreienden Überlegungen auf. Hatte ich zu viel, zu wenig oder etwas Falsches gegessen? Ich bekam etwas Panik bei dem Gedanken an den Notfall. Sancho hatte sich schließlich mehr als einmal zum Vergnügen der Leser in die Hose machen müssen. Ich hatte doch ein Auto, überlegte ich mir. Musste ich mir nicht sowieso noch ein Hotel suchen? Brauchte ich nicht zumindest eine vernünftige Wasserspülung um mich herum für die Tage, an denen ich mir jetzt eine Geschichte ausdenken müsste? Denn hier passiert ja keine. Hier ist noch nie eine passiert. „Die ganze Landschaft in El Toboso ist nihilistisch", notierte ich mir, „nichts und niemand lädt die Reisenden zum Bleiben ein. El Toboso ist ein doppeltes Nichts. Hier sind sogar die Bäume nihilistisch."

Die Gedanken waren in der Hitze schneller als jede Bewegung. Die Zeit zerschmolz. Der Nachmittag wollte und wollte nicht vergehen. Wo fahre ich denn nun mal hin? Vielleicht irgendwohin, wo ich noch nie war? Albacete sollte hässlich sein. Aber klang nicht schon der Name der alten Messerstadt in meinen Ohren wie eine scharfe Klinge? Vielleicht gab es dort Stiere an diesem Sonntag. Oder sollte ich mir vielleicht in Toledo ein Paar neue Schuhe kaufen? Ich konnte sie gebrauchen. Oder sollte ich mir in Aranjuez ein paar schöne Tage machen? Ein Konzert anhören?

Unten in Almagro sollen sie das San-Francisco-Kloster mit seinen sechzehn Innenhöfen zu einem großartigen Hotel umgebaut haben, mit eigener Hauskapelle. Diese Mönche hatten noch ein himmlisches Gespür für Maß. Vielleicht hatte sich dort gerade eine Hochzeitsgesellschaft mit hundert und mehr

Gästen niedergelassen, die sich mit ihren herausgeputzten Kindern schmückt wie mit einer lebendigen Perlenkette. Ich sah die Kleinen schon förmlich wie Schmetterlinge durch die Bogengänge schwirren. Vielleicht gab es da auch was zu beißen. Edle Abenteuer gibt es schließlich überall. Und ein wenig Feldforschung konnte der Geschichte gewiss nicht schaden. Und überhaupt: Was war das Leben schon, wenn man keinen zum Reden hatte? Den Leser kümmert's nicht.

Aber er würde es auch nicht merken, wenn ich jetzt für ein paar Tage mal nur mein Herz in El Toboso lassen würde. „In den Nestern vom letzten Jahr darf man heute keine Vögel suchen", sagte Alonso Quijano auf seinem Sterbebett. Also bitte! Dieses Nest war doch mindestens schon Hunderte von Jahren alt. Hier gab es nichts zu fangen. Schnell verschwinden und schwindeln, das war alles, was die Geschichte brauchte. „El Toboso ist ein literarischer Ort", notierte ich mir noch, „El Toboso ist überall" – und drehte den Zündschlüssel um.

Mit Albacete hatte ich mir in den Finger geschnitten. Die Messerstadt ist nicht hässlich, sondern trostlos. Ich habe mir einen Schleifstein gekauft und bin gleich weitergefahren. Man weiß ja nie, wo es noch einmal die Klinge zu schärfen gilt. Und von wegen Stiere! Der letzte Matador wurde in Albacete im Frühjahr gesehen. Im Fernsehen erfuhr ich, dass ich gerade in Madrid Antoñete verpasste. Ich blickte trübe durch die kleinen Luken des Landgasthofs wie durch ein Gitter auf das verbrannte Land hinaus. Ich war in die falsche Richtung gefahren. Und ich musste dem Leser das Dorf selbst noch ein bisschen vorstellen.

„El Toboso ist der langweiligste Ort des Kontinents", machte ich mich also wieder an meine Pflicht. „Das ist schon eine ungeheure Leistung. Das Dorf ist nur winzig klein. Dennoch verläuft man sich augenblicklich in seiner unendlichen Gleichförmigkeit. Von den paar hundert Einwohnern bekommt der Durchreisende höchstens zwei oder drei zu Gesicht. So wenig wie in und um El Toboso gibt es sonst jedenfalls nirgendwo mehr in der großen Provinz Toledo. Da ist nichts, was das Auge fesseln könnte, nicht einmal Wüste. Die Gegend ist im Gegenteil ungemein fruchtbar. Nur die Durchgangsstraßen des Dorfes sind gepflastert. Die Nebenstraßen zieren einseitig Betonbürgersteige, um dem schlimmsten Dreck im Winter entgehen zu können. Jetzt ist alles staubig. Und der Ruhm? Es war halt doch nur literarischer, kein wirklicher Ruhm. Hier und da finden wir zwar einen Halbsatz des berühmten Romans als Zitat an den Häusern angebracht, doch die Sache mit dem Knoblauch sucht man vergebens. Die Tobosanerinnen würden es ihren Männern schon geben."

„Die Bewohner schlafen wie Klötze", schrieb ich in den Kolonnaden des verschwiegenen Alcaraz bei einem kühlen Weißwein mit Zitrone weiter. „Nachts sowieso, aber auch tagsüber. Nachmittags um sechzehn Uhr ist El Toboso ein bewohntes Gespensterdorf. Die Hitze! Die Arbeit! Die Türen sind geschlossen, die Rollos heruntergelassen. Kaum haben wir einmal jemanden erblickt, ist er schon hinter baumelnden Schnurvorhängen verschwunden. Wir gehen sehr leise durch das Dorf, in Angst, wir könnten jemanden wecken. Hin und wieder hören wir Stimmen aus den Betten, aber nicht solche wie der Leser denkt. Da redet nur jemand im Schlaf. Die Kirche im Zentrum ist eine viel zu große, alte, fast fensterlose Burg und – wie die ganze Stadt –geschlossen, verschlossen. Die Zeiger der Turmuhr stehen gewiss schon seit Jahrzehnten auf Viertel nach drei." – Sollte ich noch etwas über den Baustil schreiben? Noch mal extra in meinem Reiseführer blättern? Ach was!

Ich zahlte, fuhr los und machte mir weiter so meine Gedanken. Denn waren nicht auch die Taten des armen Alonso in erster Linie geistige Abenteuer? Hatte ich dazu nicht noch etwas Geistreiches in meinem Kofferraum? Ich fuhr rechts ran und blätterte in meinen Büchern. Aha, hier hatte ich es schon, Heinrich Mann, Henri IV.: „... und weil klarer Ausdruck durch die selbe Seele geht wie echte Tat."

Das meinte ich doch. Hinein damit! Und gleich auch noch etwas zu El Toboso: „Die Erfüllungen lohnen die Erwartungen nicht." Sauber. Schriftstellen machen den Schriftsteller aus, nicht wahr. Dieser Artikel aber konnte endlich einmal gar nicht literarisch genug werden. Deshalb auch gleich noch Casanova dazu, sehr wahr: „Jede Liebe besteht zu Dreivierteln aus Neugierde." – „Die Liebe zu El Toboso", fügte ich sofort danach an, „besteht zu hundert Prozent aus diesem Stoff." – Das Autoradio gab schon seit Tagen nichts her. Weit hinten zog ein Zug durch die Ebene.

Die Schwalben über Chinchón, wo ich mir den starken Schnaps gleichen Namens einmal frisch vom Fass ins Gemüt führen wollte, brachten meine Gedanken wieder zum Thema zurück. Da fehlte doch noch etwas. Ich ergänzte es gleich: „Nur die Schwärme von Schwalben lassen über El Toboso die Kostbarkeit des alten Namens erkennen. In ihrem Wappen führte die Stadt jedoch ein Reh, das allerdings auf vielen Darstellungen wie ein dicker Hund aussieht. Ein Stadtplan am Ortsende ist übersät mit Punkten, wo sich ‚typische Häuser' finden lassen. Wir haben uns nur zwei ausgetrocknete Brunnen angesehen.

Spanier können gegen Vorlage ihres Personalausweises umsonst in das Dulcinea-Museum. Heute aber ist es auch für die größten Patrioten geschlossen. Das Personal braucht seinen Ruhetag." – Ruhe in El Toboso! Da musste ich selbst beim Schreiben lachen und schloss nun schnell den statistischen Teil ab: „Außer der großen alten Kirche gibt es noch zwei kleine Kirchen und ein Konvent. Vor dem Dorf stehen einige Mauern, die nichts umgrenzen, im Freien. Im Dorf stehen viele Häuser zum Verkauf. Nein, danke."

War das nicht alles ein bisschen unverbunden? Ich konnte der Frage nicht nachgehen, weil ich mich jetzt wieder an den Dorfpfarrer erinnerte, den ich mit seiner Soutane, seinem weißen Haarkranz und einer wilden Locke flüchtig vor der „Bar Marjal" gesehen hatte. „Die einzigen Intellektuellen", schrieb ich deshalb fix weiter, „sind hier immer noch allein der Pfarrer und der Barbier."

Aber halt! Einen Friseur hatte ich nirgendwo gesehen. Schon war der Satz gestrichen und richtig gestellt: „Zum Haareschneiden müssen die Tobosaner immer ins nächste Städtchen fahren – falls sie das nicht ohnehin in einem Aufwasch mit der Schafschur erledigen." Und hatte ich nicht auch keinen Friedhof gesehen? Unglaublich, aber so war es. Vielleicht war das überhaupt der Schlüssel. Ich hielt ihn gleich fest: „Die Leute in El Toboso sterben nicht. Es sind die gleichen seit Alonso Quijanos Zeiten, unsterblich. Dulcinea lebt!" – Dulcinea? Es stimmte, ich hatte keinen Friseur, ich hatte keinen Friedhof, ich hatte aber auch keine einzige Frau in El Toboso gesehen. Ich musste noch einmal zurück.

Was sich in Jahrhunderten nicht geändert hatte, war auch nach Tagen unverändert geblieben. Das Dorf war menschenleer wie eh und je. Ich parkte wieder am Ortsausgang, mitten im Vergnügungsviertel der berühmten Stadt. In die Häuser konnte ich schlecht hineingehen. So wollte ich für meine letzten Recherchen zumindest einmal in jeder Bar mit offenen Augen ein Bierchen trinken.

Ein Restaurant namens „Quijote" hatte jedoch geschlossen. Eine „Bar-Cafeteria L.M." ebenso. Der geheimnisvolle Name hätte mich schon gelockt. Etwas weiter draußen fand ich nun sogar eine Disco namens „EXTASIS". Die Tobosaner in Ekstase? Das wollte ich mir lieber ersparen und musste es auch: Die Disco hatte zu. Die Tür der „Gebrüder Martinez" war verriegelt. Im „Winkel der Mancha" war endlich Hochbetrieb. Hatten diese Leute eigentlich alle nichts zu tun?

Der Fernseher lief. Ein paar Werbespots und dann, phantastisch: ein Skandal. Der berühmte Torero Curro Romero bekam den ersten Stier seines Lebens nicht getötet. Mit immer schreckensweiteren Augen lief er in Großaufnahme auf den gereizten Bullen los und schließlich in heller Panik davon. Die Kamera schwelgte in einem beschämenden Bild einer bimmelnden Kuhherde inmitten der Arena, mit der der Kraftprotz von Stier wieder in den Stall zurückgelockt wurde.

Ich steckte mir eine Olive nach der anderen in den Mund und notierte erregt: „Die Werbung frisst die Poesie. Täglich produziert sie mehr Dichtung als gestandene Dichter in vielen Jahren. Längst sind im Kino die meisten Werbespots origineller und interessanter als die Hauptfilme ohne eine einzige verschenkte Sekunde. Diese Dinger *müssen* gut sein. Die Phototechnik lässt unsere Maler wie Stümper aussehen. Dichter lassen sich als Anzeigenakquisiteure dingen. Spesenritter von der traurigen Gestalt! Die schönsten Melodien schmelzen zu akustischen Wiedererkennungslogos zusammen. Die Kultur frisst die Natur. Zuletzt aber lacht der Bildschirm: Das Fernsehen verschluckt die Kultur."

Passte das noch zum Thema, fragte ich mich selbstkritisch, ließ sich das stilistisch vertreten? Ein bisschen Kulturkritik am Rande wird man doch wohl noch äußern dürfen, das konnte der Story nur gut tun, antwortete ich mir gerade, als jemand von hinten an meiner Frisur zupfte und mir etwas Unverständliches ins Ohr nuschelte. Ich drehte mich um und sah in ein errötendes Bauerngesicht. Er hatte sich in mir geirrt. Zeit für andere Abenteuer, dachte ich mir dennoch. Denn mich hatten ja hier nicht die Männer, sondern die Frauen zu interessieren, nur Dulcineens wegen stand ich doch an dieser Bar. Ich ging hinüber in die letzte offene „Bar Marjal".

Dort weitete sich der Skandal gerade noch aus. Ein Mann in weißem Hemd war in die Arena gesprungen und hechtete voller Zorn den goldbetressten Don Romero so an, wie dieser es bei seinem Stier versäumt hatte. Der Torero ging zu Boden. Jetzt aber richtete er sich aus seiner tiefsten Niederlage vor seinem Widersacher steil auf, mit einer Hand auf den Degen gestützt, ganz Ritter, ganz Herr, großartig! – bevor seine Gehilfen dann ihrerseits den Zivilisten umrempelten und mit einer Muleta vor der Kamera eine wüste Prügelei verbargen. Es war unglaublich. Es regnete Sitzkissen in die Arena. In diesem Unwetter verbeugte sich der große Versager schließlich noch einmal stolz wie ein Spanier vor der Präsidentenloge, als Polizisten mit riesigen Plakatschildern zu seinem Schutz herbeistürzten und ihn durch den Hagel der Entrüstung zum Ausgang zerrten.

Mir war die Spucke weggeblieben. Ein Bierchen war dringend nötig. Und gleich danach noch ein zweites. Denn nun hatte ich auch an einem Tisch vor dem Fernseher nicht eine, sondern gleich zwei der Prinzessinnen aus El Toboso erblickt.

Für die Tragödie auf dem Bildschirm interessierten sie sich nicht im Geringsten. Wie sie tuschelten, schienen sie sich nur gemeinsam zu überlegen, wie sie am schleunigsten von hier weg und in die Hauptstadt kommen könnten. (Ich würde sie schon ein Stückchen mitnehmen!) Eine der Schönen gähnte. Die andere Hoheit fing an, ihre Frisur zu ordnen, als sie meinen recherchierenden Blick auffing. Beide hatten überhaupt kein Auge für die Horde breitschultriger Prinzen, die sie mit Biergläsern in der Hand umlagerten. Endlich. Die Königinnen der Illusion!

Ich war am Ziel. Einige der Burschen ihres Hofstaates schienen das Gleiche zu ahnen und sahen schon mit scheelem Blick zu mir herüber. Ich würde mich hüten, die beiden Mädels nach ihrer Meinung zum „Löwen der Mancha und der Taube von Toboso“ zu befragen. Anstelle des fälligen Interviews schnupperte ich von der Theke her ein bisschen in die Richtung ihres Parfüms. Meine Nase war verstopft.

„Romantik ist im Wortsinn asozial“, hielt ich deshalb meine Beobachtungen fest, „Romantik, das ist doch nichts als die Ideologisierung der Natur. Es ist die völlige Aufgabe der Kultur. Romantik ist die Verkürzung des Lebens auf das Empfinden. Idealismus ist die Verkürzung des Lebens auf die Vorstellung. Beide sind verheerende Irrlehren. Überall schiebt sich zwischen Mann und Frau die Vorstellung von Mann und Frau, die wir uns machen. Die idealistische Romantik löst den Menschen aus der Menschheit und verführt und entlässt ihn in sein eigenes Inneres. In die Einsamkeit und Zweisamkeit. Darum ist sie die perfekte Ideologie der Massengesellschaft, deren Kennzeichen die Einsamkeit der Einzelnen ist. Romantik ist das Gift der Wahl aller Manipulateure."

Es grummelte schon wieder in meinem Magen, und ich bezahlte schnell die letzte Rechnung in El Toboso. Draußen vor der Tür grummelte es hoch oben in der Luft. Ein Windstoß erfasste mich. Ich musste meinem Hut hinterher. Ohne Grund entlud sich ein fürchterliches Gewitter zu meinem Abschied über El Toboso.

Die Sonne schien, das Wasser stand knöcheltief in der Straße, aber es gab keinen Regenbogen. Die Pfützen spritzten hoch auf bei meinem letzten Ausritt aus El Toboso. Zu meiner Linken versank der Friedhof des Dorfes in dem Wolkenbruch.

„Dulcinea riecht heute nicht einmal mehr", schrieb ich endlich in Aranjuez, „Deos haben ihre Aura verschluckt. Eine blaue Plastikblume steckt in dem leeren Bierfläschchen auf dem Tisch, auf den sie ihre zarten Arme stützt. Sie lächelt trügerisch. Dennoch glauben wir weiter den ganzen Schwindel, der uns nichts als Unglück bringt. Wir sind Gefangene unserer eigenen Plakatwände. Die Welt ist alles andere als romantisch, wohl aber unsere ganze weinerliche Öffentlichkeit, all unser Ausdruck: das Fernsehen, die Bücher, unsere Filme, die Nachrichten, alle Artikel, unsere Unterhaltung, sogar der Wirtschaftsteil unserer Morgenzeitung und natürlich unsere Hoffnung, unser Glaube, unsere Liebe. Sogar die Poesie können wir längst nur noch als romantisch missverstehen. Ach, die arme Poesie! Wer war je poetischer als die Psalmisten? Und wer war je weniger romantisch?"

Ich schnalzte mit der Zunge über dieses Hohelied des Realismus und schrieb weiter: „Jetzt aber sind die meisten unserer Verbrechen romantisch, jede Propaganda sowieso, der Nationalismus war es und all unsere anderen Ideologien ebenso. Romantik, Idealismus, es ist alles der gleiche Schmus, ein einziger Skandal, die Versklavung der Wirklichkeit an Ideen und Hirngespinste. Wir stecken in einer Mühle aus Lug und Trug und es gibt keinen Narren mehr, der dagegen anreitet. Die romantische Illusion ist keine Verführung, keine Versuchung, es ist die Droge, die sich unser Zeitalter selbst süchtig einspritzt. Alonso Quijano hat diesen Wahn vergebens überwunden. Umsonst hat er sich als Don Quijote selbstverwirklicht. Seine Abenteuer weisen ihn als einen der ersten Terroristen aus, edel und verrückt. Gegen Ende seines Wahns aber wollte er als Schäfer durch die Mancha ziehen. Nur sein Biorhythmus hinderte ihn daran, auch noch ein Grüner zu werden. Sein Wahn ist unser Wahn. Nein, nein, ich mache da nicht mehr mit. New Age in der Mancha?! Nochmals: Nein, danke. Ich werde nie mehr nach El Toboso reiten!"

Ich war überwältigt. Denn es war klar: Das war, das ist und das bleibt der Schluss. – Der Anfang taugte vielleicht nicht viel, die Gliederung stimmte noch nicht ganz, da waren noch ein paar kleinere Widersprüche und Ungereimtheiten, an den Übergängen gab es noch etwas zu feilen, aber dieses Ende war einfach stark. Ein bisschen militant vielleicht, aber so macht man sich halt einen Namen.

Ich rieb mir unter dem Tisch die Hände, überflog den letzten Absatz noch einmal und pfiff leise durch die Zähne. Das war ja ein *realistisches Manifest*! Enttäuschend! Aber echt! Ob ich es noch in zehn Kapitel unterteilen sollte, von römisch Eins bis römisch Zehn? Nein, nein, nicht nötig, das würden die Leser auch so von Hand zu Hand weiterreichen. Ach, meine Leser! Meine lieben Leser! Etc.! Das Ding würde jedenfalls nachgedruckt werden, und zwar nicht zu knapp! Es würde Anzeigen regnen für meinen Auftraggeber! Danach schreibt keiner mehr so schnell über El Toboso! Wer hatte sich vor mir die berühmte Stadt je von Nahem angesehen! Und was heißt überhaupt berühmt? Wer hatte bis heute jemals von dem Kaff gehört?

Ich lehnte mich zurück. Ich wusste nicht, wie viele Stechfliegen ich bei dieser letzten Ausfahrt beinahe erschlagen hatte, aber ich wusste, dass ich den Mann und die Frau, die es nie gegeben hat, bis in den letzten geheimen Winkel hinein verfolgt und gestellt hatte. Es gab leider keine Zeugen, wie hart dieses Stück Arbeit gewesen war.

Jetzt aber konnte ich endlich wieder in Ruhe dem Mond beim Steigen zuschauen, mit wachem Realismus an eine gewisse Christiane, Anneliese, Rosa, Traudl (mit den blauen Augen), Hedwig, Heide, Carmelita, Brigitta, Clara und – ah ja! – an Maria denken (und auch an Arnold und Ludwig) und noch einmal über das Ende meiner Geschichte aus dem Häuschen geraten. Gott sei Dank. Denn der Schluss war der Gipfel, keine Frage. Ende gut, alles gut.

Walker

(Covington 1993)

Es genügt nicht, rechtzeitig geboren zu sein. Auch mit der Gnade zeitiger Geburt lassen sich große Gelegenheiten gut verschlafen. Am 10. Mai 1990 zum Beispiel, als der Dichter Walker Percy in Louisiana starb, hatte ich von diesem Mann noch nie gehört. Er lebte, als ich schon lebte. Er schrieb, als ich lesen konnte. Doch ich habe ihn nicht gelesen. Keine Ahnung, was ich damals an dem Tag gemacht habe, einem warmen Frühlingstag im Hinterland von New Orleans, den mir sein Bruder Phin jetzt in allen Farben schildert, während Mary, die Witwe, noch einmal von der Stunde erzählt, als sie mit ihrer Tochter Ann von der Veranda des Hauses über dem teefarbenen Bogue Falaya River zurück ins Zimmer kam.

Durch das Fenster hatten sie gesehen, wie sein Atem zu rasen begann. Davor war der Puls immer schwächer geworden; doch dann pochte und flatterte der letzte Funke Leben in der Halsschlagader plötzlich wie ein Vogel im Käfig, der das Freie sucht. Und dann, mit einem Mal, wich alles Blut aus seinen Lippen. Das war das Ende Dr. Percys. Achtzehn Tage später wäre er 74 geworden. Vierzehn Tage lang hatten Verwandte und Freunde ihm 24 Stunden am Tag die Hand gehalten. Er starb an seinem Arbeitsplatz – im Bett, wo er seit einer frühen Erkrankung, die ihn einmal aus seinem Lebenslauf heraus geworfen hatte, immer am liebsten las und schrieb. Es war zwanzig vor vier am Nachmittag, an einem Donnerstag, in der vierten Woche nach Ostern.

Er war der Dostojewski dieses Jahrhunderts, und ich hatte noch keines seiner Bücher in die Hand genommen. (Kennen Sie ihn?) Er war der frechste Hund unter den amerikanischen Dichtern, aber als er gestorben war, drängten sich zwei

Tage später zwei Erzbischöfe, zahllose Priester aus vielen Winkeln der Vereinigten Staaten von Amerika und ein ganzer Benediktiner-Konvent um seinen Sarg. Auch davon habe ich nie etwas gehört.

Ja, er war der Dostojewski unseres Jahrhunderts – doch als ich ihn schließlich kennen lernte, drehten sich in Deutschland die Passagiere im Intercity nach mir um, weil ich bei der Lektüre eines seiner Bücher so laut lachen musste (wo ich hätte weinen können, dass er schon tot war). Das ist dann auch gleich der erste große Unterschied zwischen den beiden Schriftstellern. Es gibt erstens bei Percy in fast jedem Kapitel mehr zu lachen, als in jedem Band des russischen Klassikers. Zweitens war der Mensch bei Dostojewski noch ein Mensch ohne Unterleib. Was das betrifft, so hat Dr. Percy das Werk seines Vorgängers gründlich vervollständigt. Und drittens ist der eine ein orthodoxer Russe, der andere ein katholischer Amerikaner.

Doch dann: Keiner von beiden fürchtet sich im Geringsten, sich ohne jede Scheu vor dem Leser noch einmal mit ersten und letzten Fragen gleichzeitig zu beschäftigen. Keiner sonst nimmt den Menschen noch einmal so vollständig in den Blick (mit Ausnahme, siehe oben, von Punkt Zwo). Und keiner neben ihnen wagt es, ein ganzes Zeitalter noch einmal so erbarmungslos wirklichkeitstreu in den Begriff zu bringen wie der St.Petersburger und der Mann aus Louisiana, beide als radikale Gegenspieler ihrer Zeit.

Der spätere weiß nun, was der erste nur ahnte: dass das zwanzigste Jahrhundert das gleichzeitig sentimentalste und terroristischste saeculum der Weltgeschichte geworden ist.

„Warum“, fragt Dr. Percy zum Beispiel, „ist keiner auch nur erstaunt, dass in der Mitte des zwanzigsten Jahrhunderts allein in Europa mehr als fünfzig Millionen getötet wurden – während gleichzeitig mehr als jemals zuvor von der Würde der Individuen die Rede ist? Warum ist der Krieg die größte Freude des Menschen?“ Und „wie kommt es wohl“, hängt er eine kleine

Frage an, „dass Jean Paul Sartre, als er in einem französischen Café saß und „Ekel“ schrieb – seinen berühmten Essay über die Absurdität und den Ekel des Lebens im zwanzigsten Jahrhundert –, dass er da der glücklichste Mensch in ganz Frankreich war?“

Für ihn hatte dieses ungeheuerliche Zeitalter im Jahre 1916 angefangen, nach dem Ende der Neuzeit, zwei Jahre nach den Schicksalsschüssen von Sarajewo; in den Hügeln vor Verdun und den Sümpfen der Somme, wo „zwei Millionen junger Männer der drei oder vier zivilisiertesten Nationen der Welt, Franzosen, Deutsche, Engländer, in einem Sommer getötet wurden: Menschen der gleichen Kultur, sogar der gleichen Königshäuser – die waren alle verwandt miteinander –, der gleichen Wissenschaft, derselben Christenheit. Etwas war geschehen. Etwas Neues geschah in der Welt.“

Weil er das sah, hat er auch vor dreißig Jahren schon das Bosnien-Herzegowina-Syndrom entdeckt und so benannt – zu einer Zeit, als wir schon gar nicht mehr wussten, wo diese Schicksalslandschaft überhaupt liegt. „Was für ein schlechter Scherz“, sagt er damals, „wie Gott sagt: hier ist es, das neue Eden, und es gehört euch, denn ihr seid mein Augapfel. Ja, du hast uns getestet, Herr, weil, so schlecht wir auch waren, niemand anders da war, und alle haben es gewusst, sogar unsere Feinde. Denn wer ist je auf die Idee gekommen, die Chinesen wären von Gott aufgefordert, die Welt zu retten? Was für ein Witz! Und was Russland betrifft und den russischen Christus, der Europa retten wollte: ha ha. – Durchgefallen! Christentum im Eimer. Aus der Traum. Zurück in die Geschichte und zu Bosnien-Herzegowina!“

Zur gleichen Zeit – in den sechziger Jahren! – weist er nur nebenbei darauf hin, dass es ja alles andere als ausgemacht sei, dass der vollständige Sieg über den Kommunismus auch schon eine Verbesserung der gegenwärtigen Welt bedeuten würde. Auf seine prophetischen Qualitäten angesprochen, vergleicht er sich mit einem Kanarienvogel, den Bergleute zu ihrer Sicherheit in den Schacht mit herunternehmen, um an dessen aufgeregtem Flattern erkennen zu können, wenn die Luft dünn wird. Bis 1963 hat er, wie er selber sagte, „ein Buch geschrieben, das keiner kaufte, und Artikel, die keiner las".

Sehr viel hat sich nie daran geändert. Und doch waren dann vor seinem Tod noch die Großen des Landes zu ihm hingepilgert, er wurde ins Weiße Haus und in den Vatikan eingeladen. Dass es ihm schließlich an verdienter Anerkennung fehlte, kann man nicht behaupten. Ja, und doch: Jetzt habe ich mir sein Grab angesehen, eine kleine Steinplatte im Rasen einer Lichtung mit Namen, Geburts- und Sterbejahr und einem kleinen Blumenbouquet, das ist es. Etwas Heiteres liegt darüber. Doch da liegt er nun, mausetot und hin. Auch Schriftsteller sind nicht unsterblich.

Da geht es, im glücklichsten Fall, nur ihren Figuren besser: wie etwa Raskalnikov oder dem berühmten Spinner aus der Mancha, dem es von tausenden christlichen Edelleuten des sechzehnten Jahrhunderts als einzigem gelungen ist, den langen Weg in unsere Zeit unbeschadet zurückzulegen. Oder, als letztem solcher glücklichen Fälle, dem Trunkenbold, den Walker Percy diesem Reiter nun als neuen Begleiter zugesellt hat, den er in der letzten Handvoll christlicher Ritter unserer Tage aufgegabelt hat. Sein Name: Dr. Thomas More.

Wie Cervantes bei Don Quijote hat auch Dr. Percy diesem Dr. More in fast zwanzig Jahren zwei Bücher gewidmet, in zwei Ärzte-Romanen, wie es sie so noch niemals gab. Er hat sie aber in der ersten Person verfasst, und darum geht es leicht ein wenig durcheinander, wer von den beiden wer ist, Dr. More oder Dr. Percy. Nennen wir ihn einfach „Doc", dann machen wir nichts falsch; und wir machen auch nichts falsch, wenn wir erkennen, dass wir selbst die glücklichen Patienten dieses glücklosen Arztes sind. Ein bisschen allegorischer formuliert: die Welt unseres – des zwanzigsten – Jahrhunderts nahm er zur Pflege an.

Als das arme Geschöpf sechzig wurde, hat er ihm erstmals den Puls gefühlt. Immer wieder hat der gute Doc sich seitdem, bis zu seinem Tod, mitfühlend über das todkranke Wesen gebeugt, studierte im Krankenbericht die Kinderkrankheiten, kümmerte sich um die Altersdemenz, die Anfälle von Elationen und Depressionen, die schizophrenen Schübe, den Krebs oder die Alters-Anomie, mancherorts auch als St.Petersburg-Blues bekannt. Der Linkshänder verschluckt die Worte, stottert, sogar eigene Texte liest er, wie ein Zeuge sagt, gegen ihren Rhythmus und Tonfall vor, „wie ein schlechter Tänzer, der seiner graziösen Partnerin dauernd auf die Füße tritt."

Die Handschrift des Mediziners ist unleserlich, selbst der Apotheker kann sie kaum entziffern. Mitleid schnürt ihm oft die Kehle zu. Denn als Diagnostiker ist er ein Genie, als Therapeut hingegen versagen seine zittrigen Finger. Bauchschmerzen quälen ihn, dazu das Morgengrauen. Nach einem kleinen Schlückchen zur Frühstücksgrütze geht es wieder besser. Doch mit Hitler und Stalin wird dieser Mann das zwanzigste Jahrhundert überleben. Fast all unsere Nobelpreisträger werden vergessen sein, wenn dieser Schnapsdoktor immer noch seine Arzttasche öffnen und auspacken und murmeln wird: „Hm, hm, was haben wir denn da?"

Was wir da haben, sind Ungeheuerlichkeiten, und der Doktor hat es schnell heraus: Bestialismus, hm, hm, Angelismus, krankhafte Sentimentalität, Kinderschänderei, Wahnsinn und dergleichen und Schlimmeres mehr. Von ihm haben wir erfahren, dass unsere moderne „Seele wie ein Komet um den Körper kreist oder als Gespenst (unglaublich: als Gespenst mit einer Erektion!) im eigenen Haus" herumgeistert. – Danke, Doc! – Er selbst liegt aber leider zu lange im Bett.

Im Halbschlaf hört er sich die Sendung „Woran ich glaube" an, in der Prominente dem Publikum schon zum Frühstück verraten, woran sie so glauben („an das Allgute", den „Gott in dir und mir", „das Glitzern des Himmels in den Tautropfen eines

Spinnennetzes“ etc.). „Ich glaube an einen guten Tritt in den Hintern“, denkt er sich, als er schließlich ins Bad schlurft.

„Ich glaube an Gott und den ganzen Kram“, lautet an einem anderen Tag sein ausführlicheres Credo, uns zugewandt, „aber Frauen liebe ich am meisten, dann Musik und Wissenschaft, dann Whisky, Gott an vierter Stelle und meinen Nächsten fast überhaupt nicht. Im Allgemeinen mache ich, was ich will. Ein Mann, schrieb Johannes, der sagt, er glaube an Gott, und seine Gebote nicht hält, ist ein Lügner. Wenn Johannes Recht hat, dann bin ich ein Lügner. Trotzdem glaube ich noch.“

Er ändert sich nicht, oder kaum, wie wir erkennen, als er uns später auch noch seine erste Beichte seit vielen Jahren belauschen lässt: „Ich kann mich nicht an die Zahl der Gelegenheiten erinnern, Pater, aber ich klage mich an der Trunkenheit, Wollust, des Neides, der Hurerei, der Freude am Unglück anderer und dass ich mich selber mehr liebe als Gott und meinen Nächsten.“

Sehe ich recht, dass Sie weiter lesen möchten? Gut. Doch Sie, lieber Leser und verehrte Leserin, werden seine Bücher selber lesen müssen, wenn Sie ihn kennen lernen wollen: den ungeheuerlichen „Lancelot“, die wahnsinnige „Liebe in Ruinen“, das gespenstisch realistische „Thanatos-Syndrom“ oder das rabenschwarze „Loch im Kosmos“ – zu Ihrer Aufklärung besser früher als später.

Und auch sein Leben müssen Sie sich von anderen erzählen lassen. Der Reporter kann für Sie höchstens noch einmal das Loch besuchen und abschätzen, das Dr. Percy bei seinem Tod hinterlassen hat.

„Er war nicht allein“, hat mir Dr. S. eingeschärft, der Apotheker, dessen Theke ich nie verlasse, ohne mit ihm ein paar Worte über die Rezepturen des Dr. Percy gewechselt zu haben, „unmöglich! Geh und schau doch einmal, wer da alles hinter ihm stand. Frag doch mal seine Witwe, seinen Pfarrer, seinen Wirt. Schau mal, wer John Walker, Robert, David und Jack sind, seine 'Reisegefährten im Weltraum'“.

John Walker, Robert, David und Jack, erfahre ich bald, sind seine vier Enkel. Und dieser Enkel wegen – rieche ich bald – raucht die Witwe und Großmutter heute immer noch heimlich im Bad. Hier, im Bad, hängt auch immer noch seine durchgescheuerte Kamelhaarstrickjacke am Haken an der Tür, als käme er jede Minute herein, um sie wieder überzuziehen.

Ich streife durch seine Bibliothek, an seinen Büchern entlang, von Aristoteles über Augustinus über Thomas von Aquin über Machiavelli über Thomas Morus bis Heidegger. Das Gewicht der Welt steht hier abgewogen auf den Regalen; ich nehme den einen oder anderen Band heraus und sehe: Alles ist gelesen, auch wenn ich die Bleistiftanmerkungen nicht lesen kann. Suche Stedmanns „Geschichte des 1. Weltkrieges" und finde sie nicht. Gibt es das Buch vielleicht gar nicht, in dem er in fast jedem seiner Romane schmökert? Oder hat er es gerade wieder ausgeliehen und blättert auf der Veranda darin? Ich setze mich in seinen Korbstuhl. Januarlicht flimmert in die Urwaldlichtung. Kamelien und Azaleen blühen im Gebüsch, die Magnolienknospen springen auf. Hier hat er gelebt.

Hier, in diesem Garten Eden entdeckte er, dass „die Juden das eschatologische Zeichen des zwanzigsten Jahrhunderts" sind. Wie kam er bloß darauf, hier!? „Wo sind die Hethiter?", fragte er in diesem Korbstuhl! „Wieso findet es keiner bemerkenswert, dass er Juden in New York oder Paris oder Melbourne findet? Und warum fragt keiner, warum denn keine Hethiter da sind, die doch eine blühende Zivilisation hatten, als die Hebräer daneben eine Handvoll Dahergelaufener waren? Wo sind sie geblieben? Zeige mir einen Hethiter in New York City."

Die Veranda ist wie geschaffen, um Papierflugzeuge in die Nachmittage starten zu lassen, wo der Doktor stattdessen, unter solchen „Zeichen", über die Euthanasie als die größte Verführung schon der nächsten Generation nachsinnt. Denn er weiß ganz genau: Außer vom jüdisch-christlichen Menschenbild her gibt es keine vernünftigen Gründe gegen den Gnadentod, aber viele vernünftige Gründe dafür. Allein die Kosten! „Seien wir ehrlich, warum sollen Menschen leiden? Was zählt, ist die Qualität des Lebens und nicht die Länge undsoweiter. Jeder Mensch hat ein Recht, sein Leben in Freiheit zu leben und es in Würde zu beenden undsoweiter undsoweiter."

1934 hatte er als Jugendlicher im romantischen Schwarzwald vollendet feinfühlige Nazis kennen gelernt, die er sein Lebtag nicht mehr vergessen konnte. Deutsch blieb die einzige Fremdsprache, von der er etwas verstand. Gäbe es Seelenwanderung, könnte man meinen, er wäre inzwischen sogar nach Deutschland ausgewandert, etwa in die Seele jenes Redakteurs der großen Bild-Zeitung, der kürzlich den Bericht über eine Mutter (aus den neuen Bundesländern) ins Blatt nahm, die sich bei der Redaktion gemeldet hatte, um ein Gorilla-Baby als ihr Kind auszutragen (Warum? „Weil die schon vorhandenen Kinder so tierlieb sind").

Doch es gibt keine Seelenwanderung, Walker Percy ist leider tot, und über vierzig Jahre hat er hier gelebt, hier und nirgendwo anders, in Covington, einem „Un-Ort", wie er ihn nannte, hinter New Orleans, wo ich aus Vorsorge vor dem letzten Hurrikan jetzt noch ein Boot im Garten festgezurrt finde. „Mein Leben ist ein offenes Buch", sagte er selbst. Jetzt liegen hier trotz der Stürme immer noch ein paar Seiten dieses Buches wie aufgeschlagen da.

Am Sonntag sehen wir Michel Hike in der Kirche, den „Syrer", wie ihn die Einheimischen nennen, einen lokalen Kaufmann, mit dem Dr. Percy jahrelang Sammlungen für Bedürftige des Ortes durchführte. „Dr. Percy? Er war ..." – „Er war ein Engel!", kommt seine Frau ihm mit der Antwort zuvor. „Ja, das können Sie laut sagen", bestätigt Mr. Hike, „da können Sie meinen Namen drunter setzen: Einen feineren Menschen habe ich nie kennen gelernt. Und wissen Sie was? Er hat auch Bücher geschrieben. Haben Sie das gewusst?"

Ja, mein Dr. S. hat recht vermutet: Es lassen sich gar nicht alle aufzählen und aufsuchen, die hinter ihm standen, von Shelby Foote, dem lebenslang konkurrierenden Freund und Historiker des Bürgerkriegs, bis hin zu seinem jüngsten Enkel. „Er war der letzte Gentleman", sagt in New York sein Verleger, „nach ihm hab ich keinen mehr kennen gelernt."

Ich telefoniere mit Dr. Faust, sitze auf der Veranda mit Dr. Reiser, seinem letzten Freund und Arzt, gehe mit seinen Töchtern Mary Pratt und Ann aus und mit seinen alten Freunden, mit Chink Baldwin, dem Autoverkäufer, frühstücken und mit Steve Ellis, dem Richter, zu Abend essen. „In Covington war Walker der Doktor, der nicht praktizierte", sagt Chink, „hier gilt es als merkwürdig, wenn ein Mann immer zuhause bleibt."

„Er konnte das Unaussprechliche benennen", lacht der Richter in sich hinein, „er konnte auch unaussprechliche Gefühle im Leser erzeugen. Und ich weiß, er hat es vorsätzlich getan."

Seine jetzige Frau hat das schönste Bild der Percys gemalt, und er erzählt, wie seine erste Frau, als sie das Manuskript des Lancelot für Dr. Percy abtippte, unter Protest „die dampfendsten Stellen" herausgestrichen hat. „Er hat es geschehen lassen." „Kann das sein? Wie dampfend soll das Ding denn noch gewesen sein", frage ich mich, als ich mir auf der Veranda die Fotos seiner Papstaudienz ansehe.

„Er war ein Rätsel", sagt James Boulware zweimal, der ehemalige Mönch, der ihn vielleicht so gut wie nur wenige verstand: „Ich hab' ihn nie verstanden. Immer war er an letzten Fragen interessiert – doch immer mit dieser existentiellen Angst auf der Schulter, dass es vielleicht keine Antworten gibt. Er sprach so gern! Und hatte doch eine schwere Zunge! Er war so intensiv, dass er keine Mahlzeit richtig beenden konnte und war dennoch geradezu süchtig nach Tischgemeinschaft."

„Ja, am Tisch fühlte er sich am wohlsten", wiederholt seine Frau und reicht das Brot herüber. Diesen Tisch fand er jeden Tag zuhause, jeden Mittwochabend in einem Freundeskreis, alle vierzehn Tage in einer Diskussionsrunde, die sich gestern erst wieder hier getroffen hat. Die Versammlungen und Kreise überlappten sich wie Olympiaringe. „Das war sein Labor."

Wir gehen die Hauptstraße entlang, bei Ron Taylor, seinem Friseur vorbei, der sich beim Haareschneiden durch nichts unterbrechen lässt. „Dr. Percy? Oh ja, er kam regelmäßig hierher, vielleicht alle drei Wochen. Ein stiller Mann. Nein, gekannt habe ich ihn eigentlich nicht. Eines Tages, weiß ich noch, als ich sein Bild in der Zeitung gesehen hatte, fragte ich ihn: ‚Aha, Sie schreiben Bücher, hab ich gehört. Doch sagen Sie mal: Was machen Sie wirklich?' – ‚Nichts', hat er da nur gesagt und gelacht. – Wollen Sie auch einen Haarschnitt?" „Leider nicht, wir sind verabredet."

„Alles fiel ihm schwer; in allem, was er tat, lag ein Schmerz", haben wir gestern Abend gehört. „Ja", sagt Sheila Bosworth jetzt, „man konnte es in seinen Augen sehen." Die junge Irin ist eine Schriftstellerin aus der Nachbarschaft: „Er hatte wunderbare Augen. Doch tief unten lag immer ein Schmerz darin. Er war ein Seher! Das war sein Schmerz." Am schmerzhaft schwersten aber fiel ihm, dessen Bücher sich oft so leicht lesen, als könne er über Wellen gehen, das Schreiben. „Es ist wie eine Schwangerschaft", stöhnte er vor seiner Frau, „aber nicht für neun Monate, für vier Jahre!"

Sein jüngster Bruder in New Orleans lächelt: „Ich war traurig über seinen Tod, natürlich, aber nie unglücklich; ich bin immer noch glücklich über sein Leben. Walker hat getan, was man nur tun kann, und geschrieben, was er schreiben wollte." Zum Abschied zeigt er uns mit verschmitztem Stolz noch einen Brief an Henry Ford III., in dem sein Bruder den Autokönig – nach einer ungemütlichen Reifenpanne – höflich einlud, sich den untauglichen Schraubenschlüssel-Set seines neuen Ford-Modells doch bitte „in den Arsch zu stecken, entweder einzeln oder zusammen."

Wie Walker Percy selbst sieht Phin Percy schließlich aus, als er die Canal Street zum Fluss hinunter geht. Dann ist er verschwunden, und wir biegen nach rechts ab, in die Baronne Street, zu Pater Clancy von den Jesuiten, dem zeitweiligen Beichtvater des Doktors. Vor drei Jahren hat der Pater in dem Requiem die Predigt gehalten, in der er die „Verzauberungskraft und das Zeugnis der Gleichnisse Walker Percys für die kommenden Generationen“ rühmte. Jetzt lacht er in einer halben Stunde mindestens zehnmal laut auf, wenn er sich an ihn erinnert.

Er lacht auch wieder, als er erzählt, wie Walker in den Zeiten der Rassenunruhen zur Schule seiner Töchter ging, als die Direktorin den ersten Tanzball zwischen Schwarz und Weiß organisiert hatte, und fragte: Was kann ich tun? „Wir brauchen noch einen Parkwächter“, sagte die Direktorin. „Und dann war er die ganze Nacht lang Parkwächter!“ Der Adamsapfel des Paters hüpft auf und ab. „Wie, das hat Ihnen noch keiner erzählt? Keiner hat hier mehr für die Schwarzen getan.“

Mit einer alten Lehrerin in Downtown Covington – auf der schwarzen Seite der Stadt, jenseits der tiefen Kluft, die dieses entspannte Städtchen in den Pinienwäldern und Bayous genauso tief durchzieht wie den gesamten Süden der U.S.A. – hat der Doc einen Community Relations Council organisiert, um die Rassenspannungen etwas zu mildern. Mit ihr und wenigen Nachbarn hat er für die integrierten Schulen gekämpft und eine kleine Genossenschaftsbank auf die Beine gestellt, die bis heute den Möglichkeiten der armen Schwarzen und Weißen entgegenkommt.

Dafür bekam der „*nigger-lover*“ eines Nachts ein brennendes Kreuz in seinen Paradiesgarten gepflanzt. Bis heute weiß man nicht genau, wer damals unter den Clan-Kapuzen steckte, aber jedermann weiß, dass sein alter Feind und Schuldirektor Luis Wagner es erst kürzlich noch zu verhindern wusste, dass die neue Bücherei nach dem Doctor benannt wurde.

Vor dem Fenster versucht ein Falke, eins der vielen Eichhörnchen zu schlagen. Laub fliegt auf. Ein knallroter Kardinal hüpft in Armweite von Ast zu Ast. Luke, der Dobermann, streift zum Ufer herunter. Sweet Thing, ein dicker Welsh Collie, der sich immer noch nicht davon erholt hat, wie Walker Percy ihn verwöhnte, liegt wie ein Teppich vor dem Sofa. Hier, in diesem Raum hat er sein letztes Buch geschrieben: „Das Thanatossyndrom", in dem sein Dr. More noch einmal Wissenschaftlern in die Quere kommt, die gerade daran gehen, endlich alle Probleme der Menschheit zu lösen, sogar die Überbevölkerung (durch genetische Veränderung der menschlichen Brunftzeiten).

„Nein", sagt Mary Percy in ihrem breiten Mississippi-Englisch, als sie hier noch einmal aus dem Geheimnis ihres gemeinsamen Lebens erzählt, „seit er tot ist, habe ich keins seiner Bücher mehr gelesen. Er ist mir noch so nah: seine hochgezogenen Schultern, seine Fußstellung, seine Hände. Er hatte die schönsten Hände, die es gibt. Wenn ich morgens die Augen aufschlage, denke ich an ihn". Auch ihre Hände sind immer noch schmal wie die eines Mädchens.

Schon lange hat sie alles vergessen, worüber sie sich je an ihm geärgert hat. „Alles ist schwer, auf das man sich einlässt; Ehen sind besonders schwer. Und wir waren so verschieden; wir haben sogar immer verschieden gewählt."

Sie lacht auf: „Er war so leicht hereinzulegen. Vielleicht, weil er von Frauen so wenig verstand: weil er nur unter Männern und Brüdern aufgewachsen war." Vierzig Jahre lang hat sie ihn immer mit dem gleichen Trick in den April schicken können; sie rief ihn dann zum Telefon, zu einem Teilnehmer, von dem sie wusste, dass er ihn ganz und gar nicht sprechen wollte; er zischte ihr vierzig mal wütend zu, warum sie ihn denn nicht verleugnet habe und ließ sich zähneknirschend den Hörer geben. April, April! Im nächsten Frühling hatte er es wieder vergessen.

Ann, die zweite Tochter mit den intensiv blauen Augen, ist noch einmal aus dem Nachbarhaus dazugekommen, mit David, ihrem ersten Sohn, der die Fußstellung und das scheue Lächeln des Großvaters hat. In der Dämmerung setzt wieder das laute Geschrei und Gezirpe der Frösche und Grillen ein – vierzig Jahre lang die tägliche Nachtmusik des Schubertliebhabers.

Ann hört nicht hin. Sie hat noch nie hingehört. Ihr elegantes Englisch ist perfekt und schreckt doch jeden fremden Besucher. Der Vater, die Mutter, eine Sprachlehrerin und sie selbst haben ihr mit unendlicher Mühe die Zunge gelöst, bis zur Hochschulreife: Ihr Hören ist ein Lippenlesen, ihr Sprechen hat immer wieder den Klang von Kolibripfeifen; sie hört es selber nicht. Sie ist völlig taub, David hat noch einen kleinen Hörrest.

„Gegen Ann", sagt ihr Mann John im Auto auf der endlosen Brücke über den Lake Pontchartrain, „hast du in Diskussionen keine Chance." Biografien und Berichte über den Vater, aber auch Freunde erwähnen ihre Behinderung, wenn überhaupt, schamhaft, scheu, verlegen, fast wie ein religiöses Tabu. Verdanken wir ihr den tiefsten Grund in seinem Werk – und auch auf dem Grund seiner Augen, die wir nicht mehr sehen durften?

Wie ein roter Faden durchzieht das Gesamtwerk die Einsicht, dass es nicht das Denken, sondern das Zur-Sprache-bringen ist, das den *homo sapiens* zum Menschen macht: seine einzigartige Fähigkeit (und sein Auftrag), alles unter und über der Sonne zu benennen; mit Namen zu belegen, die das Wesen der Dinge „nicht verbergen, sondern preisen." Darin sah Percy die Würde des Menschen begründet, nicht als *homo cogitans*, sondern als *homo loquens*: als *homo nominans*.

Darum war ihm, der sich aus Essen doch so wenig machte, der Tisch auch wichtiger als jedes andere Möbelstück, als Krone allen Mobiliars, an dem sich der Mensch erst wahrhaft verwirklicht: im Gespräch. – Ihm selbst galt ein Aufsatz über den Delta-Faktor, wie er diese Entdeckung nannte, als das Wichtigste, was er je geschrieben hatte, auch wenn es „noch zwanzig Jahre dauern wird, bevor irgendjemand es bemerkt".

Da ist etwas dran. Und doch nannte Hugh Kenner diese Arbeit schon im Herbst 1975 in der National Book Review „einen Durchbruch", der in seiner Bedeutung mit dem Büchlein

„*De Revolutionibus Orbium Coelestium*" des Nikolaus Kopernikus verglichen werden müsse. „Die Analogie ist nicht wahllos", schrieb Kenner damals: „Eine Menge der Fakten des Kopernikus waren falsch und fast alle Details. Und doch ehren wir ihn dafür, dass er ein neues Bild gezeichnet hat, das im Wesentlichen stimmt: mit der Sonne im Zentrum. – Mr. Percy gibt nicht vor, mehr als das getan zu haben. Und was er in die Mitte rückt, ist wieder so einfach und blendend wie die Sonne: unsere Fähigkeit, Namen zu geben."

Und das Nichtbenennenkönnen? Dieses furchtbare Leid! Darüber hat er nicht mehr geschrieben. Am Schluss hat er auch nicht mehr über Dr. Thomas More, Kierkegaard, Camus oder Tchechow geschrieben. Er war schon sterbenskrank, als er seine letzte Arbeit für das Traveller Magazin im November 1989 – mitten im Getöse der Zeitenwende – zuhause in zehn Minuten erledigte: über sein Lieblingsrestaurant.

Der Artikel, der ihn nicht unbedingt als Feinschmecker auswies, erschien, als er schon tot war, und endete so: „Das beste Restaurant nahe Covington ist das Waffle House, ein Vierundzwanzigstunden-Kettenlokal neben der Schnellstraße, die den Süden durchkreuzt. Nicht nur die Waffeln und Würste sind dort ausgezeichnet, das Hähnchen ist das beste überhaupt. – Ein Biss in die mit Butter und Ahornsirup getränkte Waffel, plus einem Würstchen aus Tennessee, plus einem riesigen Glas mit süßem geeistem Tee, die Kellnerin sagt Schatz zu dir, die aufgeschlagene ‚Picayune' erzählt die letzte politische Schurkerei, der Verkehr auf der U.S. Interstate 190 donnert vorbei – es ist kein schlechtes Leben."

Es war sein letztes öffentliches Wort. Das Waffle House liegt neben unserem Motel, hier sehen wir täglich zum Frühstück: Jedes seiner Worte ist wahr. Ein letztes Mal hatte er da die Welt so benannt wie sie ist. Alles ist, wie er es sagt: Alte Truckfahrer mit faltigen Truthahnhälsen und Baseballmützen sitzen neben uns. Die Würstchen aus Tennessee sind phantastisch, die Spiegeleier eine Offenbarung, der schwarze Koch ist ein Künstler und Patricia, die kleine Kellnerin aus der 10-Uhr-Schicht, ein Schmuckstück. Hm. Kennt Sie vielleicht Dr. Percy noch, ist sie schon so lange da? „Natürlich! Er hat sein Chicken Sandwich so geliebt“, lächelt sie und wird rot, „und Vivian, die jetzt in Vegas ist! Ich sollte mich gut um ihn kümmern, hat sie mir aufgetragen. Er war so süß. *Oh, yeah, he really was a honey!*”

Fatima

(Marrakesch 1987)

Das Feuer der Brillanten habe ich erst spät zum ersten Mal wirklich brennen sehen. Das war im Mamounia-Hotel in Marrakesch. Vorher waren mir marokkanische Hotels nur mit ganz anderen Erfahrungen in Erinnerung geblieben, zum Beispiel aus einer namenlosen Absteige in Tetuan, vom Platz Hassan II., wo ich viele Jahre früher einmal mit zwei Freunden abgestiegen war. Ob für zwei, drei oder fünf Dirham pro Nacht, weiß ich heute nicht mehr zu sagen.

Nicht vergessen habe ich jedoch, wie hinterlistig ich mir damals vorkam, weil ich meinen Freunden die zwei einzigen Betten unseres Zimmers überließ, um meinen Schlafsack auf dem Boden auszurollen, von dem ich irrtümlicherweise annahm, dass ich dort vor Flöhen am sichersten wäre. Dort suchte mich dann ein Floh heim, der meine Wäsche die nächsten beiden Wochen nicht mehr verlassen wollte. Das war das eine.

Das andere war dieses Seufzen in dem Zimmer neben uns, das die ganze Nacht hindurch nicht abreißen wollte. Es war eine Nacht voll kleiner einsamer Seufzer, und für einen sehr jungen Mann war es ganz und gar unglaublich. Die Zimmer waren primitive Aufbauten auf dem Flachdach des Hotels, über die sich der Nachthimmel wie ein Zelt spannte. Es gab dort auch nur eine einzige Waschgelegenheit, an der Brüstung des Daches, an der wir uns am nächsten Morgen waschen mussten. Wir konnten das Rhifgebirge im Süden und das Mittelmeer im Osten bewundern, als wir uns rasierten.

Und dann öffnete sich endlich die Tür unseres Nebenzimmers, und ein bildschönes Berbermädchen trat in nichts als einem Nachtgewand zu uns heraus. Ob sie wohl Fatima hieß? Wie hätten wir es herausbekommen sollen? Uns blieb jedes Wort im

Hals stecken, als sie uns zunickte. Dann stellte sie sich in ihrem durchsichtigen Gewand neben uns an die Brüstung, seufzte wieder leise, sah mich unumwunden an und hörte nicht auf zu seufzen, ihr langes schwarzes Haar zu kämmen und mich dabei fortwährend anzublicken, bis mir beim Rasieren das Messer kräftig in die Wange fuhr.

Jetzt aber, im Mamounia in Marrakesch, wo die schöne Fatima aus Tetuan inzwischen gewiss schon wer-weiß-wieviele schöne Mädchen geboren haben mag, war alles ganz anders. Jetzt waren es zehn Grad unter Null in Deutschland, jetzt hatte ein Schneesturm bei der Zwischenlandung in Paris getobt, und bevor ich am nächsten Morgen wach wurde, träumte ich, ich wäre im Paradies gelandet – in einem Himmelbett am offenen Fenster, vor Palmen, lautem Vogelgezwitscher und Sonnen beschienenen Bergen in der Ferne – und drehte mich um, um weiter zu schlafen, blinzelte noch mit einem Auge und blickte in das gleiche Bild.

Der Traum war kein Traum, das Zimmer war raffiniert verspiegelt, und als das Vogelgezwitscher nun zu einem jubilierenden Fortissimo anschwoll, stand ich auf und trat auf den Balkon hinaus, dessen Geländer vom Bett aus wie eine Reling ausgesehen hatte. In diesem Bild ließ sich verweilen. Das Hotel, in dem ich gelandet war, lag in einem Park wie ein Schiff in einem grünen Meer, hinter dem sich die weißen Berge des Atlas vom Osten bis zum Westen, von links nach rechts so weit in der Morgensonne erstreckten, wie die Augen reichten.

Unter mir aber war die Symphonie der Vögel nun zu einer Brandung von Wohllauten angeschwollen, zu einem Kissen aus Gesang und Gezwitscher für den neuen Tag, mit lautem Hahnengeschrei, das sich von der Stadt her dazwischen mischte. Seit dieser Stunde kann ich mir das Paradies überhaupt nicht mehr ohne Vogelstimmen vorstellen.

Ein Kreuzgang aus Alleen uralter Ölbäume fasste den dichten Park ein, der auf seiner westlichen Seite von der Lehmmauer der Roten Stadt verriegelt wurde. Der Atem der Bäume und Sträucher durchfächelte den Morgen wie eine leichte Brise. Brunnen plätscherten in kleine Becken, und wie Fontänen schossen die Königspalmen hoch.

Der Sinn des Gartens aber schien jetzt allein in diesem Überfall der Singvögel zu bestehen, als einzigartiger Liebreiz, wie er früher einmal für Märchen ersonnen wurde. Denn wie in andalusischen Patios etwas von der Unendlichkeit des Himmels architektonisch gebunden wird, so erschienen die gefiederten Chöre hier nun wie ein zwischen den Mauern eingefangenes Prinzip.

Dieser Garten war das Gegenteil eines Käfigs mit dem tausendfachen Nutzen. Dort unten war etwas von Gottes satter Lust vom siebten Schöpfungstag eingefangen und bis heute bewahrt worden. Es war alles gut. Dabei sah ich keinen einzigen der Vögel und stellte mir vor, dass die verschiedenen Bäume vielleicht sogar eigens für Sträuße verschiedener Vogelvölker gepflanzt und gehegt worden seien, dass sie darin nisten – vielleicht das Efeu für die Spatzen, die Orangenbäume für die Meisen, die Ölbäume für Pirole, die Zedern für Stare, die Zypressen für Rotkehlchen, Mandelbäume für die Nachtigall und Blumenbüsche als Sitz von Wolken von Schmetterlingen.

Es war eine Oase der Freude – und vielleicht auch ein Altersruhesitz für Könige, die hier ihre Lebensabende verbringen mochten, um den Kopf auf die Schulter zu legen und zu versuchen, die verschiedenen Stimmen der Vögel zu unterscheiden und auseinander zu halten. Es war ein unerhörter Luxus. Das war mein erster Eindruck vom Mamounia Hotel.

Und auch auf den zweiten und dritten Blick bleibt der Palast in diesem Park ein Dampfer der höchsten Luxusklasse, der hundert Meilen von der Küste entfernt – jedoch landeinwärts! – auf Grund gelaufen scheint, als ein Fliegender Holländer des Kolonialzeitalters, der an diesem Längen- und Breitengrad weiterhin unsere Tage kreuzt.

Havannas zu vierzig Dollar liegen nach zwei Zügen ausgedrückt und noch frisch duftend in den Marmoraschenbechern des Foyers, als ich gerade wieder einmal versuche, mit dem Nikotin zu brechen. Es riecht ferner nach kostbarsten Parfums im Park und nach den flüchtigsten Essenzen im Haus, wo riesige Messingbecken und chinesische Vasen voll trockener Blütenmischungen die Luft mit ihrem Aroma sättigen.

In täuschenden Kristall-Kiosken, in denen ich ständig nicht weiß, ob ich in Spiegel oder durch Glaswände in den Park hinausschaue, finde ich Wasserbecken voll schwimmender Rosen – Knospen und Blüten. In einer anderen Nische ist ein gekacheltes Bassin unendlich verspiegelt, als endloses Geplätscher und Sinnestäuschung. Wasserfälle stürzen nur zur Erfrischung der Augen drei Stockwerke tief durch die Sommerhitze von oben nach unten durch das Haus. Überall Brunnen, Kühle in der Hitze, leises Plätschern in der Stille, Wasser in der Dürre.

Ein schlendernder Spaziergang führt durch fünf Bars, fünf Restaurants, das Casino, die Billard-Hallen, die Spielzimmer und viele verschwiegene Leder-Foyers dieses Dampfers. Was und wie wollen wir heute speisen: italienisch, französisch, marokkanisch – mit Bauchtanz – oder international? Alle Lokale sind aufs Feinste eingerichtet und die Genüsse so erlesen, dass der französische „Club" in der Stadt bei der Place Djemaa El Fna im Vergleich hiermit schnell wie eine Frittenbude aussieht.

Die futuristische Disco im Keller frönt einem solchen Energieverschleiß, dass man ihr allein schon ein kleines Kraftwerk gönnen möchte. Eine geschlossene Mahagoni-Tür führt von hier aus in einen angrenzenden „Club priveé". Heute zur Abenddämmerung ist das verschwiegene Reich der reifen Französin, die diesen Club betreibt, allerdings gähnend leer.

Da mache ich mich von dem Luxusdampfer doch noch einmal zu einem Landgang zur Place Djemaa El Fna hin auf. Vielleicht ist Fatima ja von Tetuan nach Marrakesch umgezogen und vielleicht verkauft sie mit ihren schönen Töchtern dort inzwischen eine ehrliche Linsensuppe mit Koriander an einsame Matrosen wie mich, wer weiß. Hoffentlich. Die Einsamkeit ist kein Vergnügen, weder auf See noch an Land.

Die Djemaa El Fna ist der berühmteste Platz des schwarzen Kontinents. Seine Schwindler, Schwertschlucker und Tierquäler sind schon hunderte Male besungen worden. Denn er besteht nicht aus dem, woraus berühmte Plätze gewöhnlich bestehen, aus einem schönen Rahmen, einer interessanten Fassade, berühmten Restaurants oder einer eigenwilligen Form. Er hat keine Aufbauten, keinen Brunnen, keine Karussells, nichts dergleichen, er existiert seit jeher nur aus einer architektonischen Flüchtigkeit, aus tausenden von Menschen, von denen schon die Säuglinge auf den Rücken ihrer Mütter uralt zu sein scheinen.

Sein wahres Gesicht zeigt der Platz darum vielleicht in der Dämmerung, wenn man zwischen den Rauchschwaden der Garküchen nichts als Köpfe wahrnimmt, nur Köpfe und nochmals Köpfe, und alle zusammen in einer einzigen Bewegung. Der Sinn der Versammlung besteht darin, dass hier fast jedermann an jedermann mit vorelektronischen Unterhaltungsdarbietungen Geld verdienen will. Es ist daher nichts als eine große Erwartung und ein einziges Abkassieren auf der berühmten Djemaa El Fna. Auch bei uns waren im Mittelalter die Friedhöfe einmal frivole Vergnügungsstätten für allerlei Gesindel. Der Brauch war so elementar, dass die Behörden Jahrhunderte lang vergeblich versuchten, dagegen vorzugehen. An der Djemaa El Fna aber hat dieser alte Brauch sogar die Existenz des ehemaligen Totenackers überdauert, der hier unter dem festgestampften Boden ruht. Er ist an dem staubigen Boden kleben geblieben, als eine fortwährende Bannung der Geister bis zum Jüngsten Tag, als ein einziger Menschenauflauf der Lebenden gegen die Toten. Es ist ein billiges Vergnügen gegen ständige Vorkasse.

Bei den Schauboxern tänzelt der pechschwarze Champion nach einem blitzschnellen Blick mit seiner geraden Rechten auf mich zu. Bei dem Schlangenbeschwörer geht ein düsterer Gehilfe zum Abkassieren im Kreis herum, neben seiner ausgestreckten Linken hält er eine zweite Schlange wie eine Peitsche in seiner Rechten. Ein Mann an den Suppentöpfen verlangt kein Geld im Voraus; er hat seinen Zeigefinger fast bis zum Mittelknöchel in der Nase vergraben.

Von Fatima und ihren Töchtern weit und breit keine Spur. In den klappernden Schüsselchen der Blinden verschwindet jede Münze, schon bevor sie noch ganz ausgerollt ist, gerade so, als hätte ein Loch sie verschluckt, ein Fass ohne Boden, während der Empfänger dem Spender seine leeren Augenhöhlen wie ein besonderes Kunststück entgegen streckt. Denn die Schausteller des Elends genießen hier durchaus den gleichen Rang wie die Artisten und Kurpfuscher mit ihren Darbietungen. Alle, die wir ins Verborgene schaffen, werden hier um des Erbarmens und des Erwerbes willen herumgetragen und gezeigt.

Die Märchenerzähler allerdings, ach, diese königlichen Erzähler, denen die Vögel unter der Hand wegflogen, wenn sie nur davon zu erzählen begannen, die gibt es nun auch hier nicht mehr. Scheppernde Verstärker haben ihre Kunst ruiniert. Ihre Zuhörer scheinen nur noch aus Gewohnheit um sie stehen geblieben zu sein. Und auch ihre Kollegen, die Dentisten, sind nur noch als Erinnerung vertreten.

Einst waren sie die wahren Könige dieses Jahrmarktes der freien Künste: poetischer als die Erzähler, seriöser als die Schreiber, heilsamer als die Prediger und schärfer als die Boxer. Nur mit ihren Requisiten sind sie noch da, mit einem Tischchen, einem schmutzigen Tuch voller gezogener Zähne und einigen Prothesen, zum Schein, zum Nachruhm, für die Fotografen, doch ohne Kundschaft.

Diese Ecke aber, in der jetzt eine Frau mit Bart gebrauchte ausgetrocknete Filzstifte zum Verkauf anbietet, erzählt mir jetzt noch die Geschichte des ehemals unbeschränkten Herrschers des Schmerzes auf diesem Platz, der es damals als einer der wenigen schaffte, mich an etwas anderes denken zu lassen als ständig an Fatima auf dem Hoteldach von Tetuan und daran, wie ich sie nur jemals wiedersehen könnte.

Er war ein Mann in seinen besten Jahren, als ich ihn das letzte Mal sah, der mit Prothesen damals noch nichts im Sinn hatte. Er war ein reiner Zieher. Er arbeitete außerdem noch ebenerdig, ohne Tischchen; und statt eines schmutzigen Taschentuchs voller Zähnchen hatte er einen wahren Berg bester Backenzähne vor sich auf der Decke aufgeschüttet. Diese Decke war seine Residenz. Wie ein Mönch saß er dort, tagaus, tagein und übertönte mit seiner wohlklingenden Stimme den Chor der leise Wimmernden, die sich in einem Kreis um ihn herum ihre geschwollenen Backen hielten. Die Wände dieses Wartezimmers wurden – der Natur des Platzes entsprechend – von einem zweiten und noch dichteren Kreis beschwerdefreier Schaulustiger gebildet.

Flüsternd, lockend, in beruhigendem Singsang und nur gelegentlich mit einem drohenden Knurren an der Wurzel seiner Worte – als Zeichen seiner Kraft! – war der Meister am Anfang der Vorführung gleichsam ein Märchenerzähler der dritten Art, der diesen inneren Kreis seiner Liebsten allmählich immer enger um sich zu scharen wusste. Schrille Schreie, die ihn hin und wieder unterbrachen, ließen erkennen, dass er mit nichts als seinen Worten schon wieder einmal den Nerv eines dieser Jammernden voll getroffen hatte.

In diesem Stadium kam es auch schon vor, dass sich einer kurz in die Mitte des Kreises wagte, um dann schreiend an den alten Platz zurück zu flüchten, sobald sich die Hände des Arztes nach ihm ausstreckten. Dieses Vorspiel konnte Stunden dauern. Schließlich aber war es dann irgendwann immer wieder einmal so weit, dass einer von dem Vortrag, dem Zahnschmerz und den anfeuernden Zurufen des Publikums so überwältigt wurde, dass er sich willenlos den Händen des Dentisten überließ. Es war der Moment, in dem sich alle Zuschauer immer auf einmal auf die Zehenspitzen stellten.

Denn nun schwieg der gute Doktor plötzlich und wurde so schnell wie eine Viper und so stark wie ein Löwe. Mit einem einzigen Griff hatte er jetzt aus der Hocke heraus den Kopf des Opfers zwischen seine Knie wie in einen Schraubstock zurück gerissen, nach hinten gebogen, eingeklemmt und aus einem blauen Fläschchen schnell ein paar Tropfen in den offenen Rachen gespritzt, während er gleichzeitig mit der Rechten aus seiner hinteren Hosentasche einen Furcht erregenden Engländer hervorholte, wie dieses Zangenwerkzeug der Automechaniker aus irgendeinem Grund nun einmal heißt.

Ein Zucken, ein Reißen, und der Zahn war in einem einzigen Schrei draußen. Der Zieher schwenkte ihn im Eisengriff ein wenig über seinem Kopf, während er dem Befreiten zur Nachbehandlung mit seiner Linken noch ein paar Tropfen aus einem grasgrünen Fläschchen einflößte, die Farbe des Propheten und des Sieges. Es war klar, dass diese grellen Farbtupfer rein gestalterische Elemente seiner Vorführung waren, doch blieb es mir ein Rätsel, wie dieser Meister bloß immer auf Anhieb die richtigen Zähne ziehen konnte. Oder waren es vielleicht gar nicht immer die richtigen? Egal, ich hätte ihm jedenfalls tagelang zusehen und zuhören können. Weg ist er. Und Fatima ist wahrscheinlich schon lange zuhause, um Suppe für ihre schönen Töchter zu kochen. Ich komme noch einsamer ins Hotel zurück als ich es verlassen habe.

Vielleicht liegt die Leere der Halle ja auch an den betörenden Suiten und Apartments, die die Gäste heute schon wieder so früh ins Allerprivateste zurückgelockt haben. Dem Prospekt nach zu urteilen sind für den Geschmack eines jeden Ausstattungsfetischisten hier eigene kleine Welten ersonnen worden. Die Namen lesen sich wie Filmtitel: Die „Suite anonyme“, „La Palmerie“, der „Orient-Express“, die Suite „Au Baldaquin“, das „Neunzehnte Jahrhundert“ und so weiter. Doch in allen Zimmern spielen die Bäder eine zentrale Rolle. Doppelflügelige Palasttüren führen in diese innersten Reiche, es sind Serails mit Kerzen neben der Badewanne und Papierorchideen. Es fehlt an nichts, es ist alles vorhanden, was man in Liebeslauben nötig hat.

Über den Betten aber findet sich dennoch, natürlich, ein TV-Gerät – ein Vergnügen, das früheren großen Liebhabern mit ihren Geliebten noch nicht zur Verfügung stand, Hemingway beispielsweise, der bei seinem letzten Aufenthalt hier noch seine eigene Phantasie bemühen musste, um sich mit seinen Gespielinnen die Nächte um die Ohren zu schlagen. Hat ihm dieses Hotel wohl imponiert? Vielleicht. Rudyard Kipling und anderen Erz-Kolonialisten hat es gewiss gefallen. Denn dieser Fleck ist spürbar schwer von der „Bürde des Weißen Mannes“. Die Gästeliste ist eine einzige Fahne der Gebeugten, die sich um die Entwicklung der Erde gemüht und bemüht haben. Präsident Roosevelt hat hier geschlafen. Königliche Hoheiten müssen vor der Rezeption Schlange gestanden haben. Winston Churchill hat das Haus anscheinend gar nicht mehr verlassen. La Mamounia ist ein Haus der Unsterblichen. Das Hotel ist selbst ein Kino, eine einzige Attrappe in einem grotesken Umkehrprozess, in dem Filme nicht mehr die Welt abbilden, sondern wo sich die Welt dem Kino nachbildet.

Die Stadt ist dabei nichts als eine entrückte Kulisse für das Haus, in einem orientalischen Traumtheater, dessen Darsteller allesamt Komparsen sind in einem Vergnügungsschauspiel auf Leben und Tod, mit Armen und Ärmsten, mit Blinden und Krüppeln, mit deren schierer Zurschaustellung auch heute Abend wieder nur ein paar hundert Meter weiter ganze Familien ihr Brot verdienen.

Es ist durchaus nicht das teuerste Hotel der Welt, wohl aber das teuerste in ganz Afrika, und das macht natürlich noch einmal einen delikaten Sondersinn. Wo sonst auf der Welt ist es den Reichen noch wie hier möglich, sich in feudaler Herzenslust noch einmal vor den Augen der Armen zu vergnügen, unter der Schirmherrschaft eines strengen Königshauses, in einem alten adligen Genuss. Es ist eine Arche aus einer anderen Zeit, dem verbotenen Paradies noch näher – und gewiss aus einer Zeit vor der Sündflut. Wahrscheinlich ist der Laden nur darum auch so sündhaft teuer. Es ist eine Titanic der Verschwendung in einem Ozean der Notdurft.

Es wäre eine Frechheit, tagsüber irgendjemandem in Marrakesch ohne Schamröte zu verraten, wo ich nachts meine müden Beine ausstrecke – oder eine große Dummheit oder beides. Das hohe Haus ist ein Narrenschiff mit ständig wechselnden Passagieren, zehn Minuten vom Flugplatz entfernt, gleich rechts hinter dem ersten großen Tor der Stadt.

Es lebt von teurer Laufkundschaft. Denn so arm an Millionären ist unsere Welt doch nicht, dass das Haus nicht ständig ausgebucht wäre, besonders aus den französisch- oder englischsprachigen Ländern, wo –

anders als in der kleinbürgerlichen deutschen Bundesrepublik – die vorindustrielle Tradition noch intakter ist, mit seinen Schätzen nicht so sehr hinter dem Berg zu halten. Die wenigen Spanier gehen deutlich am wenigsten neurotisch mit ihren Peseten um, vollendet stilbewusst in ihrer Jahrhunderte lang gepflegten Kunst, Geld mit vollen Händen und Grandezza aus dem Fenster zu schmeißen.

Neben Firmenerben, die mit ihren Geliebten die Rücklagen für Investitionen durchbringen, fallen goldumrahmte Gesichter mit nervösen Zuckungen fast ebenso auf wie geschminkte Gespenster, die mir am helllichten Tag im Park begegnen. Alle scheinen jedenfalls darin zu wetteifern, den ganzen schönen Tag lang jeden Eindruck zu vermeiden, der darauf hindeuten könnte, dass man jemals arbeiten müsste.

Ach Fatima! Gerade eben verrostet die Stadt schon wieder im Schein des Abendlichts. Jetzt geht ihre Farbe in die des Himmels über. Und weit da hinten, da oben, genau im Süden, reiht sich nun ein Leuchtfeuer auf dem Atlas unter die flimmernden Sterne des Weltalls ein, die nach und nach wie die Töne einer hellen, leisen Musik durch das Firmament zu brechen scheinen. Doch wie leer auch jetzt der herrliche Park unter diesem Zelt schon wieder ist! Kein Mensch sitzt auf den Bänken, während die Vögel aus allen Büschen über das Ende des Tages herfallen.

Auch in dem maurischen Innenhof des Palastes lehne ich später allein an einer der kühlen Säulen in dieser lauwarmen Nacht, und in der Bar klatsche ich wieder einmal als einziger für den armen Pianisten. Eine riesige Schüssel mit bestem Lammeintopf und zwei Flaschen Wein haben meinen Hunger und Durst nicht richtig stillen und löschen können. Ich träumte wieder von Fatima. Diesen unstillbaren Hunger und Durst verstaute ich endlich als einen der stärksten Eindrücke unter die Erinnerungen an diesen königlichen Hotelkreuzer hinter der Küste Afrikas in mein Gepäck – und eben die Erfahrung vom Feuer der Brillanten am letzten Morgen.

Da nämlich war ich wieder so früh wie beim ersten Mal auf den Balkon hinausgetreten. Noch einmal wollte ich wie bei meiner Ankunft den Laudes und Hymnen der Vögel von Marrakesch lauschen. Diesmal freilich lauschte auch auf dem Balkon unter mir ein Liebespaar dem Frühkonzert in Nachtgewändern. Mit seiner Linken fuhr der Mann seiner Geliebten spielerisch das seidenverhüllte Rückgrat herauf und herab und warf ein paar Brotkrümel zu drei Katzen im Park hinab. Das Mädchen räkelte sich gegen ihn und hielt sich mit festem Griff am Geländer fest. Doch wie welk und faltig die beringte Hand der verliebten Blondine doch war! War das Mädchen vielleicht achtzig?

Vorsichtig wollte ich mich zurückbeugen. In dem Moment ging die Sonne auf und brach sich in ihrer Hand. Plötzlich blendete ein blau-weißes Strahlen von unten her meinen verbotenen Blick: klarer als die Sonne, gleißender als der Schnee des Atlas und funkelnder als jeder ferne Stern. Nie vorher und nie wieder habe ich das Feuer der Brillanten so lichterloh lodern gesehen – und verstanden, warum sie so unverschämt hell blitzen und funkeln müssen.

Simon

(Genf 1997)

Zucker, Kohle und Diamant bestehen aus dem gleichen Stoff. Von Zucker und Diamant lässt sich das gern glauben. Denn das sieht ja jeder: In einem schönen Stück raffiniertem Kandis lässt sich diese Verwandtschaft selbst von einem Laien wie mir leicht nachvollziehen. Dieses Glitzern! Und der schöne kristalline Schliff! Das Prisma der Farben! Und beide Steinchen so süß! Undsoweiter.

Doch Zucker und Kohle? „Ja, hier ist es nicht anders. Es ist nichts als Kohlenstoff, eben nur in verschiedenen Verdichtungen; so wie beim Diamanten, wo er in höchster Konzentration erscheint.“ Soll das heißen, dass im Grunde auch Schwarz und Weiß die gleichen Farben sind? Mr. Bennett lächelt nachsichtig. „Aber selbstverständlich. Weiß befindet sich in allen Farben, und alle Farben befinden sich in Schwarz. Paradox, nicht wahr. In ihren Extremen fällt die Farbskala des Spektrums in eins. Darum leuchten ja auch alle Farben des Regenbogens im Feuer der Brillanten.“

David Bennett ist eine Autorität auf dem Juwelenmarkt, egal wie bubenhaft er noch immer wirken mag. Er hat Bücher über das Geheimnis der Steine mitverfasst, die bis hin ins Ungarische übersetzt wurden, und hat in den letzten Jahren die drei teuersten Steine überhaupt verkauft, die jemals in einer Auktion an den Mann oder die Frau gebracht worden sind: den legendären „*Mouawad Splendour*“ (101,84 Karat) für fast 13 Millionen Dollar, danach einen nur wenig kleineren Klunker für etwa 12 Millionen, und schließlich, vor zwei Jahren, den „*Star of the Season*“ (100,10 Karat) für sage und schreibe über 16,5 Millionen – Dollar, wie gesagt. Oder noch genauer: exakt 53 Millionen und 634.000 Schweizer Franken für die drei Steine. Denn die Verkäufe fanden natürlich in der Schweiz statt, in Genf, wo David Bennett als angestellter „*Deputy Chairman*“ und Director der „*Jewels and Precious Objects Division, Europe*“ bei der Auktionsfirma Sotheby‘s in Lohn und Brot steht. In der Branche als „100 Carat Mann“ berühmt, ist Mr. Bennett hier einer der erfolgreichsten Verkäufer der Welt geworden und – wie es sich für einen echten Engländer gehört – dabei ein bemerkenswert spleeniger Esoteriker geblieben.

„Ich bin ein miserabler Verkäufer, ich weiß gar nicht, wie das geht: Verkaufen!“, sagt er leise und wieder linkisch lächelnd, während er in charmanter Unterstreichung seiner Unbeholfenheit die Hände in den Taschen seines Sakkos nach vorn streckt. Und ja, vor dem angestellten Reporter – einem am Kauf eines der kleineren oder größeren Diademe, die er heute im Angebot hat, leider völlig Uninteressierten – kann er sich offensichtlich überhaupt nicht richtig entfalten.

Doch was heißt in seinem Beruf entfalten? Der Raum um uns herum ist wie ein Museum mit Vitrinen voller Geschmeide ausgestattet und erfüllt von den halblauten Gesprächen zahlloser Gäste aus vier Kontinenten, die an dem Glitzern und Funkeln dieser Schaufenster vorbeiflanieren. Habe ich nicht gerade sogar malayisch gehört? Gewiss jedenfalls Laute, die ein alter Joseph Conrad-Verehrer für Malayisch halten darf. Wie auch immer, kaum eine Schatzkammer verwahrt solche Preziosen wie dieser wohl hochkarätigste aller Ramschmärkte. Schon die Kataloge sind wahre Prachtstücke.

Vier Russen unterhalten sich hell über verschiedene Angebote. Prinzessinnen der Emirate lassen sich vom Personal des Hauses an ihren Extratisch vor dem Fenster geleiten, gerade neben einen anderen Tisch, an dem orthodoxe Juden aus Antwerpen, die Schläfenlocken gezwirbelt und unter ihren Hüten um die Ohren gewickelt, Stein für Stein eines umfangreichen Colliers untersuchen. Soeben betritt ein Mann mit weißen Gamaschen neben einer Frau den Raum, die aussieht wie Madonna mit einem Hündchen auf dem Arm. Neben der Tür steht ein phantastisch dicker Libanese mit einem saudischen Scheich in ein Gespräch verwickelt.

Melancholie umweht mehr als nur ein Mitglied verschiedener Dynastien des europäischen Hochadels, die hier ihr Tafelsilber verscherbeln wollen. Die Letzten uralter Geschlechter des alten Kontinents treffen hier auf ihre jüngsten Erben aus der allerneuesten, der globalen Welt, aus Singapur, Kuala Lumpur, Tokio, Moskau, Shanghai, Hongkong. Japaner, Perser, Armenier, Inder, kurz: eine wahre Internationale drängt sich auf den weichen Teppichen in diesem dem See zugewandten Prachtsalon eines Luxushotels, in dem jetzt ausgestellt wird, was in drei großen Auktionen der nächsten drei Tage den Besitzer wechseln soll: „*Silver, Gold and Fabergé*", „*Important Wristwatches, Watches and Clocks*" und „*Magnificent Jewels*". Hier hat keiner Augen für das schöne Ufer vor den Fenstern, das dem Hotel seinen legendären Namen gab.

Sich in diesen Salons zu entfalten kann für Mr. Bennett nur heißen, sich vollkommen zurückzunehmen, einfach immer nur da zu sein, anwesend, höflich, freundlich, immer in Sichtweite, die Arme auf dem Rücken hinter dem Jackett verschränkt, mit unangestrengt gespitzten Ohren, hellwach für jeden, der seinen erfahrenen Rat sucht. Denn „nicht der Käufer sucht sich seinen Stein", heißt die Hauptthese seines wichtigsten Buches, sondern „der Stein sucht sich seinen Käufer."

Bei der Anknüpfung dieser komplizierten Wahlverwandtschaften werden aber dennoch sowohl die Käufer als auch die schlauesten der Steine ein wenig Nachhilfe bei ihrer Suche gut vertragen können. Dafür ist Mr. Bennett da.

Warum werden Menschen schon immer von Steinen angezogen, fragt er mit hochgezogener Braue in der Ecke, wo ich mich ein wenig von ihm über eben diese Frage aufklären lassen möchte, und antwortet mit dem Philosophen Kant, natürlich auf Englisch: „*The primary impulse of man is towards beauty.*"

Ich schaue aus dem Augenwinkel zwei betagten Beauties nach und neige weiter gespannt mein Ohr. „Sehen Sie, es gibt ja nichts wirklich Kostbares mehr in der Welt, keine wirklich wahren Werte. Heute greift man in die Innentasche und zur Scheckkarte, und dann ist es das auch schon. Dagegen muss man sich wieder die Originale an wahrem Wert und Schönheit ins Bewusstsein zurückrufen und vor Augen halten, wie sie in Brillanten verborgen sind."

Doch wahrer Wert, was ist das? „Da muss man wieder genau unterscheiden. Im Grunde speist sich der Wert aus zwei Quellen, wie Sie hier heute besonders gut sehen können. Das Diadem da vorne und der Korsagenschmuck daneben aus Saphiren, Diamanten und Perlen gehörten einmal der Königin Marie-Amélie von Frankreich. Oder schauen Sie sich hier die anderen herrlichen Objekte aus der Sammlung Seiner Kaiserlichen und Königlichen Hoheit, Prinz Louis Ferdinand von Preußen, und aus der Privatschatulle seiner Gemahlin, Prinzessin Kira von Preußen und Großfürstin von Russland, an, darunter Juwelen, Silber und Tischwäsche – bis hin zu Manschettenknöpfen der Majestäten. Hier speist sich der Wert natürlich ganz entscheidend aus der Herkunft, die diesen Preziosen eine so ganz sagenhafte Aura verleiht und sie in unfassbarer Magie aufstrahlen lässt. Kein Mensch wird diese Schmuckstücke je verändern wollen. Das ist der Wert der Provenienz, der kaiserlichen, königlichen oder hochadligen Herkunft."

Ich spüre, wie sich meine republikanische Stirn runzelt; Mr. Bennett sieht es und lenkt von dem königlichen Nippes schnell hinüber zum Wert der Objekte an sich.

„Ganz anders verhält es sich dagegen mit dem mehr objektiven Wert der Steine, der sich allein nach ihrem Karatgehalt und dem Schliff bemisst. Die Experten reden hier oft vom Leben der Diamanten. Das ist das Feuer, das in ihnen steckt und ans Licht geholt werden will. Doch wie und was hat der Handwerker gemacht? Er hat nur einen anderen Diamanten genommen und mit dem einen den anderen geschliffen. Der Stein selbst interessiert mich also längst nicht so sehr, wie das, was daraus gemacht worden ist. Das ist der wahre Wert. Es steckt immer ein Höchstmaß an Kunst im Stein. Konkret bestimmen vor allem physikalische Gesetze von Ein- und Ausfallwinkeln des Lichts und der Lichtbrechung das Feuer. Diese Gesetze immer besser auszuschöpfen ist das Bestreben aller Diamantschleifer. Darum tauchen diese Steine auch überhaupt in Auktionen auf."

Darum? Warum? „Ja, denn Versteigerungen sind die günstigste Gelegenheit, besondere Diamanten zu kaufen, um sie danach in noch wertvollere Steine zu verwandeln. Die Auktion ist eine Schalt- und Gelenkstelle dieser Wertsteigerung. Immer neue Schlifftechniken können Steine immer wieder um ein Vielfaches wertvoller machen. Kleine Unreinheiten können beseitigt werden, dann wird der Stein sehr, sehr viel teurer – oder ein kleiner Splitter springt ab, dann ist er verloren. Es ist immer eine enorme Herausforderung und ein sehr hohes Risiko."

Ich beuge mich noch einmal mit der Lupe über einen herzförmigen 30-Karat-Diamanten, der mit leiser Effizienz von den Sicherheitsfachleuten von Sotheby's aus einer unscheinbaren Vitrine in der anderen Ecke des Raums an unseren Tisch gebracht worden ist, und starre fassungslos in das Kaleidoskop in seinem Innern. Ich versteh' das nicht. Tragen kann das Ding mit ruhigem Gewissen keiner. Laut Katalog werden zwei bis zweieinhalb Millionen Franken dafür erwartet.

Was ich verstanden habe ist, dass viele dieser Schmuckstücke also praktisch nur Parkplätze für noch höhere Werte der Zukunft sind. Wo soll das enden? Für eine sehr kurze Zeit taucht der wahre Wert auf dieser Auktion aus einem anonymen Fluss des Besitzes auf, um von hier aus wieder in neue Besitzflüsse umgeleitet zu werden, den Berg hinauf, zu noch mehr Wert. Verrückt, ein bisschen mehr Feuer, ein Vielfaches mehr an Wert.

„Schauen Sie selbst", höre ich Mr. Bennett leise sagen, „die Farbe der Steine gibt es nur in den Steinen! Nirgendwo sonst.

Und die Farben sind ja vielleicht überhaupt das Geheimnis der Steine. Vor fünfhundert Jahren war doch ein Rubin zum Beispiel praktisch das einzig wirklich Rote, das du in deinem Leben je in der Hand haben konntest.“ Wie bitte? Und das Blut? Und der Mohn? Ich lege die Lupe wieder hin.

Doch das war erst das Präludium, die Vorbereitung, das leise „Talking into it“. Der zweite Teil, die Ernte, die Performance der Versteigerung ist natürlich der eigentliche Hammer jeder Auktion. Und Simon de Pury, der Europachef von Sotheby‘s, ist ein wahrer Paganini des Zuschlaghammers, den er wie einen Taktstock führt. Mit sechsundvierzig Jahren ist er heute der erfolgreichste und berühmteste Auktionator in der Geschichte des zweihundertfünfzig Jahre alten Hauses.

Es gibt Kunden, die ihre Kollektion nur unter der Bedingung an Sotheby‘s geben, dass Monsieur de Pury die Sitzung leitet, denn er holt auf geheimnisvolle Weise zuweilen bis zu zehn Prozent mehr aus den Losen heraus als all seine Kollegen und Kolleginnen, mit Gefühl, Magie, keiner weiß, wie er das macht. Die armen Kollegen. Aber dafür ist der Virtuose ja auch der Präsident. Er braucht einem Käufer, der noch überlegt, nur in die Augen zu sehen – und schon geht der Finger hoch.

Und doch ist Monsieur de Pury ein Star ohne alle Allüren, natürlich ein Mann von vollendetem Geschmack, doch vor allem ein ganz und gar freundlicher Edelmann aus Neuchâtel, der von sich sagt, dass er ein verhinderter Maler sei. Mit dem Verkauf von Bildern anderer hat er sich allerdings inzwischen einen größeren Namen gemacht, als es ihm eigene Werke womöglich jemals erlaubt hätten. Sieben Jahre stand er der Thyssen-Bornemisza-Sammlung als Kurator vor. Sein Lebenslauf ist bewegt, die „magische Mischung aus Zahlengefühl, Intelligenz, Schnelligkeit und Charme“ seiner Persönlichkeit über die Branche hinaus berühmt. Marathonsitzungen von vier Stunden vermag er mit einem Lächeln zu beenden.

Es ist ein Vergnügen, mit ihm zu speisen. Am Tisch ist er

ein Zauberer der Bescheidenheit. Hier erzählt er, dass die neuen Russen vor allem überall Ikonen zurückkaufen; und dass die neuen Reichen aus Asien ihr überflüssiges Geld als erstes in Diamanten anlegen. Kunst sei ihnen zu sehr Ausdruck. Sie sichern ihren Besitz lieber in mehr abstrakten Werten ohne jede kulturelle Note, wie sie der Kunstmarkt anbietet.

Auf dem Rostrum später ist er wie ausgewechselt. Von den Auktionen dieser Tage hat der Präsident sich selbst die Versteigerung der eher unscheinbaren Angebote vorbehalten. Es ist ihm offenkundig gleich. Denn hier ist er ein Zirkuspferd, ein reines Medium zwischen Verkäufer und Käufer, in unglaublichem Tempo, auf Englisch, Französisch, Italienisch, Deutsch – in seinem Mund verschmelzen sie zu einer Sprache, einem wahren Europäisch – mit stets korrekten Preisangaben.

Er achtet offensichtlich überhaupt nicht auf die Objekte, nur auf das kurzfristige Angebot in der Luft. Bei einer Krawattennadel treibt er den Handel genauso an wie bei Kronjuwelen, mit dem Beat und Rhythmus eines Rock ’n’ Roll-Stars, hochkonzentriert und jeden Einzelnen im Saal im Blick, jede Geste, jedes Nicken, Zwinkern, jedes hochgehaltene Blatt Papier, jeden Kuli, Bleistift, die jeweils einige Tausender mehr bedeuten.

Ein Nachbar bietet immer nur mit einem kurzen Vorschieben seines Kinns, mit einer Art Mussolini-Unterkiefer. Juden und Araber duellieren sich hier mit dem unmerklichen Senken der Wimpern, einer einzigen Halsbewegung, in vollendeter Geschäftskultur.

Simon de Pury entgeht nichts davon, er bietet mit, synchron, vor und zurück, wahlweise, gegeneinander, in einer Hand den Hammer, in der anderen einen Stift, heizt dabei ein Stechen verschiedener anonymer Mitbieter von einem Telefon links zu einem Telefon rechts an – und käme in diesem Tumult doch nicht im Traum darauf, mein vergessliches Kratzen am Kopf als Mitbieten misszuverstehen oder die Hand vor meinem gähnenden Mund. Denn für mich ist schon das Zusehen anstrengend.

Er bietet, wie Boris Becker Bälle annahm und zurückgab; dem Auge des Berichterstatters wird darüber geradezu schwindelig; alle Gedanken verhaspeln sich: mit den Worten, den Zahlen, den Gesichtern. Es ist ein Informationswasserfall.

Vor diesem Zahlenregen erfasst mich Panik wie vor einer abstürzenden Festplatte. Unerklärliche Rätsel der Käuferseele. Was bringt einen dazu, irgendwann aufzugeben, nachdem man schon eine aberwitzige Summe geboten hat? Wieso bekommt eine Zigarettendose siebentausendfünfhundert Schweizer Franken und eine andere fast identische zwei Minuten später eintausendfünfhundert? Was ist ein Preis? Immer ein Rätsel.

Keiner weiß, warum die Gebote plötzlich – ziemlich niedrig – stocken und fast zum Erliegen kommen und danach wie Raketen im Pingpong-Takt hochgehen. Zwei Stunden lang ruft und treibt er wie ein Wasserfall die Turbinen der Versteigerung an, dann ist alles verkauft.

Nach drei Tagen ist Sotheby's die ganze Chose los. Mein Diamantherz hat einskommasechs Millionen erzielt, der kleine Kiesel; die ganze Schatulle der Königin Marie-Amélie ist für einskommazweifünf Millionen in die Hände von Scheich Achmed Fitaihi in die saudiarabische Wüste gegangen. Jeder Stein sucht sich seinen Tresor. „*Money talks, wealth whispers*", verrät eine Reklame der Citibank auf dem Flughafen. Sprüche der Väter. Aber warum flüstert Reichtum? Aus Furcht? Und was ist nun wahrer Wert? Ein hundertkarätiger Diamant?

Sicher scheint nur, dass es einen Reichtum gibt, der auf dem Höhepunkt aller Aneignung in das absolut Nutzlose stürzt – in ein kleines abstraktes Nichts, in das schwarze Loch eines schneeweißen Feuers – eines kleinen blauen Glitzerns im Innern der Steine, in dem sich der Schein und das Flackern des Himmels und der Hölle spiegeln.

Tatjana

(Karlsruhe 1985)

Als Lenin starb, so erzählt man sich in Russland, bedrückte ihn nur noch ein einziges – semantisches – Problem. Das Wort „Krestiane“ nämlich, das sich seit den Tagen Wladimirs I. zur allgemeinen Bezeichnung der russischen Bauern schlechthin entwickelt hatte, sollte nun endgültig aus dem Bewusstsein des Volkes getilgt und überall durch das Wort „Sowjet“ ersetzt werden: Das „heilige“ Russland sollte auch begrifflich in der neuen Sowjetunion auf- und untergehen. Stalin, sein Erbe, nahm diesen letzten Willen immerhin so ernst, dass er später mit jenem Namen zugleich auch Millionen seiner Träger liquidieren und verhungern ließ. Das Plansoll der Dechristianisierung des Riesenreichs wurde schnell und rigoros erfüllt.

Am 13. September des Jahres 1985 aber quälte einen Professor Platanow in der „Prawda“ immer noch die nun bald 1000jährige Vorgängerideologie des wissenschaftlichen Atheismus. Nicht nur die „zehn Prozent der Stadt- und ein etwas höherer Anteil der Landbevölkerung“, die weiterhin dem alten Aberglauben anhängen, machten ihm Sorgen, sondern noch mehr die „Wiederherstellung der Religiosität“ in der jungen Generation. Der „globale Betrug am Menschen“ und die „weltanschauliche Prinzipienlosigkeit“ ist also auch im fortschrittlichsten aller Länder noch immer nicht vollständig überwunden worden.

Anders als Professor Platanow, dessen Gesicht wir nicht kennen, hat der Betrug, von dem er spricht, seit einigen Jahren sogar für uns im Westen ein Gesicht bekommen. Ein russisches Gesicht: blass, intelligent, mit wasserblauen Augen, schmalen Lippen, einer hellen Hornbrille und den dünnen blonden Haaren, zu einem nachlässigen Knoten in den Nacken gebunden. Wenn diese Zeugin der Prinzipienlosigkeit Platanows „Wiederherstellung“ meint, spricht sie von „Auferstehung“, wo er von „Religiosität“ redet, spricht sie von einer „neuen Orthodoxie“.

Sie heißt Tatjana Goritschewa und sagt: „Jedes vierte Kind wird heute in Russland getauft und viele, viele Erwachsene“ und: „Zum ersten Mal strömt jetzt die russische Intelligentsia in die Kirche. Die Intelligentsia vollzieht die Reue“ oder: „Ich kenne keine Marxisten mehr in Russland, nur noch in Westeuropa.“

Die Kirche einer Karlsruher Südstadt-Gemeinde, in der sie an einem Sommerabend dieses Jahres sprechen will, ist schon eine Stunde vor ihrem Auftritt „mehr als zur Christmette“ gefüllt, wie der Pfarrer später sagt. Bis an die Stufen des Altares lagern sich die Besucher aus nah und fern, in den Gängen, auf dem Steinfußboden, überall. Keiner weiß, woran es liegt. Diese Menschen lassen sich nicht nur einer Konfession, einer Bewegung, Klasse oder Altersgruppe zuordnen, doch eine halbe Stunde vor Beginn ihres Auftritts beginnen sie plötzlich wie mit einer Stimme Marienlieder zu singen, unorganisiert, ohne Organist, Orgel oder Pfarrer.

Was ist bloß dran an der Frau, die das bewirkt, bevor sie auch nur in Erscheinung tritt, und die nun – während der Pfarrer eine kurze Einführung hält – so unbeweglich still dahinten im Schatten des Altarraums wartet. Sie hat grässliches Lampenfieber. Diese Angst hat sie seit fünf Jahren, immer, fast Abend für Abend. Denn sie kann eigentlich gar nicht reden, auf Deutsch noch weniger als auf Russisch.

Und dann kommt sie nach vorne, schlägt ein großes Kreuzzeichen und fängt mitten in einer Geschichte an, die man für einen Roman halten könnte, und von der sie gleichwohl beteuert, dass sie nicht von gestern, sondern von heute, und nicht aus der Phantasie, sondern der Wirklichkeit stammt.

Sie redet frei. Und sie predigt nicht, sondern erzählt einfach: von einer unbekannten Welt raunender Föhren und singender Klöster hinter den ideologischen Nebelschleiern der Propaganda. Von scharfsinnigen Starzen und alten „Batjusckki“, denen die Arme von den vielen täglichen Taufen schmerzen. Von namenlosen Weisen und Lagern, aus denen immer mehr neue Christen in die russische Gesellschaft zurückströmen. Von Scharen nackter Frauen, die sich auf den zugefrorenen Seen Sibiriens aneinander drängen und mit uralten Chorälen wärmen. Von Seminaren des wissenschaftlichen Atheismus, die vor allem deshalb überlaufen sind, weil man nur dort ungestört die Texte der Bibel studieren kann. Von Museen, in denen sich Gläubige heimlich vor Exponaten des überholten Aberglaubens, den Ikonen, zum Gebet versammeln.

Sie rollt das R, wie eine Taube gurrt, und ist gekleidet, wie es nach dem Krieg im Quartier Latin einmal Mode war: Sie trägt einen verzogenen schwarzen Rock, ein verbeultes Samtjäckchen, ebenfalls schwarz, eine Bluse, einen Schal und hat ihre nackten Füße in zwei einfachen Sandalen stecken.

Lange redet sie fast regungslos, fasst sich nur hin und wieder an die Stirn, streicht sich eine Strähne aus den Schläfen, faltet und öffnet die Hände, lacht hell und kurz auf, seufzt, atmet schwer, zwinkert mit den Augen, nestelt an den Jackenschößchen und endet schließlich nach etwa einer Stunde so abrupt, wie sie begonnen hat, gerade so, als würde ihre Sprache zu Ende gehen. „Ich bitte mich zu verzeihen“, sagt sie, die bisher tadellos Deutsch gesprochen hatte, plötzlich und verbeugt sich bis zum Boden vor ihrem Publikum. Wie eine Figur aus einem postumen Drama Albert Camus’ steht sie da, als sie sich wieder aufrichtet, allein in der Menge, eine erschöpfte junge Frau, mit nichts als einer großen Geschichte auf ihrem Arm.

Es ist die Geschichte ihres Lebens in der Sowjetunion, in der sie 1947 geboren wurde. Sie stammt aus der Dzerschinowo-Straße in Leningrad, in der – als die Straße noch Gorochowaja und die Stadt noch Petersburg hieß – Ilja Iljitsch Oblomow vor gut 100 Jahren so exemplarisch unseren Tagen entgegen döste.

Die einzige Tochter eines Topographen wurde von der Mutter streng sowjetisch erzogen. Anerkennung fand sie fast nur in der Schule. Sie war eine hervorragende Schülerin. An der Technischen Hochschule begann sie später mit dem Studium der Physik und vertiefte sich in das Studium der deutschen Kultur mit einer Leidenschaft, dass sie jetzt noch meint, „das wahre Deutschland lasse sich heute nur noch in Russland" kennen lernen.

Mit achtzehn Jahren war sie als Kosmosolzin so aktiv, dass sie rasch zur Gruppenleiterin aufstieg. Als aber Mitte der sechziger Jahre der Existentialismus seinen Weg auch in die Sowjetunion fand, war es mit ihrer sozialistischen Karriere schon fast zu Ende, als sie entdeckte, „dass es tiefere Stufen des Seins als die Gesetze des sozialen Lebens" gibt. Dafür wurde sie nun eine glühende Philosophin, „bereit, für jede aktuelle Wahrheit auf dem Scheiterhaufen zu brennen."

Nichts davon war privat, es gibt dafür – außer in den Datschas der Nomenklatura – in der Sowjetunion überhaupt keinen Raum: Bis heute sagt sie deshalb noch immer „wir", wenn sie ihr Leben beschreibt: „Wir sind in der Wüste geboren. Wir schrieben Gedichte in Straßenbahnen und sprachen im Hausflur über Spinoza."

In der Bibliothek lernt sie ihren ersten Mann kennen. Sie heiraten, sie lassen sich scheiden. Sie wird noch zweimal heiraten. Im Cafe „Saigon" an der Ecke Newskij / Litejnij trifft sie sich abends nach der Bibliothek mit Existentialisten, Künstlern, Yogis, Süchtigen, Dissidenten, psychiatrisch Behandelten und anderen Misfits der Stadt, mit denen sie bis tief in die Nacht diskutiert, trinkt und schockierend laute patriotische Lieder singt. Sie profiliert sich in Ausschweifungen aller Art, übersetzt Heidegger, korrespondiert sogar mit dem alten Meister und trägt ihn auf Dachböden und in Hinterzimmern vor und streitet in Küchen über Jaspers, Husserl und Lévi-Strauß.

Nach einem blendenden Staatsexamen tritt sie nicht in die Partei ein. Vorlesungen, die sie anfangs dennoch an der „medizinischen Fakultät über Ethik halten darf, entschärft sie durch die stereotype Einleitung „Der-Marxismus-lehrt ...", um dann aus Freud, Jung, Fromm, Nietzsche, Sartre oder Kierkegaard vorzulesen.

Es geht so lange gut, bis sie einer westdeutschen Studentengruppe ihre Sympathie für den gerade verfemten Solschenizyn anvertraut. Über eine Denunziation der neuen Frankfurter Linken macht sie dann ihre erste Bekanntschaft mit dem KGB. Mit 24 Jahren gelangt sie danach endlich dahin, wo mittlerweile schon die meisten ihrer akademischen Freunde angekommen sind: zu den Heizern, den Nachtwächtern, den Fahrstuhlführern. Sie wird Fahrstuhlführerin bei der Feuerwache, eine Aufgabe fürs Leben.

Es interessiert sie allerdings kaum noch, da ihr inzwischen ihr ganzes bisheriges Leben, die Gesellschaft und die Kultur insgesamt ohnehin nur noch als Leere und „Schleier der Maja", als Nichts erscheint. Über einen Freund hat sie Yoga kennen und intensiv meditieren gelernt. Ebenso wie alle Formen der Magie ist nämlich auch Yoga ungeheuer populär in der Sowjetunion. „Nirgendwo auf der Welt glaubt man so an das Schicksal und an Vorzeichen: einer zählt Ziffern auf der Straßenbahnfahrkarte zusammen und verschluckt das glückbringende Ticket, viele andere beschäftigen sich mit Horoskopen; alle möglichen Wahrsagerinnen und Zauberinnen haben Hochkonjunktur."

Die Goritschewa aber sucht auch in der transzendentalen Landschaft ihren Weg wieder mit ganzem Einsatz. Sie hat aufgehört zu rauchen, zu trinken und Fleisch zu essen und summt Tag und Nacht, laut und leise das „Om, om, om" vor sich hin. Mit sechsundzwanzig Jahren meditiert sie der Variation halber einmal statt über dem „Om" über einem anderen Mantra: dem „Vater unser". Nachdem sie es sechsmal gelesen hat, ist es ihr beim siebten Mal urplötzlich, als würde sich ihr „der erste Tag der Schöpfung eröffnen." Und „wenn ein Russe so etwas erlebt, dann denkt er nur an einen Ort: das Kloster – und an einen Menschen: den Priester."

„Ja, ja, schwere Sünden", seufzte Vater Hermogen nur, als sie sich in ihrer ersten Beichte zu all den Bagatellen bekannte, die den sowjetischen Alltag ausmachen: Trunksucht, ja, Abtreibung, ja, Zauberei, ja, Diebstahl, ja, Lügen, ja, und so weiter, ja, ja, ja. Dabei, so sagt die Philosophie, begreift sie zum ersten Mal die Sünde nicht moralisch, sondern als „ontologisches Phänomen" und das – bis dahin unbekannte – Bewusstsein der Schuld als ein befreiendes „neues und erhabenes Gefühl."

Weder vom Christentum noch von der Kirche hatte sie bisher irgendwelche tieferen Kenntnisse gehabt. Nun lernt sie daher alles nach und nach, indem sie die alten und oft analphabetischen Frauen mit dem „bettelarmen Geist" nachahmt, die die orthodoxe Strenggläubigkeit an der Revolution und dem atheistischen Bildersturm vorbei eifersüchtig wie ein Geheimnis gehütet hatten.

Neben dieser Lehre gründet sie jedoch im Jahr 1973 mit einem inneren Kreis der akademischen Fahrstuhlführer und Parkplatzwächter in Leningrad auch ein privates Seminar in einer geräumigen Kellerwohnung, in dem sie in den ersten Jahren Texte von Gregorius, Basilius, Origines, Athanasius und Tertullian, und später Karl Rahner, Urs von Balthasar, Karl Barth und Paul Tillich lesen.

Unter den Gegebenheiten der nachrevolutionären Realität ist dieses neuorthodoxe Seminar wie von selbst von Anfang an ökumenisch; außer den „Glucken" des KGB kommen Lutheraner ebenso hierher wie Katholiken, Skeptiker, Agnostiker und sogar Muslime. Jeden Freitag drängen sich zwei- bis dreihundert Mann auf dem Fußboden, den Möbelkanten und den Fensterbrettern der immer überfüllten Räume.

Die ersten neuen Christen aber sind Halbjuden und Juden, die in der Sowjetunion schon wieder auf tragische Weise zwischen allen Stühlen sitzen. Von den Behörden mehr oder weniger offen des Zionismus verdächtigt, sehen sie sich auch in der Bevölkerung wieder zunehmend einem neuen Antisemitismus ausgesetzt, der sich neuerdings groteskerweise daraus nährt, dass man ihnen dort heute – nach den Christusmord-Vorwürfen früherer Zeiten – die Schuld an der Oktober-Revolution in die Schuhe schiebt. „Und es stimmt ja auch, viele Juden waren tatsächlich an der Revolution beteiligt. Denn sehen Sie, die Juden sind immer die Ersten, sie stehen immer an der Spitze der Evolution – deshalb können Sie daran, dass sie nun bei uns schon wieder die Ersten waren, auch erkennen, dass dieses Christentum etwas ganz Neues ist, es ist die moderne Kultur, es ist die Vollendung der Aufklärung."

Mehrere Jahre lang begleitet der große Bruder dieses Seminar nur mit „weichen" Maßnahmen – mit „Unterredungen", Enthüllungsartikeln, Relegationen und Gerüchten – bis es zu ersten Verhaftungswellen, Prozessen und Lagerstrafen kommt. Fast schien es vorher, als sei der bestens informierte Dienst ratlos über das, was ihm da aus diesen Veranstaltungen zu Ohren kam.

„Sagen Sie, Tatjana Michailowna, woher haben Sie diesen Glauben?", wird sie bei einer Vernehmung gefragt, „Sie sind doch in einer normalen sowjetischen Familie erzogen worden. Ihre Eltern sind intelligente Leute, keine Adligen oder Kulaken. Sie haben überhaupt keine sozialen Wurzeln für den Glauben." Sie schweigt. Es gibt keine materialistische Erklärung für eine Rechristianisierung Russlands. Ihre Eltern halten sie deswegen inzwischen für eine Verrückte. Dieses Seminar aber gibt es bis heute, wenn es auch immer wieder um die besten seiner Köpfe beraubt wird.

Dass Tatjana Goritschewa jedoch nicht wie viele ihrer Freunde und Freundinnen im Gulag, sondern 1960 in Wien landet, hat fast kuriose Gründe. Mit Tatjana Mamonowa – einer überzeugt atheistischen Feministin –, Julia Wosnessenskaja und Natalja Machowskaja hatte sie nämlich 1979 neben ihrem Seminar in Leningrad auch noch eine Frauenzeitschrift ins Leben gerufen, in der das tägliche Schlangestehen, der zunehmende Hunger, der Ausfall der Männer durch den Alkohol und das freudlose sowjetische Matriarchat des Alltags ebenso unerschrocken zur Sprache gebracht wurde wie der Protest der Mütter gegen den Krieg in Afghanistan.

Der Priester, dem sie das Unternehmen gleich zu Anfang unterbreiteten, gab der ersten russischen Frauenbewegung seit sechzig Jahren unverzüglich seinen Segen. Die Gruppe nennt sich „Maria", und die Resonanz auf sie ist unerhört: bei der Bevölkerung, bei den Behörden und – anders als bei der ekklesialen Renaissance – auch im Westen, bei den europäischen und amerikanischen Feministinnen.

Vor allem aufgrund dieses Echos wird der Kern der Bewegung dann auch nicht sogleich verhaftet, sondern beim Großreinemachen vor der Moskauer Olympiade vor die Alternative gestellt: Lager oder Emigration. Tatjana Goritschewa stellt diese Wahl ihrem Beichtväterchen anheim. Der erste Teil der Antwort, den er ihr gibt, könnte von Peter dem Großen stammen. „Fahre und lerne!", sagt er ihr, und dann: „Aber vergiss nicht: Du bist nicht in der Verbannung, Du hast einen Auftrag!" und gibt ihr auch dazu wieder seinen Segen.

Hier erwartete sie kein einziger Kirchenmann bei ihrer Ankunft, aber dafür Frauen aus aller Herren Länder. Bis heute ist sie ihnen für diese Wochen zärtlich dankbar, obgleich die erste Begegnung mit dem westlichen Feminismus keinen geringeren Kulturschock in ihr auslöste als die spätere Begegnung mit der westlichen Kirche, als sich ihr zum Beispiel nicht wenige dieser kultivierten Damen als „Hexen" vorstellten, von denen sie nicht aus den Märchen und Mythen, sondern aus der Wirklichkeit Russlands eine so ungemein andere Erinnerung mitgebracht hatte, an vernichtende Überfrauen, an gereizte Monster der Administration, an Aufseherinnen oder Richterinnen, die stählern und ohne zu zögern die sanftesten ihrer Freunde zu vielen, vielen Jahren verurteilt hatten.

Doch auch die westlichen Feministinnen sahen sie nur verständnislos an, als sie ihnen zu erklären versuchte, dass die Kirche der einzige Ort der Freiheit der Frauen in der Sowjetunion sei. Sie wusste noch nicht, dass selbst in identischen Begriffen der Unterschied zwischen Ost und West immer noch größer ist, als der Abstand zwischen den politischen Systemen. Inmitten dieses Widerspruchs lebt die Goritschewa seit ihrer Emigration.

In Deutschland, ihrer geistigen Heimat, wie sie in Russland meinte, erdrückt sie bald der „Geist der Schwere". Nach dem ersten „Wort zum Sonntag", das sie sieht, dankt sie Gott, dass es in Russland den Atheismus und keine „religiöse Bildung" gibt. In Sankt Georgen, dem von Leningrad aus unerreichbar fernen Traumziel aufgeklärter Kirchlichkeit in Frankfurt, macht sie die Kühle der weltlichen Theologie frieren.

Enttäuscht zieht sie nach Paris weiter, wo sie seitdem an der Hochschule Saint Serge studiert und unter den heillos zerstrittenen drei Generationen der russischen Emigration lebt. Vor allem aber lebt sie in ihrer Geschichte, über die sie 1962 ihr erstes, 1984 ihr zweites und 1935 ihr drittes Buch veröffentlicht und in die sie immer wieder so temperamentvoll eintaucht, als würde sie dort eines Tages zu den „weißen Nächten Leningrads" zurückfinden, die sie hier so vermisst.

Die Bücher werden erstaunlich erfolgreich, knapp zwei Jahre nach dem ersten Erscheinen erlebt ihr zweites Buch nun schon die elfte Auflage. Doch der warme Dunggeruch eines russischen Klosters, der ihrem ersten Buch noch so stark anhaftete, verliert sich jetzt mehr und mehr in allem, was sie schreibt, zugunsten einer lustvoll-kämpferischen Auseinandersetzung mit dem „Post-Nihilismus" und der „höllischen Langeweile" der modernen Welt, die in so vielen ihrer Utopien noch dem 16., 17., 18. oder 19. Jahrhundert verhaftet ist.

So meint man förmlich ihre spöttischen Mundwinkel zu sehen, wenn sie über die „kindliche Romantik" schreibt, die seit rund hundert Jahren hier wie da zur einzig ebenso erstrebenswerten wie tragischen Folie für die Organisation der Beziehung der Geschlechter geworden ist und dies geblieben ist.

Im Idealismus vermag sie nicht mehr als die Kehrseite des Materialismus zu erkennen. Geläutert vom Humor Iwan des Schrecklichen, dem „Lächeln Lenins und von Stalins ‚Späßchen'" hätten die ehemals materialistischen Neophyten Russlands aber schon zu viel durchgemacht, zu viel erlitten, um Idealisten und keine Realisten zu sein. „Wenn man im Westen lebt, kommt man sich oft vor wie im alten Russland Mitte des 15. Jahrhunderts, als die Idee der Revolution und einer gerechten Gesellschaft das Denken der gelangweilten geistigen Eliten beherrschte."

Dadurch habe dann auch die gleiche Philosophie hier wie da die unterschiedlichsten Wirkungen: „Im Westen habe ich Leute getroffen, die nach der Lektüre Sartres aus der Kirche ausgetreten sind. In Russland beobachtete ich, wie Sartre mit seinem Postulat der Freiheit seine Leser im Gegenteil zur Kirche hinführte, die sich im totalen Staat als einzige wirklich lebendige Insel des Lebens zeigte. Darin war keine Tendenz von Konservativismus zu spüren, kein Wunsch nach Restauration oder Rückkehr zu den alten, vorrevolutionären Ordnungen. Die Kirche war unsere Heilanstalt. Uns gefiel ihr Maximalismus: Wo es sich nur wegen der Dinge zu leben lohnte, für die man auch sterben wollte – und konnte."

Sie hat eine oft ungegliederte, fast anarchistische Brillanz in vielen ihrer Analysen, in denen sie kenntnisreich und respektlos alle großen Namen der Geistesgeschichte mit zynischen Fragen von Untersuchungsrichtern oder eindringlichen Schilderungen vom Überleben in sowjetischen Kuckucksnestern konfrontiert.

Die westliche Kirche, das ist keine Frage, ist für sie dabei in größeren Schwierigkeiten als die östlich österliche Orthodoxie.

„Russland geht heute durch den neunten Kreis der Hölle, doch gleichzeitig leben in ihm die glücklichsten Menschen der Welt. Hier aber lässt die mit Kleinbürgern und Konformisten gefüllte Kirche die wahrhaft Suchenden nicht zu sich kommen: Sie gehen selber nicht hinein und lassen die anderen nicht durch." – „Hier", so sagt sie, „ist die Literatur und Poesie oft näher bei Gott als die Theologie. In Frankreich ist die beste – atheistische –Philosophie so nahe am Wesen der Kirche, dass ihr nur noch dieses eine Wort zu fehlen scheint."

Dennoch ist sie hier vor allem auf den Straßen und Wegen der Kirche unterwegs, in einer Art paradoxer ost-westlicher Volksmission. Sie reist fast ununterbrochen. Ihr Terminkalender ist weit im Voraus von den Vorträgen ausgebucht, die sie überall halten soll. So ist sie, die in Russland hauptsächlich Umgang mit Intellektuellen pflegte, hier unversehens zu einem heimlichen Star ausgerechnet der – deutschen – Babuschkas geworden, die in Scharen zu ihren Auftritten kommen. Erst hier, sagt sie, musste sie daher anfangen, die Menschen auch konkret zu lieben, all die Fragenden, Einsamen und oft genug Verzweifelten, die sich nach den Vorträgen immer um sie drängen. Sie soll Kranke heilen und sogar Besessenen die Dämonen austreiben.

„Sehen Sie einmal da", sagt sie lebhaft auf dem Heimweg und zieht einen Packen rosa Heiligenbildchen aus ihrer Tasche, die man ihr eben zugesteckt hatte, „die Kirche hat hier die Kultur restlos verloren. Von der Kultur, die im Kult einmal ihre Wurzeln hatte, ist hier nur noch der Kitsch übrig geblieben."

„Holen Sie auch meine Flasche Wein noch aus dem Gepäck", sagt sie tief in der Nacht im Pfarrhaus, „wir werden das jetzt zu Ende trinken. Man muss alles zu Ende trinken, machen wir es ein bisschen russisch." Es ist, als könnte man in ihrem Leben blättern, in ihren Jahren und Tagen und in den vielen Räumen, in denen sie sie verbracht hat. In einem besonders kahlen Zimmer halten wir kurz an. Ein Gummibaum steht in der Ecke, ein

Schreibtisch in der Mitte. Davor, auf einem Plastikstuhl, eine junge verhaftete „Parasitin“. Denn es gibt keine Gefangenen aus Gewissensgründen in diesem Land.

Hinter dem Schreibtisch räkelt sich ein ziviler Offizier in seinem Sessel und bläst Rauchringe seiner Zigarette in den Schein der Tischlampe. „Na, was denken Sie, Tatjana Michailowna“, hören wir ihn lächeln, „wer hat denn nun wohl recht; Sie oder 260 Millionen?“ Die Betrügerin schweigt schon wieder trotzig. So fühlen wir uns denn gedrängt, für sie die Zahl des freundlichen Hauptmanns Karmazkij ein wenig zu relativieren, von der zumindest die zehn Prozent des ehrenwerten Professors Platanow inzwischen ja abgezogen werden müssen und wohl auch die „40 Millionen registrierter Alkoholiker“, ebenso der demographisch ständig wachsende Anteil an Moslems, sehr viele Juden und große Teile der litauischen, armenischen, georgischen und ukrainischen Völker der Sowjetunion.

Doch nun steht diese Närrin plötzlich vor unserem Schreibtisch und wir stellen ihr im Grunde die gleiche Frage, genauso skeptisch, selbstverständlich etwas umgänglicher und gewiss westlicher: Sag, Schwesterchen, wer soll dir deine Geschichte abkaufen? Vielleicht schieben wir ihr einen Polsterstuhl hin. Vielleicht haben wir das Fenster geöffnet und blasen ihr den Rauch der Zigarette nicht direkt ins Gesicht. Nun lächelt sie. Sie versucht erst gar nicht, andere Zeugen zu benennen. Sie beruft sich nicht darauf, dass Moskau doch – wie jeder weiß – das „Dritte Rom“ sei. Das ist in der Orthodoxie – wie im Kreml – seit 500 Jahren ohnehin nie in Zweifel gezogen worden. Aber warum ist denn, wenn die Geschichte stimmt, die sie erzählt, ihr anderes Russland im Westen nicht viel bekannter.

„Weil die Auslandskorrespondenten ihre Information von offiziellen Stellen beziehen und interpretieren oder von Dissidenten, von denen sie eine Demokratisierung der Gesellschaft erhoffen. Deshalb erfährt man hier fast nichts von all den vielen Entwicklungen, die nicht mit der einen oder anderen Quelle verbunden sind. Jedoch keine Gesellschaft – und auch die große sowjetische nicht – ist nur ein- oder zweidimensional."

Sie hat einen aufregenden Rhythmus in ihrer Stimme. Ob sie wohl singen kann? Uns aber interessiert natürlich vor allem die politische Relevanz ihrer Ausführungen, die atlantische Gretchenfrage. Also: Glaubt sie eigentlich an eine allmähliche Systemveränderung ihrer supermächtigen Heimat?

„Wissen Sie, man soll nicht träumen. Träumen ist eine Sünde." Und überhaupt: welches System? „Die ganze Welt wartet darauf, dass sie sich verklärt." Ihr Gesicht ist durchsichtig. Ihre Hände sind leer. Außer ihrer Geschichte hat sie nur noch das Lächeln Aljoschas. Sie hat die Stimme einer Schwester der Karamasows und scheint glücklich, dass sie nicht einmal mit einem vernünftigen Ende ihres bitteren Lobliedes aufwarten kann.

Joe

(Frankfurt am Main 1982)

Blue heißt nicht nur blau. Und der Blues ist nicht immer schwarz. Zwar entstand die Musik dieses Namens einmal aus dem Rasseln der Ketten der Sklaverei, gerade die Sklaverei aber hat immer noch unendlich viele Farben. Wer den Blues singt, singt Lieder der Befreiung. Und Joe Cocker ist ein authentischer Bluessänger. Er ist jener Weiße, dessen schwarze Stimme fast jeder schon irgendwann einmal gehört hat – zumindest damals, Ende der sechziger Jahre, als er mit seinem ersten Welthit für eine Zeit lang fast stündlich im Äther war. Heute sagt er, er sei „ein weißer Nigger".

Tatsächlich ist er ein gehandicapter Mann und ein großartiger Künstler. Seit Jahren erschreckt er die Öffentlichkeit mit der wilden Wahrheit seiner Auftritte – wenn er auftritt. Denn er ist der Brendan Behan der Unterhaltungsmusik und ein großer Säufer vor dem Herrn. In Santa Barbara in Kalifornien, unweit der Ortschaft, in der Jack London seine letzten Flaschen gekauft haben muss, hat auch er nun eine Bleibe gefunden, bis ihm die endgültige Abtragung sechsstelliger Steuerschulden die Rückkehr in seine Heimat gestattet.

Geboren wurde er in Sheffield in England, in einer Stahlgegend, wo er zuerst das Klempnerhandwerk und später – via Plattenspieler – das Gesangshandwerk von einem anderen Behinderten, dem blinden Ray Charles, lernte.

Am Alkohol kommt man nicht vorbei, wenn man ihm nahe kommt, da er am Alkohol nicht vorbeikommt. In allen Räumen, die er betritt, steht er schon frei da, im Flugzeug, im Hotel, in der Garderobe – überall auf seiner vieljährigen Tournee, eisgekühlt und frisch gezapft. Joe Cocker braucht immer nur zuzugreifen, in den langen Wartepausen zwischen seinen

Auftritten. Er hat – als adoptiertes Kind Kaliforniens und des psychodelischen Zeitalters – auch sonst alle Drogen der Welt probiert: „vom ‚Mondstaub‘ zu Fliegenpilzen“, aber der Alkohol ist ein Teil von ihm geworden, viel zu lange schon, als dass er verzichtbar wäre. In Wahrheit ist der Alkohol die Krücke, die ihm die Bürde tragen hilft, die der Suff ihm auflädt. Aber immer noch ist der Alkohol längst nichts alles an John Robert Cocker.

Als ich ihn zum ersten Mal am Flughafen sehe, hat er Tage nicht geschlafen. Er ist jetzt achtunddreißig. Dass er zehn Jahre älter aussieht, wusste ich vorher, nicht aber, wie gern und verschmitzt er lachen kann. Wie viele seiner alten schwarzen Vorgänger ist er zuerst ein froher und witziger Mann – und erst dann eine tragische Figur.

Mit Strohhut und Shorts ist er gerade aus Athen hier angekommen. Es ist fünfzehn Uhr fünfundfünfzig, gleich, um zwanzig Uhr, beginnt drüben in der City in der Alten Oper seine Deutschland-Tournee. Bis er seine Band und die ihr Gepäck zusammen hat, ist schon eine Stunde vergangen.

Im Hotel warten die Journalisten und Rock ’n’ Roll-Ingenieure und Manager bereits auf ihn. In der Oper muss die Anlage noch aufgebaut werden. Als die erste Hektik abgeklungen und der Tross wieder verschwunden ist, bleibt Joe Cocker allein im Foyer zurück; es ist die Zeit für Interviewer, bevor er gleich vor dem Auftritt noch ein wenig schlafen will. Er merkt sich den Vornamen eines jeden, und jeder wundert sich, wie weich und sanft seine Stimme ist. Nur seinem struppigen Gesicht sieht man die Schreie an, die man von ihm kennt, aber auch hier seinen Augen nicht.

Schon immer wurde ihm übel mitgespielt, durch seine Erfolge ebenso wie die Misserfolge oder die vielen Comebacks, die regelmäßig von seinen jeweiligen Plattenfirmen ausgerufen werden. „Die ewigen Fragen nach meinem Comeback sind demütigend“, sagt er.

Tatsächlich hat sich sein Gesangsstil über die Jahre kaum oder gar nicht verändert. Nur die Zeiten haben sich geändert. Für seine letzte Platte mussten auf strengen Firmenwunsch hin die Freunde aus seiner Band, mit denen er seit vier Jahren sein Brot teilt, vor der Studiotür bleiben. Dafür bekam er die teuersten Studio-Musiker der Bahamas neben sich gestellt. Die Platte wurde großartig. „Ein Produkt", sagt er.

Trotzdem habe es der Produzent abgelehnt, eine zweite mit ihm aufzunehmen. Er erwarte, dass jede seiner Produktionen eine Nummer Eins wird. Trotz des Aufwands sei die Platte aber ein solcher Erfolg doch nicht geworden, wenn sie auch seit zehn Jahren der bei weitem größte Lichtblick in der Karriere Cockers ist.

„So geht es mir ewig, es ist ein dauernder Kampf. Es liegt, glaube ich, daran, dass viele Leute meinen, wenn ich eine Million Dollar hätte, würde ich sie sofort weggeben – was vielleicht stimmt und wovor sie mich behüten wollen. Deshalb trau' ich keinem mehr." Wie treuherzig er dem Interviewer dabei aber an die Schulter fasst, macht nur zu klar, dass er zu seinem Unglück wohl jedem traut. Er ist kein Geschäftsmann. Die vielen Schecks und Rechnungen unterschreibt er als Linkshänder.

Den Blues nennt er einen Schrei nach Identität. „Es ist meine einzige Gnade, meine Rettung, dass ich ihn singen kann. Den wahren Blues werden die Menschen nie satt, vielleicht sogar immer weniger. Vielleicht liegt ja die ganz große Zeit für den Blues noch erst vor uns. Jetzt in Athen sind sie regelrecht verrückt geworden danach. Das ist mein einziges Fundament."

Zwischendurch vergisst er Fragen, tippt sich an die Stirn und lacht: „Freunde? ‚Oh, I get high with a little help of my friends!' Da ich diesem Lied über Freunde jeden Abend neues Leben zu injizieren suche, frage ich mich natürlich oft, was Freunde eigentlich genau sind." Aber er denkt schon, dass er Freunde hat. Er ist einsam, aber kein Einzelgänger. Bis heute ist er traurig, dass er nie mit Janis Joplin zusammen gesungen hat, und vor Ray Charles fühlt er sich immer noch schüchtern wie ein Schuljunge.

Auch nach jahrelangen Erfahrungen mit der Presse gibt er immer noch unprofessionell ungestanzte Antworten – bereits bevor noch nach ihnen gefragt worden ist. Er ist ein Gentleman-Plauderer pointierter Kurzgeschichten, dessen trockener Humor umso feuchter wird, je länger man mit ihm zusammen ist. Schnell sitzt er zu lange im Foyer, als dass noch Zeit für ein Nickerchen übrig bliebe. Beim vierten Bier kommt dafür die Zeit, in der er seine Vorliebe für immer derbere Scherze erkennen lässt.

Es ist seinem Wesen fremd, irgendetwas, geschweige denn seine Vorlieben zu verbergen. „Alkohol?“ In den Staaten werde er immer wieder danach gefragt. Natürlich sei er ein Alkoholiker: „*still crazy after all these beers*“, parodiert er summend einen bekannten Songtitel. Es ist, als vergäße er vollkommen die Show, die auf ihn wartet, während sich ein paar Straßen weiter das ausverkaufte Haus schon füllt.

Als sein Manager um fünf vor acht an den Tisch kommt und leise mahnt: „So, jetzt müssen wir langsam...“, bleibt ihm nur noch Zeit für eine sehr kurze Dusche, bevor er in einer frischen Leinenhose, einem schwarzen Hemd und roten Turnschuhen ohne Socken wieder nach unten kommt. Es ist zehn nach acht, als der Bus endlich vom Hotel abfährt. In der Oper spielt schon die Vorband.

Das grelle Neonlicht macht die Garderobe zu einem Wartesaal mit Plastikstühlen, Tischen, einem lieblosen Büffet und einer Kiste mit Eis und Getränken. Die Band trinkt Bier und stimmt Instrumente. Zwei Kaugummi kauende Fans mit Sondererlaubnis, Geschäftsleute und noch mehr Manager streifen herum. Joe Cocker sitzt unberührt in dem Trubel und trinkt und schäkert mit seiner schwarzen Chorsängerin. Er lacht umso breiter, je mehr er trinkt. Essen wolle er später, nach dem Konzert, er habe ein sehr nervöses Verdauungssystem. Die wasserblauen Augen werden allmählich gläsernblau.

Als letzter schließt er sich allen an, als sie heraus auf die Bühne gerufen werden. Auf den zwei Treppen, die es nun hochgeht, weicht sein Manager keinen Zentimeter mehr von seiner Seite. Dann wird es dunkel, hier ist der Nebeneingang der Bühne, vor ihm geht es über Kabel und Kisten, die Bandmitglieder stehen schon an ihrem Platz. Hier bleibt er stehen, an eine große schwarze Box gelehnt.

„Ich habe Bänder gehört, auf denen ich besoffen gesungen habe – sie haben mich zu Tode erschreckt", hatte er mir noch am Nachmittag gesagt, und: „Alles, was ich will, ist nur, da draußen zu stehen." Da draußen, das ist der winzige Lichtfleck am Mikrophon da vorne, wo der Opernchef im Scheinwerfer gerade seine Arme hochreißt und schreit: *„Ladies and Gentlemen! Here he's back again! Mr. Joe Cockeeer...!!"*

Die Band setzt mit einer harten Bassnummer an. Der kleine Sänger kneift die Augen zusammen, blinzelt, stakst hinüber, strafft sich, wird kerzengerade im Applaus und steht mit einem Mal als eine ungeheuer laute Stimme im Saal: „Ich brauch' keinen, der mein Bett macht", und, schärfer: „Schon vier ganze Tage bin ich jetzt ohne Schlaf. Baby, was hast du nur mit mir gemacht!"

Er schnappt nach hinten mit der Hand, greift sich in den Nacken, steht da wie ein dicker Sizilianer, im Nu schweißtriefend. Das Hemd ist schon beim ersten Song bis zum nackten Nabel hin auf und beim dritten wieder falsch in der Mitte zugeknöpft. Er schreit und faucht. Ein heulendes Elend, ein dampfendes Ventil, die Band ein pfeifender Güterzug.

Joe Cocker selbst spielt kein Instrument und könnte keins spielen, selbst ganz Instrument, eine taumelnde Trompete. „I Can't Say No", „Shocked" oder „Help" heißen die zerreißenden Titel, die er sich mit erschütternder Inbrunst von der Seele singt:

vom Fegefeuer des unstillbaren Brandes nach einer durchzechten Nacht und der Hölle des Verlassenseins. Und sogar in warmen langen Liebesliedern bringt er kleine Schreie wie Risse der Verzweiflung unter. Man kann zusehen, wie er sich frei singt. Die Lieder geben seinen Gebärden Haltung, die Haltung gibt ihm Halt.

Bei der dritten Nummer kann er schon wieder auf Zehenspitzen stehen, er tanzt ein paar Schritte und tanzt unter tosendem Beifall hinüber in seine Soul-Version des alten „Whiter Shade Of Pale“, das plötzlich wie für ihn geschrieben scheint. Er singt fast nur fremdes Material, die Autoren kassieren immer den Löwenanteil seiner Arbeit. So ist er der Mann, der vor allem die Beatles mit seiner „With A Little Help“-Version reicher gemacht hat.

Das Haus tobt, als er die Beatles-Nummer immer noch so beängstigend viel intensiver singt, als die Beatles es jemals konnten. So können nur Verwundete singen, es wäre ungerecht, wenn es anders wäre. In Sheffield liefen kürzlich seiner Mutter die Tränen in Strömen über das Gesicht, als sie ihn wiedersah; sein Vater sieht sich immer noch kein Rock-Konzert an.

Cockers Gesicht ist vom Rock‘n‘Roll abgeschliffen wie ein altes Boot. Nun verzerrt und verzieht es sich in wilde Grimassen vor Anstrengung über das Hin und Her seiner spastischen Bewegungen und eckig-verwinkelten Schritte. Er rudert mit den Armen, steht wie im Sturz, reißt winzige Fingerbewegungen und Gesten an wie Streichhölzer, reißt sich an den Haaren, reißt die Augen weit auf, als würde er gerade aus einem fürchterlichen Schlaf in fremder Landschaft aufwachen: in einem Irrgarten unerlöster Leidenschaften. Ein Gequälter, wie ihn Hieronymus Bosch gemalt haben könnte: mit herausgestülpter Zunge zwischen den unregelmäßigen Zähnen und einer Stimme, die ihm auch aus den Augen herauszutreten scheint. Keine seiner Bewegungen ist elegant. Er singt nicht mehr, er lässt sich singen, wird gesungen von einem Gesang aus der Vorzeit der Sprache, bevor sie in ihrer jetzigen Form erkaltete.

Nach dem Auftritt sackt er ausgepumpt in sich zusammen, als habe er sich selber einen Dämon ausgetrieben. Er wankt zur Seite, in den Schatten der Bühne. Im Dunkel der Ecke umarmen ihn die Mitglieder seiner Band. „Verdammt, ich wusste gar nicht, dass die Halle so groß ist", keucht er, „ich hatte nur ein paar hundert Leute erwartet", bevor ihn das Gellen der Menge zur Zugabe wieder herausruft, damit er ihnen auch seinen letzten Rest noch gibt.

Seine gekräuselten grauen Haare kleben ihm längst als nasse glatte Strähnen in den Schläfen, dem Nacken und der Stirn. Und nun reißt er sich noch einmal hoch da vorne, steht noch einmal wie ein Denkmal, steht dann wieder schräg wie im Fall da, zieht den Kopf ins Hemd und kneift sein linkes Auge zu, weil er sonst den letzten hohen Ton nicht mehr erreicht: „You are so beautiful to me." Er quetscht und kaut und beißt die Töne, er schindet sie so, wie sie ihn schinden.

„Sie wollen wirklich sehen, wie du versinkst und untergehst", sagte er mir vor Stunden im Hotel. Die Menschen wollen Opfer sehen. Als ich danach von ihm wissen wollte, ob er den Blues auch erklären und nicht nur singen könne, erzählte er zur Antwort eine kleine Geschichte. Letztes Jahr an einem freien Tag in Berlin seien sie gefragt worden, ob sie auch auf Geburtstagsparties spielen würden. Für dreitausend Dollar würden sie überall spielen, habe er geantwortet. Und da das Geld da war, hätten sie dann dort auch gespielt.

Ob er denn einmal einen richtigen Blues singen könne, wie ihn in Deutschland keiner kenne, hätte man ihn dann während des Festes gefragt. Natürlich, habe er da geantwortet – und gleich danach mit dem ersten Lied schon die Lautsprecheranlage in Fetzen gesungen. Während der halben Stunde aber, die man daraufhin gebraucht hätte, um sie wieder zu reparieren „standen dann all diese Kinder da in einem großen Halbkreis um mich herum. Ich weiß auch nicht warum, aber die wollten sich mir nicht nähern, die wollten nicht ‚Hallo' oder irgendetwas zu mir sagen. Wie vor einem Ungeheuer standen sie nur da und starrten mich an, als wäre ich ... ich weiß nicht was."

Diesmal ist es umgekehrt. Das Haus steht Kopf, dicht an dicht sind die Leute nach vorne gestürmt, sie stehen gedrängt in den Gängen und zu zweit und zu dritt auf den Samtstühlen, sie toben, pfeifen und kreischen. Sie alle wollen von nahem sehen, wer da so ist: ein Mann ohne Nachkommen und Nachfolger. Seht, welch ein Mensch!

Helena

(Freiburg im Breisgau 1995)

In Freiburg, der Stadt Heideggers, habe ich die erste Frau in einem Netzkleid und – gleich danach – den ersten Sternenregen meines Lebens gesehen: am helllichten Tag. Da war ich, mit meinem Koffer in der Hand, mit verdrehtem Hals gegen einen Laternenpfahl gerannt, gerade vor dem Freiburger Hauptbahnhof, am Nachmittag des 15. April 1968, einem explosiv aufknospenden Frühlingstag. Das Sommersemester, der Beginn meines Studiums und mein Eintritt in das Mannesalter hatten begonnen. Es war eine einzige Sensation. Gerade war ich mit dem Köln-Baseler D-Zug in der Stadt angekommen. So warm war es mir zuhause am Niederrhein nie vorgekommen.

Eine halbe Stunde später immatrikulierte ich mich für die Fächer Philosophie und Soziologie und legte mich danach – gegenüber der Alma Mater, unter den mächtigen Linden vor der Mensa – mit meinem Koffer sehr aufmerksam zu meinen neuen Kommilitonen und Kommilitoninnen auf den warmen Rasen. Plakate mit der legendären Bundesbahnreklame hingen überall in Deutschland und natürlich auch in Freiburg: „Alle reden vom Wetter, wir nicht."

Tatsächlich redete damals jedoch keiner vom Wetter, nur mir lag sehr, sehr daran, und es war herrlich, schon im April. Es roch nach Revolution. Zwei Jahre zuvor war in Amsterdam – bei den weißgekleideten „Provos" – die Mode aufgekommen, dass die Mädchen sich mit einem strammgebundenen Schal den Busen so flach an den Oberkörper banden, als seien sie Buben. So weit war es in Freiburg zum Glück noch nicht gekommen.

Bis dahin hatte die Geschichte ausgesetzt. Irgendwann hatte sie – wohl mit Gründung der Bundesrepublik, um den Zeitpunkt meiner Geburt herum – einfach aufgehört. Es gab zwar ein Früher (mit Kriegen, Revolutionen et cetera) und ein Jetzt, doch ohne jede Verbindung zwischen den Aggregatzuständen dieser beiden Begriffe. Die Bundesrepublik Deutschland, so viel war klar, war ein historischer Endpunkt, ein kleinbürgerlich apokalyptisches Neues Jerusalem – das Ende der Geschicht'. Früher war die Welt zu erschüttern. Jetzt ließ sie sich nur noch bestaunen, zumindest von mir.

Von Martin Heidegger hatte ich keine Ahnung und habe auch in den folgenden drei Monaten von ihm weder etwas gesehen noch gehört, noch gelesen. Das hatte verschiedene Gründe, doch eigentlich nur zwei, wenn ich das einmal kurz ausführen darf: Ich hatte Proseminare über Sozialschichtung, Klassentheorie und die Utopie belegt und drei Tage nach meiner Ankunft in Freiburg auch erstmals Helena getroffen, die Schönste aller vom Weib Geborenen – blitzend blaue Augen, schwarze Haare, bronzener Teint, mit einem aufregend hellen slawischen Akzent – kurz und gut: Mein' Lieb'. Mein' große Lieb'! Frau Welt! Inbegriff der Sinnlichkeit. Wie oft hab' ich nachher noch von ihr geträumt?! Wie sehr mussten sich – bis auf meine Mutter – alle Frauen meines Lebens an Helena messen lassen!

Nicht Berkeley, Paris oder Berlin, Freiburg im Breisgau hat mein Leben verändert. Siebenundzwanzig Jahre lang habe ich mich nach jenem Sommersemester nicht mehr zurück in die Stadt getraut. Erst in diesem Frühling wage ich mich in ihre Mauern zurück. Natürlich mache ich mich sogleich auf die Suche. Erstmal wird der Bahnhof inspiziert, dann suche ich den Laternenpfahl wieder. Wo soll er gestanden haben? Es ist nicht so einfach. Ich bin verwirrt. Die Stadt riecht nach Helena. Ja, Düfte sind dauerhaft. Und auch das flimmernde Licht von damals bescheint wieder meine Stirn.

Ich folge dem betörenden Parfüm durch die Bertoldstraße, die Günterstalstraße, die Kaiser Joseph-Straße, die Konviktstraße vor und zurück, zum Münsterplatz hin, an den zahllosen Bächle vorbei, den Industriebach entlang, durch die alten Stadttore hindurch, die Dreisam hinunter, den Schlossberg hoch und hinauf – in Freiburg begegnen sich der Schwarzwald und die Rheinebene mitten in der Stadt!

In der Konradstraße stehe ich vor dem Haus, wo mir – immer noch mit dem Koffer in der Hand – auf meiner Zimmersuche von einem Witwer die eine Hälfte seines verwaisten (beziehungsweise verwitweten) Doppelbettes angeboten wurde – jedoch nur für Nichtraucher. Da war die Rothe Hand vor. Rauchen im Bett galt mir als philosophische *conditio sine qua non* – und viel weiter bin ich in die ganze Philosophie auch danach nicht vorgedrungen. Jetzt riecht es hier die ganze Straße entlang nach Helena. Was soll ich nur machen?

Da vorne, vor dem Theater, ist sie zu einem Kommilitonen in den offenen Sportwagen – einen „Triumph"! – eingestiegen, und ich hatte nicht mal einen Führerschein. Meine Nebenbuhler waren zahlreich und stark. Auf Schritt und Tritt tauchen sie vor mir auf. Die später als Achtundsechziger in die Geschichte der Bundesrepublik eingehen würden, mich haben sie damals gemeinsam ausgebremst, vor allem die älteren Semester.

Also ließ auch ich mich schnell altern. Vom ersten Tag in Freiburg an ließ ich mir Koteletten wachsen. Im Gegensatz zu einem gleichzeitigen ersten Versuch mit der Oberlippenbehaarung gediehen sie prächtig. Koteletten wurden damals überhaupt sehr populär – von Willy Brandt bis zu Rudi Dutschke wurden Backenbärte kultiviert, und wenn mich die Erinnerung nicht täuscht, sogar von Bundeskanzler Kiesinger. Der Sommer war voll solcher Ersterfahrungen. Erstmals habe ich in Freiburg Sonnenbrillen bei Nacht, viele neue Wörter, echte amerikanische Jeans, Plastiktüten, Spaghetti Miracoli und das, was damals von vielen für eine Revolution gehalten wurde, erlebt.

Doch der Reihe nach. In einem Keller hinter der Universitätskirche gab es damals so etwas wie eine frühe Disco, wo ich – am ersten Abend schon – auf der Suche nach einer ersten Bleibe (mein Koffer stand in der Garderobe) einen jungen Mann mit Sonnenbrille mitten in der Nacht bewundern durfte. Eine Sonnenbrille bei Nacht? Warum? Darauf habe ich bis heute keine rechte Antwort.

Bei Tchibo habe ich tags darauf den ersten Mann mit Haaren bis auf die Schulterblätter gesehen. Die Jeans habe ich schon erwähnt. Ich trug den ganzen Sommer nichts anderes (und auch die folgenden Jahreszeiten nicht). Damals tauchten sie mit den ersten Plastikeinkaufstüten auf, die die Waren- und Verpackungs- und Abfallwelt revolutionieren sollten. Ich verwandte sie sogleich als Bücherbeutel für den frischgebackenen Studenten, der ich war. Auch das kam mir revolutionär vor, und so leicht, und so spottbillig, ja, umsonst. Es sollte Jahre dauern, bis ich wieder eine Schulmappe unter dem Arm hatte. Die Jeans haben sich inzwischen in Freiburg vollständig durchgesetzt. (Ein Gleiches lässt sich von den Jesuslatschen zu achtzehn Mark nicht sagen. Sie waren der Renner der Saison und wohl doch ein Irrläufer der Evolution. Gegen Turnschuhe konnten sie auf Dauer nicht bestehen.)

Ähnliches trifft auch auf die Wörter „Frust“ und „frustrierend“ zu. Die geheimnisvollen neuen Wörter schmückten damals bald jeden zweiten Satz. Immer wieder versuchte ich beiläufig – als jemand, der das ja sowieso schon wusste – herauszufinden, was sie wohl bedeuten mochten.

Ich sah mich schon am Ziel, als in einer der unsäglich langweiligen Diskussionen im Audimax – an denen ich wie üblich teilnahm, um Helena zu sehen – der Hauptredner von einem Kommilitonen mitten in seinem flammenden Appell unterbrochen wurde: „Moment, Genosse, wir haben hier einen Arbeiter im Plenum. Kannst du ihm bitte einmal auf Deutsch sagen, was ‚frustrierend‘ heißt?!“ Es war aber auch für den SDS-Tribunen nicht so einfach. „Äh, frustrierend, äh, also lateinisch ‚frustrare‘, fließen, nicht wahr, äh, wie soll ich es sagen.“ Dringende revolutionäre Aktionen verlangten jedoch, dass er schnell zum

Hauptthema seiner Rede zurückkommen musste. Zusammen mit dem Arbeiter musste ich weiter im Dunkeln tappen. Doch nicht weit, dann wurde es schon wieder hell und alles klar.

Denn das Stadttheater, gerade gegenüber dem Audimax, bot sich für ein Go-in geradezu an. (Neben Sit-ins, Love-ins et cetera waren auch solche Go-ins eine weitere Neuigkeit dieses Jahres.) Und an jenem Abend ging es also darum, die Abonnenten des Theaters ein wenig aufzumischen und mit ihnen "über Brecht zu reden", von dem sich die Freiburger an dem Abend gerade eines seiner Lehrstücke zu Gemüte führen wollten, zu gemütlich für uns Revolutionäre. Kurz und gut – ich war dabei, Helena hinterher.

Danach seh' ich mich im Kino wieder. Denn damals fing ja auch die Italo-Western-Welle an (und hörte da auch schon fast wieder auf). Franco Nero und Django waren die eigentlichen Leitbilder. Freiburg im Sommer 68 haben sie mehr geprägt als alle Wälzer von Marx, Engels und Lenin zusammen – zumindest mein Freiburg, besonders in den Spätvorstellungen. Warum aber gerade die Spaghetti-Western? Ich weiß es bis heute nicht. Politisch galten China oder Jugoslawien als Paradies. Für den Klassenkampf der Studenten jedoch wurde das „Lied vom Tod" oder die Titelmelodie des Films „Für eine Handvoll Dollar" maßgeblich.

Gleichzeitig wurde unter den revolutionären Kommilitonen auch der Ladendiebstahl für die Revolution freigegeben und gleich sehr populär: doch immer nur, was das Nötigste betraf, also Bücher, Platten, Zigaretten, dazu ein bisschen Mundraub. Dem Kapital ein paar Nadelstiche zu versetzen, war nie verkehrt. In dem Zusammenhang habe ich auch das Wort „Konsumterror" erstmals gehört. Und wenn mich nicht alles täuscht, kamen im gleichen Sommer eben auch die Spaghetti Miracoli auf – wohl extra für Studenten und die ersten Singles entwickelt – mit zwei Extratütchen: eins mit so etwas wie Tomatensoße, das andere mit ausgetrocknetem Parmesanpulver.

Soviel Erstes also! Und alles in einem Jahr, in einem Sommer, in einer Stadt! Freiheit in Freiburg.

Hat sich die Stadt nun sehr verändert? – In meiner Erinnerung beherrschen ja vor allem Helena und das mildeste Klima, jetzt beherrschen aber auch noch die Grünen Freiburg, „Deutschlands Umwelthauptstadt“, wie ein Prospekt die Stadt getauft hat. Kurz und gut, das schöne Städtchen hat auch etwas von einem großen Schulhof. In der schnuckeligen Condomeria an der Fischer-Au kaufe ich bei der zarten kleinen Verkäuferin ein Hanf-Schaumbad, dazu noch ein Päckchen Kaugummi.

Draußen glitzert die Frühlingssonne in dem Bächlein, vor dem es mir ein einziges Mal geglückt war, Helena zu einer Flasche Bier und einem hartgekochten Ei einzuladen. (Hatte sie mich dabei spöttisch angeschaut? Über mich gelächelt? Noch viele Nächte danach habe ich mir darüber den Kopf zermartert.)

Öko-Pferdefuhrwerke mit allen technischen Raffinessen der postindustriellen Ära besorgen die Bewässerung der Bäume. Touristinnen lassen sich davor gern Arm in Arm mit den Kutschern – oder auch Wange an Wange mit dem Pferd – fotografieren. Dabei registriert das erfahrene Reporterohr, dass Freiburg wohl immer noch das Traumziel der Rheinländer(Innen) ist.

Mehr als sonst wo hat sich der revolutionäre Elan in Freiburg nicht nur erhalten; hier ist er gewissermaßen transzendiert. Wo ich früher darauf wartete, dass Helena vorbeikäme (also fast überall in der Stadt), kann ich heute Plakate und Ankündigungen lesen wie: „DZOGCHEN – die große Vollendung mit Keith Dowman!“ oder „Heilung im Schoß der Erde – ein indianisches Camp mit Schwitzhütten und Heilzeremonien“, oder: „Die Kosmische Welle“. – ??? – Ob eine kosmische Schwitzhütte zu meiner Zeit die Sache mit Helena wohl zu einem ganz anderen Abschluss geführt hätte? Der Schweiß rann doch auch in den frühen Diskos in Strömen. Nie habe ich mehr getanzt, leider nur nie mit Helena.

Es war der Sommer der Soulmusik. Die Nächte gehörten Otis Redding und Wilson Pickett, anerkannten Helden der Leidenschaft. Doch Heintjes „Mama“ war die unangefochtene Nummer Eins der Hitparaden: der mit großem Abstand meistgehörte Schlager des ganzen Jahres – in Deutschland versteht sich. Und in diesem Zusammenhang muss ich nun einfach eine verbürgte Beobachtung loswerden, die ich mit Ihnen, verehrte Leserin und lieber Leser, schon lange einmal teilen wollte.

Dass die 68er Revolution vor allem eine große Abrechnung mit der Vätergeneration war, ist schon oft bemerkt worden. Dann darf nun ja wohl endlich auch einmal laut daran erinnert werden, dass sie vor allem von einer Generation von Muttersöhnen angeführt und vorangetrieben wurde, die tatsächlich mit ihren Vätern abrechnete – in Wahrheit jedoch wohl weniger tatsächlicher oder angeblicher Nazigreuel wegen als vielmehr deswegen, weil sie aus Krieg und Gefangenschaft überhaupt zurückgekehrt waren und ihnen die liebe Mami wieder weggenommen hatten. Nun ja.

Nun gut. Ich rieche Helena immer noch. Ich suche morgens, mittags und abends nach ihr. Am Augustinerplatz an einem sehr späten, sehr lauen Frühlingsabend ist mir plötzlich, als hätte ich sie kurz vorbeihuschen sehen, wie damals, wieder mit einem fremden Studenten im Arm – keinen Tag gealtert! Ich sehe ihr entgeistert nach und sehe mich um, und da sehe ich Helena plötzlich hundertfach wieder und auch mich selbst: nicht hundert-, zweihundertfach. Schreck, lass nach! Die große Lieb‘ und der junge Autor – jedoch als Bienenschwarm. Als Gattungswesen. Student(inn)en! Student(inn)en! Ich möchte wetten, dass sie schon wieder nicht gescheit studieren. Freiburg ist zu schön, die Nächte sind zu lind: Die Stadt selbst ist ein Gattungswesen.

Aber natürlich. Freiburg ist ein Gattungswesen, „Mutter aller Universitätsstädte“ könnte man sagen: Prototyp der europäischen, ja, christlichen Stadt (mit dem Fundament einer ausgebrannten Synagoge jeweils nicht allzuweit vom Schatten des Münsters, sofern sie in Deutschland liegt). – Ich hatte damals keine Ahnung davon. Und wer heute nicht weiß, was damit gemeint ist, soll einmal kommen und sich Freiburg anschauen und dann mit hinduistischen, buddhistischen, muselmanischen oder einfach nur modernen Städten vergleichen. Es muss gar nicht Tokio oder Kalkutta sein.

Verglichen mit den Metropolen der Dritten Welt ist das Städtchen ein Dorf mit Dom. Doch die deutsche Schwesterstadt Granadas ist auch über ihre eigene Zerstörung hinaus eine der schönsten Städte der Erde geblieben, gewiss mit dem schönsten Turm der Christenheit – tagsüber sowieso und nachts noch mehr.

Eine 250-jährige Linde, Häuser ohne Ende aus dem 14. Jahrhundert, das filigrane Gebirge des roten Münsters, der älteste Gasthof Deutschlands – keine Zweifel, Freiburg ist ein Juwel, immer noch, trotz des Bombersturms, der die Stadt gegen Kriegsende noch heimgesucht hat. Ganz Moskau gäb' ich für Freiburg her. Als frischer Student war mir der Krieg nirgendwo ferner als hier. Jetzt ist mir der Krieg auch in Freiburg viel näher, und ich wundere mich, wie die Bomberflotten das versteckte Städtchen überhaupt gefunden haben.

Brunnen sprudeln, plätschern und flüstern. Wer von denen, die einmal hier gewohnt haben, denkt nicht wehmütig an Freiburg zurück?! Der wahre Zauber der Stadt glitzert in einem Adergeflecht von gefassten Bächlein, die die Straßen der Stadt säumen und durchrieseln – verschieden breit, doch alle gleich schnell, nein, gleich hurtig, so muss man es nennen. Wie lautlos, wie wunderbar frisch und freundlich und reinigend! Solche Gewässer wünscht man sich in allen deutschen Städten, ach was, für alle Städte. Zusammen sind sie ein architektonischer Vorgriff auf das in Wahrheit Himmlische Jerusalem. „Die Straße der Stadt ist aus reinem Gold, wie aus klarem Glas." Dazu die Landschaft, das Klima, Küche und Keller – ach, es ist eine Lust, in Freiburg zu leben, in Freiburg ZU SEIN. Ach, Heidegger.

Doch dann wieder: die Erinnerung! Die Schwere der Erinnerung! Von wegen unbeschwerte Jugend. Da vorne habe ich Helena zum allerletzten Mal gesehen. Gerade vorher hatte ich sie zu einem ersten und vielversprechenden Spaghetti-Essen überreden können (richtige Spaghetti, nicht Miracoli, sie waren sogar überbacken!). Bevor wir beim Nachtisch waren, wurde sie dann telefonisch zu einem meiner Nebenbuhler gerufen. Es war fürchterlich. Ich habe sie danach nie wieder gesehen. Ob sie ihn wohl geheiratet hat?

Ich lehne mich an den Baum und schaue die umgebaute Studentenkneipe verständnislos an. Stärker habe ich Helena in diesen Tagen nie gerochen. Ein Regenschauer geht nieder, plötzlich liegen die schweren weißen Blütentrauben der Akazien als vermatschter Brei im Rinnstein. Plötzlich ist es aus mit dem Geruch meiner Lieb'. Wie das? – Ich hebe eine der durchnässten Blüten auf und halte meine Nase hinein. Darf das wahr sein? Das gibt's doch nicht: Muss es vielleicht nicht Helena, sondern Akazia heißen?

Die Akazienblüten haben mich jedenfalls genarrt. Diese schwere Komposition aus Orangenblüten und Jasmin, die den Akazien in der Blütezeit als betäubende Wolke entströmt. Akazien hatten mir den Kopf verdreht. Man könnte an ein kosmisches Intimspray denken. Jetzt sehe ich das Rippengefieder der Akazien über mir, wo und sooft ich auch nur den Kopf hebe. Freiburg ist Deutschlands Akazienhauptstadt. Peking hat kaum mehr Akazien (wenn es nicht zufällig ein bisschen größer wäre)! Jetzt ist es mir allerdings kein Rätsel mehr, dass ich hier nur schwer studieren konnte. Doch soll das wirklich alles gewesen sein? Liebe nichts als ein Zittern der Chemie? Das darf doch nicht wahr sein. Mein Lieb', mein' große Lieb'! Jetzt muss ich es wissen.

Jetzt muss ich der Sache auf den Grund gehen – und wahrhaftig, so schnell, wie ich herausfinde, wo sich hier überall Akazien finden, finde ich jetzt auch heraus, dass Helena selbst immer noch in Freiburg lebt und wohnt, ohne Schmarren. Ich hatte es mir irgendwie gedacht (merkwürdige Fügung), als Frau K. in der X-Straße. Sie muss den alten Namen beibehalten oder wieder angenommen haben. Das Zweite und Letzte: schnell anrufen, ankündigen, einen Rosenstrauß kaufen und vor der Haustür stehen, siebenundzwanzig Jahre zu spät. Klingeln.

Sie öffnet selbst, sie lebt allein in der Wohnung. – Sie lacht, ich lache. Sie legt den Kopf auf die Seite, schaut mir in die Augen, und ich lege den Kopf auf die Seite und sehe, sie erkennt mich nicht. Wie klein sie nur ist! Diese Frau: Helena? Ja, (irgendwo da um ihre Augen herum) aber an wen erinnert sie mich bloß? An wen erinnert sie mich nur? Ich komme nicht darauf.

Das lange schwarze Haar ist natürlich abgeschnitten und hennarot geworden, in Dauerwellen. Helena! Schönste aller vom Weib Geborenen! Mein Leben hätte ich für sie hingegeben. Sie hatte nie etwas davon gemerkt. Wie sollte sie sich da heute an mich erinnern? Ich war nicht der einzige, den sie verrückt gemacht hatte.

Damals hatte ich sie – natürlich – geduzt, schon allein unserer Jugend halber (Jugend, oh Jugend!). Jetzt siezen wir uns genauso selbstverständlich, sehr freundlich, auf ihrem Balkon, wo ich ihr nun von dem frühen Tumult meiner Gefühlswelt wie von einer alten Lektüre erzählen kann. Was sie so liest, was ich lese, das alles haben wir schnell durch. Vom ersten Wort aber wird offenbar, was sie heute am vollständigsten von meiner Helena unterscheidet: Ihr süßer Akzent ist völlig verschwunden. Sie spricht ein fast keimfrei ungefärbtes Deutsch. Ja, erzählt sie, daran habe sie lange, lange gefeilt und gearbeitet. Ich habe ja keine Ahnung, wie sehr sie sich für die fremde Melodie in ihrem Mund geschämt hatte. Vorhin, vor ihrer Tür, hatte ich ihn noch im Ohr, den rascheren Rhythmus, zu dem sie einen so provozierend frech anschauen konnte.

Ihr Sohn ist so alt, wie ich es damals war, die Tochter noch ein Stückchen älter. Ihre Kinder sind bald, ihr Mann ist schon seit geraumer Zeit aus dem Haus. „Ich bin froh, dass ich lebe." – Sie ist in Freiburg kleben geblieben, doch geht in der schönen Stadt kaum noch aus. Die alten Freunde kommen selten. Die große Wohnung leert sich. Wir trinken ein Glas Gutedel zusammen. Aber als ich ihr von den Akazien Freiburgs erzähle, sieht sie mich so lächelnd an, als hätte ich immer noch einen Knall. Akazien? Sie hat nie etwas davon gemerkt.

Gehen wir noch etwas essen? Ja, aber bitte nicht allzu weit. Sie macht nicht mehr gern lange Spaziergänge, sie, die einmal so leidenschaftlich tanzen konnte. Daran erinnert sie sich gut, sehr gut: „Ja, ich habe mich immer in einen regelrechten Rausch hineingetanzt."

Und plötzlich sehe ich sie in diesem Karussell wieder ganz und gar vor mir, als ich die Augen Jahrzehnte später zusammenkneife: in einem feuerroten Kleid, natürlich wieder in den Armen eines anderen (ihres späteren Gatten?), mit verschwitztem Lachen, auf irgendeiner Party im Freien (in irgendeiner der ersten WGs) in einer der heißen Nächte dieses denkwürdigen Sommers – ein tanzender roter Fleck in der Dunkelheit, umringt von klopfenden Herzen.

Dann sehe ich auch die roten Fahnen und Spruchbänder unter den Akazienwolken der wasserdurchrieselten Bertoldstraße wieder über den Köpfen der Massen tanzen, über diesem unvergesslichen Prozessionssingsang und Megaphongeblöke: Den Vietnamkrieg stoppen! Gegen die faschistoide Bundesrepublik! Für eine radikale Studienreform! Undsoweiter undsofort. Ich bekam meinen Mund kaum zu vor Staunen und verdrehte wie üblich meinen Hals, ob ich nicht irgendwo Helena in der Menge erblicken könnte, mit oder ohne Nebenbuhler. Und am Abend übertrug ich die Parolen der Sprechchöre wieder als eigene Gedanken in ein Schulheft voller Gedichtanfänge, das ich „Frühe Aufzeichnungen" betitelt hatte. Dazu Rauchen ohne Unterlass.

Doch warum hieß es eigentlich „faschistoid" und nicht gleich „faschistisch"? Wie so manches hab ich auch das schon damals nicht verstanden, abgeschrieben ja, mich aber natürlich auch wieder keinen zu fragen getraut, weil es sonst ja jeder (außer mir) in Freiburg zu wissen schien. Erst jetzt komme ich dazu, endlich einmal in Ruhe im Duden nachzuschlagen. Aha, da haben wir's auch schon: „fa/schi/sto/id – dem Faschismus ähnlich".

Der feine Unterschied war von den Schlaubergern des SDS also doch wahrgenommen und festgehalten worden. So idiotisch waren sie nicht. Dass das Land ganz und gar faschistisch war, trauten sich auch damals nur die erprobten Antifaschisten der DDR zu behaupten. Ach, du lieber Himmel, die gute alte Bundesrepublik! Gab es je einen harmloseren Staat? Voller falscher Spießer, da es ja auch damals schon keine richtigen Spießbürger in Deutschland gab, die mit einem Spieß in der Hand die Demokratie gegen ihre Gegner verteidigen mochten. Und was für ein schöner Sommer! Ein Sommer und ein Land ohne miesepetrige, verschlafene, enttäuschte alte 68er!

Sei's drum. Wunderbares Freiburg! Herrlicher Frühling. Es war eine starke Stadt und ein geiler April, um es einmal so zu sagen, und ein scharfer Mai. Aufregende Tage und Wochen, eine Explosion der falschen Hoffnungen, der Höhepunkt des ideologischen Zeitalters. Im gleichen Herbst begann dann schon die Zeit der Erinnerung, sowohl für die Republik als auch für mich: An den kurzen Sommer der Anarchie und an Helena – mein' Lieb', mein' große Lieb'! Alles sehr, sehr bewegend, toll, aber zusammengenommen auch leicht idiotoid.

Francesco

(San Giovanni 2002)

Rund acht Liter „Myron" entströmen pro Jahr den Gebeinen des heiligen Nikolaus in der Krypta von Bari wie einer tröpfelnden Quelle. „Manna di San Nicola" nennen die Bewohner der Stadt die Substanz, die sie an jedem 9. Mai dem Sarkophag durch ihren Bischof entnehmen lassen. Mit Wasser verdünnt wird das flüssige „Manna" für zahllose Pilger bis aus Russland in Fläschchen abgefüllt. Legenden voller Wunder ranken sich um die Essenz: wie das Leuchten eines Bougainvillen-Strauches, der sich einer alten Zypresse bemächtigt. Die Hafenstadt Bari kann man sich deshalb auch vorstellen als eine Hauptstadt jenes Reiches, das im 20. Jahrhundert noch einmal einen Menschen wie Padre Pio hervorgebracht hat, der nur wenig weiter nördlich gelebt hat.

Ich hatte von diesem neuen Heiligen erstmals vor 34 Jahren in einem flammroten Ferrari erfahren, dessen Fahrer mich von Mailand bis Bologna mitgenommen hatte und der in der Po-Ebene völlig entgeistert Gas gab, weil ihm so schleierhaft war, dass es im Sommer 1968 in Europa noch einen einzigen Studenten geben konnte, der noch nie von Padre Pio gehört hatte, dem größten lebenden Wohl- und Wundertäter, zu dem doch schon seit Jahrzehnten Menschen aus aller Welt nach Süditalien gepilgert kämen.

Im Herbst des gleichen Jahres starb Pater Pio dann im apulischen San Giovanni Rotondo, exakt 50 Jahre nachdem der Kapuzinerpater die Wundmale Christi erhalten hatte. Am 5. August 1918 öffnete sich auf seiner Brust eine Herzwunde, die sich nie mehr schließen sollte, am 20. September 1918 Wunden an den Händen und Füßen: „Liebeswunden", wie er sie nannte und an denen er dennoch furchtbar litt, bevor er am 23. September 1968 an ihnen starb.

Doch erst jetzt weiß ich, wie ignorant ich damals tatsächlich war, dass ich nicht einfach schnurstracks zu Pater Pio weitergereist war, anstatt mit blöder Arroganz über meinen Chauffeur zu lächeln (weil ich doch gerade auf einer Pilgerfahrt nach Algerien war, in das Arkadien des seligen Albert Camus). Dieser Pater nämlich hat jeden Menschen beglückt, der ihn besuchte, höre ich jetzt von allen Seiten. Vielleicht hätte mir ein Besuch bei ihm ja viele spätere Umwege erspart.

Denn Francesco Forgione, wie der Ordensmann mit seinem Taufnamen hieß, war kein Literat und nicht nur als Ratgeber weltberühmt. Er war ein spirituelles Schwergewicht vom Kaliber eines Franziskus oder eines Johannes vom Kreuz, doch so beunruhigend zeitgenössisch, dass sich ihm die Intellektuellen Berlins oder Hamburgs ebenso wie die meisten Kirchgänger nördlich der Alpen bis heute fast nur durch den Filter der Ironie zu nähern vermögen. Denn er war so erratisch und fremd, dass neben ihm ein Mann vom Mars nicht fremder hätte sein können. Vielleicht geht es ja auch nur den Deutschen so, die sich selbst so fremd sind, ich weiß es nicht, aber weiß doch: Dieses Leid haben die Menschen zwischen Mailand und Palermo nicht.

Im Gegenteil: Gott, da scheinen sich die Italiener alle miteinander einig, muss einen besonders glücklichen Tag gehabt haben, als er Padre Pio erschaffen hat, zu dem sie schon zu seinen Lebzeiten in Scharen pilgerten und der einem heute südlich der Alpen längst überall in jedem Taxi entgegen kommt, in jeder Kaffee-Bar, hinter jeder Kasse, und wo er in Größen von 2 cm bis zu 2 Metern in Gips, Bronze und Marmor an allen größeren Tankstellen erhältlich ist. Hätte Italiens Seele ein Gesicht, würde es uns in diesem Jahrhundert wohl mit den Augen Pater Pios anschauen.

Und doch wäre es ein Trugschluss anzunehmen, dass Pater Pio nicht auch den Italienern fremder war, als es der Fremde von Albert Camus jemals in Frankreich gewesen ist. Italien aber, und das ist offensichtlich, nimmt mit rätselhafter Liebe wie selbstverständlich an, dass hier noch einmal ein Mensch unter ihnen aufgestanden war, der vom Wunderbaren umgeben war wie ein Sommersee mit Mücken.

Pater Pio verkehrte mit Jesus, Maria und Joseph wie unsereins mit dem Bäcker, dem Metzger und dem Barmann – dazu mit den Engeln und dem Satan. Ein Fall für den Psychiater? Doch für welchen? Dr. Seltsam? Dr. Merkwürdig?

Die Kirche hat ihn schärfer geprüft als jeder Staatsanwalt. Von 1922 bis 1934 durfte er auf päpstliche Anordnung keine einzige öffentliche Messe lesen noch Beichte hören – was er vorher und nachher bis zu sechzehn Stunden am Tag machte, weil der Zug der Menschen, die ihm ihr Herz ausschütten wollten, schier kein Ende nehmen wollte.

Er hatte Ekstasen und Erscheinungen seit seinem fünften Lebensjahr und dachte als Kind, dass dies „alltägliche Dinge aller Seelen“ seien. Seine Visionen waren ohne Zahl, aber auch ganz real waren die Nächte seiner Heimsuchungen, nach denen er am nächsten Morgen wie ein zusammengeschlagener Boxer in seiner Zelle gefunden wurde. Seine immer offenen Wunden stanken nicht, sondern dufteten nach Rosen.

Glaubwürdige Zeugen mehrerer Bilokationen – der Fähigkeit, an zwei Orten gleichzeitig zu erscheinen – sind zahlreich. Er sprach und verstand Sprachen, die er nie gelernt hatte, und wirkte Wunder wie der heilige Antonius im Mittelalter, allerdings als Zeitgenosse Stalins, Hitlers, Mussolinis, Adenauers und Kennedys. Prominent ist der Fall der Sizilianerin Gemma di Giorgio geworden, die ohne Pupillen blind geboren wurde und seit einer Intervention Padre Pios wie eine Sehende lebt und arbeitet, vollkommen unerklärlich, als biologische Unmöglichkeit.

Dem Pilger Karol Woytila aus Polen hat er schon 1947 prophezeit, dass er einmal Papst werden würde. Seine Laufbahn als Heiliger hatte freilich schon sehr viel früher begonnen.

Doch Heiligkeit, was ist das? Ein Heiliger, wer ist das? „Das ist ein Mensch“, sagt Dr. Navarro-Valls im Vatikan, „auf den sich die Hand Gottes legt und der sie nicht abzuschütteln versucht. Manche fragen mich, ob Padre Pio vielleicht seiner Stigmata wegen heilig wurde. Nein, sage ich ihnen, diese Wunden erhielt er, weil er ein Heiliger war.“

Seine Aufzeichnungen und Briefe hierzu – allein aus der Zeit des 1. Weltkrieges – füllen schon Bände und viele Regale in dem alten Kloster, wo seine schlichte Zelle jetzt noch so bewohnt wirkt, als hätte er sie erst vor kurzem verlassen, bevor er gleich, gleich wiederkommen würde. Hier hat er seine letzten 50 Jahre verbracht, im „Convento S. Maria delle Grazie“, das eines der verborgensten Häuser im Hochland des Gargano in der Ferse des italienischen Stiefels war, als er hierher kam, bevor es dann durch ihn zum größten Pilgerziel Italiens wurde.

Mohnteppiche bedecken in diesen Tagen die Wiesen ringsum. Schwalbenkonzerte erfüllen am Abend und Morgen die Luft vor seinem Fenster, und in der Nacht das leise Läuten ferner Rinderherden in den Bergen. Hier hat er 50 Jahre auf ein Ende seiner Schmerzen gewartet, völlig „frei von der Sklaverei der Menschenfurcht“: ein Mensch von Fleisch und Blut, der sich fast nur von Suppe ernährte, aber auch von einem gescheiten Bier pro Tag, und der sich kindlich heiter an einer Portion Tabak freuen konnte. Hier ist Beten für ihn wie Atmen geworden.

„In Büchern kann man Gott suchen“, pflegte er zu sagen, „aber nur im Gebet lässt er sich finden.“ Er betete immer. Dabei darf man sich die Art seines Gebets freilich nicht falsch vorstellen. Es war für ihn Handwerk, kein angestrengter Kopfstand der Seele. Die Perlen des Rosenkranzes – jede einzelne erinnert an ein komplettes Avemaria – flossen ihm wie Wasser durch die Finger. Ein rumänischer Emigrant unterhält sich leise vor dem Schrein, der sein blutbeflecktes letztes Hemd verwahrt, mit einem Kapuziner. Aber Pater Pio war doch katholisch, gibt der dem Orthodoxen zu bedenken. Da lacht der Mann nur, der aus Los Angeles hierhin gepilgert ist: „*A saint is a saint.*“

„Er war ein ewiges Kind“, sagt ein anderer seiner Mitbrüder, der hier mit ihm gelebt hat, „*buon umore e dolore*“ hätten ihn wie keinen Zweiten gezeichnet. Doch gelitten hat er bis zum letzten Tag. Die letzten Jahre seines Lebens musste er im Rollstuhl zum Beichtstuhl gefahren werden. Das letzte Paternoster seiner letzten Messe war fast nicht mehr vernehmbar in der Anstrengung, die ihn die einzelnen Worte kosteten. In der Nacht darauf hatte er ausgelitten.

Und morgen endlich wird er sicher nur noch lächeln, vielleicht hoch oben im Blau über dem Petersplatz, wo ihn dann tief unten ausgerechnet jener Papst in den Reigen der Heiligen einfügen wird, der ihm nun von Tag zu Tag selbst immer ähnlicher wird. Rom wird Kopf stehen. Denn das wollen die Menschen hier sehen: zwei Männer, die sich überbieten in ihrem Widerspruch zur Welt, als inkompatibler Gegensatz zu allem, was wir lieben, aufstörend und befremdend wie die Entdeckung Pater Pios aus dem Jahre 1952: „Nur um eines beneiden uns Menschen die Engel: nicht für Gott leiden zu können.“

Amadeo

(Offenbach 1984 / Rom 2004)

Amadeo Modigliani hat seinen Blick nie vom Leben lösen können. Auf den wenigen Fotos, die es von ihm gibt, sieht er auch uns noch immer mitten ins Gesicht: mit ebenmäßigen Zügen, ernst, bartlos, leicht ungekämmt und so sehr ohne jeden zeitgenössischen Schnörkel, dass man ihn für einen von uns halten könnte, wie er da am Torbogen des 20. Jahrhunderts lehnt.

Er war ein Fremder in seiner Zeit. Ein Zuhause aber hätten auch wir diesem Maler gewiss nicht bieten können, dessen Farben mir heute noch immer auf Schritt und Tritt in den Straßen Roms begegnen: sein Rost, sein Ocker, sein Umbra, sein Erdbeer- und Klatschmohnrot, sein Grau, sein Schwarz, all seine Erd- und all seine Fleischfarben, in denen er in wenigen Jahren zu einem Meister der Sinnlichkeit und des Lebens wurde. Es gibt keinen Tod in seinen Bildern, wirklich, den Tod sucht man hier völlig vergebens.

Der Tod ließ sich nur Tag für Tag in seinem Leben finden. Da umgab ihn Elend und Sterben wie ein immer enger werdender Belagerungsring: in seinen todgeweihten Freunden wie Paul Guillaume, der sich später erschießt, in Jule Pascin, der sich später erhängt, in einer Geliebten, die im 1. Weltkrieg von den Deutschen als Spionin erschossen wird – oder in Jeanne Hébuterne, seiner letzten Geliebten, die sich in der Morgendämmerung nach seinem eigenen Tod aus dem Fenster stürzt, ein acht Monate altes gemeinsames Kind unter ihrem Herzen.

Der Tod schlummerte in seiner Tuberkulose, in seiner Lebensgier, im permanenten Missbrauch seiner vielen Gaben. Nikotin bis zum Abwinken, schwerer Alkoholismus mit Absinth und jedem Feuerwasser, Haschisch löffelweise in seinem Mokka.

Er weiß Dantes „Commedia“ in großen Teilen auswendig zu rezitieren, dennoch hat er dem Chaos des Infernos aus der Göttlichen Komödie in seinem Werk höchstens in der Trostlosigkeit eines kindlichen Blickes Raum gegeben. Er ist kein Panoramamaler der modernen Schrecken, und auch, wer er ist, woher er kommt und wohin er geht, erzählt er uns nicht in seinen Bildern. Denn nicht nur der Tod kommt dort nicht vor. Gott scheint ebenso abwesend wie der Teufel.

Er spielt nicht mit Symbolen, gibt keine Rätsel auf, malt keine Fabelwesen und keine Metaphern, nur Menschen malt er, bis auf zwei, drei Ausnahmen immer wieder nur Menschen, die meisten einmal, manche wenige mehrmals. So gut wie immer sind sie allein. Die Welt hinter seinen Modellen taucht dann vollends nur noch in einigen banalen Versatzstücken auf: hin und wieder als Zimmerecke, manchmal in einem Stück Stuhl oder Schrank, öfter als verschlossene oder geöffnete Tür oder als abgewetztes Sofa, mehr nicht. Fast häufiger löst er allerdings auch diese Reste an beiläufiger Wirklichkeit noch in ihren schieren Aggregatzustand auf, in reine Form und Farbe, als nackte Bilder.

Er sei nicht originell, hat man ihm deshalb immer wieder vorgeworfen. Auch habe er der Kunst keine neuen Anstöße gegeben. Seine einzig erwähnenswerten Nachfolger sind wahrscheinlich tatsächlich nur die vielen Fälscher seiner charakteristischen Linienführung geworden, mit der er bis jetzt so einsam in den Museen hängt, wie er damals in der Kunstwelt stand. Der Schüler Fra Angelicos, Botticellis, van Goghs, Toulouse-Lautrecs, Cézannes sowie zahlreicher unbekannter Meister der Gotik und der Elfenbeinküste ist selbst nie ein Lehrer geworden. Bildhauer wollte er werden und wird dann schließlich Poet, als er 1914 aus Geldmangel zur Leinwand zurückkehrt – wie ein Schlafwandler, der nun plötzlich seine letzten sechs Jahre mit den Farben so dichtet, wie Arthur Rimbaud vierzig Jahre vorher mit den Worten gemalt hatte.

Wie Franz von Assisi sich vor seinem Vater und dem Bischof das letzte Hemd auszog, so lässt Amadeo aus Livorno bisweilen vor dem Gelächter der Bistrobesucher die Hose herunter. Seine noble Erscheinung ist ein stadtbekanntes Ärgernis. Doch der Taugenichts ist ein Schwerarbeiter, der stets leidende Lungenkranke hat die Figur eines Zehnkämpfers, er ist ein Zerstörter und ein Zerstörer, ein Weggeworfener und ein großer Wegwerfer. In seiner Geburtsstadt lässt man gerade für fünfzig Millionen Lire einen Kanal ausbaggern, weil er dort – angeblich – in einem Wutanfall im Jahre 1909 einige seiner Skulpturen hineingeworfen hat. Zeichnungen zerreißt er gleich stapelweise, wenn man mit ihm um den lächerlichen Preis zu feilschen versucht.

All das steht jedoch ebenfalls nicht in seinen Bildern. Sie sind vollkommen widerspruchslos, fast klassisch rein. Je mehr er zwischen die Mühlsteine ständig wechselnder Hoffnung und Verzweiflung gerät, desto unschuldiger und jungfräulicher wird im Gegenteil seine Kunst, desto mehr wird er zu einem säkularisierten Ikonenmaler – mit einem Reigen Unseliger als seinen Heiligen um sich, und auch den spöttischsten Straßenmädchen unter ihnen verleiht er noch Glanz und ein Gesicht in der Form einer göttlichen Mandorla.

Nein, er sagt uns nicht, wer er ist, wirklich nicht. Kein Wort über seine jüdische Herkunft. Doch er zeigt uns überdeutlich, mit wem er umgeht und wie. Die Creme der Künstler des letzten Jahrhunderts lebt zu jener Zeit in Paris in zwei mehr oder weniger verkommenen Vierteln wie in einem Dorf zusammen: Picasso, Chagall, Léger, Derain, Brancusi, Utrillo, Delaunay, Satie, Foujita, Cendrars, Fournier, die Liste lässt sich fast beliebig verlängern. Da wimmelt es natürlich von so genannten „engen Freunden“ Modiglianis, besonders im Nachhinein. Picasso, der Matador, gehörte mit Gewissheit nicht dazu, obgleich er sich mehrmals mit abschätzend taxierenden Blicken von dem nur drei Jahre jüngeren Italiener hat porträtieren lassen, bevor er später kurzerhand – als er in seinem Haus einmal eine leere Leinwand suchte und nicht fand – ein Bild Modiglianis nahm, um es mit einem weiteren seiner über hundert Stilleben zu überpinseln. Nichtsdestotrotz ist Modigliani einer der ganz wenigen, die sich völlig aus dem faszinierenden Magnetfeld des ungeheuerlichen Spaniers haben lösen können. Er selbst ist schlicht unfähig zur Demütigung, zerstören kann er nur sich selber, andere kann er nicht einmal ansatzweise karikieren.

Malte er andere Künstler, konnte er vielmehr nicht umhin, auch immer zugleich deren Werk und Vision mitzuporträtieren: Jean Cocteau so spitz wie dessen Feder, Juan Gris, mit dem er im Jahre 1906 gleichzeitig nach Paris gekommen war, in melancholisch weichen Kuben, Chaim Soutine, den wilden Litauer, wie ein beschwipstes Sorgenkind – so rauschhaft wahr, dass die Bilder, die er von ihm gemalt hat, noch die Flaschen auszudünsten scheinen, die die beiden zusammen geleert haben.

Den leidenschaftlichen Diego Rivera, den späteren Mann Frida Kahlos – deren warme Erdfarben manchmal wie ein mittelamerikanisches Echo an die mediterrane Lyrik Modiglianis erinnern – sieht er schon 1914 als den überlegen lächelnden Kaziken, als der er später in die Kunstgeschichte Mexikos eingehen wird. In Max Jacob porträtiert er bereits den späten Manes Sperber mit – und in ihm, wie in allen anderen, die er malt, auch immer wieder ein Stück seiner selbst, in einer unerhörten künstlerischen Kommunion.

Allen, die ihm einen Tag im Atelier leihen, schenkt er zu ihrem eigenen auch sein Gesicht. Er verschleudert sich an eine untergehende Welt. Eine mysteriöse Mrs. Arthur Cravan tauchte da ein letztes Mal auf, Frau des noch mysteriöseren Mr. Arthur Cravan, des „Boxerdichters", der 1916 den Weltmeister Jack Johnson herausfordert, nach dem Kampf nur noch „Dichter" ist, sich gleichwohl 1917 auf einer New Yorker Vernissage an einem ersten öffentlichen Striptease versucht, um kurz danach in Mexiko völlig von der Bildfläche zu verschwinden.

Wir sehen den gerissenen Kunsthändler und den genialischen Zeichner, den wohlhabenden Paul Guillaume, der sich später erschießt, und den armen Jules Pascin, der sich später erhängt. Die Stammgäste des „Café de la Rotonde“ passieren noch einmal Revue, und das halbe „Dome“ bleibt in diesen Bildern versammelt. Junge Glücksucherinnen vom Land sitzen da, heimwehkranke Russen mit der Hoffnung auf die Revolution, und Barone, von deren Stammbaum keiner mehr etwas weiß. Um Modigliani herum aber sitzen vor allem immer Fremde wie er selbst, besonders aus Osteuropa: Moise Kisling, Ossip Zadkine, die Zborowskis, die Lipchitz.

Weil eine gute Zahl der Trunkenbolde aus Böhmen stammt, bürgert sich der Ausdruck „Bohemiens“ für sie alle miteinander ein. Die Einsamkeit der Kunst verbindet sie zu einer neuen, verlorenen Nation – und die weit verbreitete Illusion, mit Hilfe dieser Kunst sowohl das eigene Schicksal als auch das der Welt verändern zu können. Das Gespräch kreist um letzte Fragen und immer wieder auch um Politik. Natürlich sind die meisten dieser verzweifelten Individualisten und Gratwanderer Sozialisten. Der Absinth ist mit revolutionärem Feuerwasser versetzt.

Jahre zuvor hatte sein erstes Zimmer in Paris nach Zeugenberichten plötzlich so ausgesehen, als sei eine Bombe darin explodiert, nachdem er bis dahin auf kaum etwas so peinlich geachtet hatte wie auf die Garderobe und den sorgfältigen Sitz der Plüschüberzüge in seiner Wohnung. Das jedoch war nicht die Folge eines politischen Attentats als vielmehr der vollständige Einbruch der Drogen in die Welt der Kunst. Haschisch ist in der Generation unserer Großväter zwar noch weniger verbreitet, doch nicht maßvoller missbraucht worden als heute, zumindest nicht auf dem Montmartre oder am Montparnasse. Modigliani inhalierte viel von dem Zeug – und er soff –, sein Bewusstsein aber versuchte er vor allem mit Frauen zu erweitern.

An ihnen vollendete er sich: an den wenigen Frauen mit Vor- und Zunamen, wie Jeanne Hébuterne oder Lunia Czechowska, den etlichen ohne Nachnamen, wie der Algerierin Almaisa und den vielen, deren Rätsel und Geheimnis er offenbarte, deren Namen er jedoch schon nicht mehr überliefert hat. Mitten im Ersten Weltkrieg, als die Erde Europas mehr Blut trinkt als jemals zuvor in der Geschichte, hält Modigliani sie hinter der Front in Paris in Bildern des Friedens fest, wie die Polizei sie damals gar nicht gern sieht: nackt, mit nichts bekleidet als Grazie und einer bis dahin nie gesehenen sinnlichen Eleganz. Sie räkeln, spreizen und strecken sich vor seiner Palette. Unter den Armen sind sie nicht rasiert, die Damen, Mädchen und Weiber aller Gewichts- und Gesellschaftsklassen, mit unergründlich dunklen Augen und Lippen wie frischen Erdbeeren, als sehr irdische Traumbilder unversehrten Lebens.

Diese Akte werden zunächst konfisziert und sind auch sonst Misserfolge. Seine Modelle aber liebten ihn, und er liebte sie auf verwirrende Art alle miteinander zurück, so kam es ihm wohl vor. Eher als Liebe aber war es wohl der pure, nackte Eros, auf beiden Seiten.

„Den Kopf des Antinoos und Augen aus Goldfunken", dichtete Anna Achmatowa damals dem Maler aus der Toscana an. „Ich mag es, wenn du betrunken bist", dichtete Modigliani zurück, „ich liebe es, wenn du deine eigenen Geschichten nicht mehr verstehst." – „Muttergottes! Wie schön er doch war!" wusste Rosalie Tobia, „die Mutter des Montparnasse" über den ewigen Außenseiter unter den vielen Verrückten des legendären Künstlerviertels. „Die Frauen haben ihn aufgefressen". Ja, unter den Frauen war „Modi" wirklich kein Außenseiter, und vielleicht war dies das größte Verhängnis des „geborenen Aristokraten", wie Paul Alexander ihn nannte, der im Schnitt zehn Francs und eine Flasche Schnaps für seine Bilder erhielt.

Die Frauen aber gaben ihm immer alles. In seinen Bildern passieren sie neben Modiglianis Saufkumpanen deshalb alle noch einmal Revue: Hanka, Beatrice, Elvira, Lolotte und wie sie sonst noch alle heißen, eine hingegebener als die andere: Glücksucherinnen, Dichterinnen, Straßenmädchen, Damen – die meisten mit ewig langen Schwanenhälsen und fast immer traurigen oder ganz und gar ausgelöffelten leeren Augen. Frauen werden seine letzte Droge.

Die letzten sechs Jahre besingt er sie mit Farben, wie Arthur Rimbaud vierzig Jahre vorher mit Worten gemalt hatte, oder kurz zuvor Nietzsche: „Alle Lust will Ewigkeit, will tiefe, tiefe Ewigkeit!“ Für den Künstler als Kaufmann wurde das vergebliche Verlangen erst recht ein einziger Misserfolg. Selbst Freunden bietet Modigliani seine reifsten Meisterwerke vergeblich an. Nur aufhören kann er nicht. Er kann ja nichts anderes. Von der Mitte des Krieges an verschleudert er sich in seinem Pariser Atelier an eine untergehende Welt, in Bildern unversehrten Lebens, die die Polizei immer von Neuem beschlagnahmt.

Aus dieser Zeit stammen seine bewegenden großen Akte – so sehr in die Mitte gerückt und herangezoomt, dass für die Hände oder Füße der Frauen und Mädchen oft schon der Platz auf der Leinwand fehlt, in fast widerspruchslosen Positionen, rätselhaft rein. Fast all seine Modelle und Porträts bersten vor Kraft – der Kraft des Künstlers allerdings. In diesen Bildern hat er sie zurückgelassen. In dieser Zeit wurde er zum Wrack.

Um 1919 sehen wir ihn auf einem der letzten Fotos in einem verbeulten Cordanzug vor uns in seinem Atelier sitzen. Er hat ein Bein über das andere geschlagen, die linke, lockere Faust erschöpft auf sein Knie gelegt und hält in der Rechten eine glimmende Zigarette. Auch diesmal sieht er uns wieder so an, wie er seine Modelle angesehen haben muss, wenn er mit ihnen alleine war. Fünfunddreißig ist er nun, er hat sein Lebenswerk geschaffen und wird vielleicht fühlen, dass es mit ihm zu Ende geht. Gewiss weiß er jedenfalls, wie sehr alle Welt von ihm denkt, dass er sich maßlos überschätzt. Die letzten Monate und Wochen, die ihm noch bleiben, nutzt er für einige letzte

Meisterwerke, wie etwa jenes Madonnenbild seiner zum zweiten Mal hochschwangeren Freundin.

Er ist nicht lebenssatt. Er war immer nur lebenssüchtig. Die Jahre, die er hatte, hat er nicht verzehrt, sondern mit beiden Händen gefressen. Vielleicht wirkt er daher auch hier nun zu müde und angestrengt, als dass man sagen könnte, er sehe noch kerngesund aus. Die Tuberkulose, der er seit neunzehn Jahren sein Werk abgetrotzt hat, hat seine Gesichtszüge noch männlicher werden lassen. So sieht er immer noch sehr gut aus, wie immer schon ein todkrankes Bild von einem Mann: ein verglühender Komet, ein Unsterblicher, der kein ganzes Jahr mehr hat.

Ein Jahr später, an einem klirrend kalten Winterabend 1920, trifft er im Café Rotonde ein letztes Mal auf seine Freunde, blau wie eine Haubitze, mit flackerndem Blick, streitsüchtig, grauenhaft abgemagert. Als sie ihn nach Hause bringen wollen, wo seine Jeanne für Ende Januar auf die Geburt ihres Kindes wartet, spuckt der freundliche Amadeo ein letztes Mal Wut und Galle über alle: Flüche, Verwünschungen, Beleidigungen, mit wilden Schreien, dass er keine Freunde mehr habe und noch nie welche hatte, dass ihn eine Bande von Verrätern und Renegaten umringe.

Das Finale: hohes Fieber, Delirium, Koma, Tod. Seit Wochen hatte der Bohemien sich und seine blutjunge Geliebte fast nur noch von Ölsardinen ernährt. Erst mit seinem und Jeannes frühem Tod verkauften sich seine Bilder. Das zerrissene Werk, das er zurückgelassen hatte, war ein einziges Selbstporträt. Ein Klassiker der Moderne: der Künstler als tragende Karyatide unter dem Zeitalter des Hedonismus, das er so früh vorwegnahm und unter dem er so schrecklich zerbrach.

Hilde

(Wien 1988)

Fritz hat mir ein vergilbtes Buch auf den Schreibtisch gelegt. Der Einband ist gewellt, die Seiten kleben aneinander, schon vor Jahren hat es einen Wasserschaden erlitten, das Buch muss mit einem Messer neu entsiegelt werden, Schnitt für Schnitt. Ich beginne die Arbeit von hinten, an dem großen Anhang aus Bildern. Hier und da zerreißt eine Seite, ich blättere vor, blättere zurück.

Auf einmal hat sich mein Arbeitszimmer bevölkert, lautlos und bei verschlossener Tür. Fünfundzwanzig Frauen und einundzwanzig Männer haben sich um mich versammelt. Keinen von ihnen habe ich jemals gesehen, ich weiß nicht, warum ich sie alle kenne. Sie alle schauen nur. Sehen mir in die Augen, durch mich hindurch – und manche an mir vorbei über die Schulter hinweg, so dass ich mich umdrehe, um ihrem Blick zu folgen.

Bei einem Knaben und zwei jungen Frauen huscht ein leises Lächeln über die Lippen. Die Frauen sind reich geschmückt, die Männer in schneeweiße Gewänder gekleidet. Es sind Festgäste, aber leicht abgewandt, unterwegs. Sie blicken schon zurück, gleich werden sie gehen, gleich, noch nicht. Eine Frau streift mich mit ihrem Blick wie durch einen Türrahmen. Ihre reglose Bewegung ist ohnegleichen.

Der Raum, in den sie eintreten, ist golden, oft silbern oder bläulichgrün. Das Mädchen mit dem Kranz im Haar hat eben mit den Wimpern gezuckt; war das ihr Atem in meiner Hand, die da gerade die Seiten blättert? Näher sind mir Bilder noch nie gekommen. Kaum einen Menschen lasse ich jemals so nah an mich heran. Ich schaue aus dem Fenster hinunter, zwei, drei Autos und einem Krankenwagen nach, und dann wieder auf diese Gesichter hier in meinen Händen, wo sie dieses merkwürdige Buch des Lebens bebildern.

„Ein Weg zur Wirklichkeit geht über *Bilder*", hatte ich gestern Nacht noch in der Lebensgeschichte Elias Canettis gelesen. Aber „es muss einen Ort geben, wo der Mensch sie unberührt finden kann, nicht er allein, einen Ort, wo jeder, der unsicher wird, sie findet. ... Da hält die Erfahrung still, da sieht er ihr ins Gesicht... Das Bild braucht *seine* Erfahrung, um zu erwachen. So erklärt es sich, dass Bilder während Generationen schlummern, weil keiner sie mit der Erfahrung ansehen kann, die sie weckt."

Nun sehen mir die Bilder dieser Menschen plötzlich ins Gesicht. Sie führen in die Wirklichkeit, sagt Canetti. Sie führen in die Wüste, sagt der Einband des Buches, das ich in den Händen wende. Sie wurden in einer Oase ausgegraben, diese Lebenden sind lange tot.

Bei einem Anruf im Verlag erfahre ich, dass das Buch vor fast dreißig Jahren in einer Auflage von zweitausend Exemplaren erschienen ist, die sehr schnell vergriffen war. Danach gab es seltsamerweise keine Neuauflage mehr.

So muss ich auch den Schriftteil des beschädigten Buches Seite für Seite lösen, um jenen Text zu lesen, der die Geschichte dieser Gesichter schildert. Ich will sie kurz nacherzählen.

Diese Bilder waren schon einmal, vor ziemlich genau hundert Jahren, eine Sensation, als sie in Ägypten entdeckt und erstmals in Europa gezeigt wurden. Viele von ihnen sind seitdem verschollen, in Bombennächten verbrannt, bei Schiffbrüchen untergegangen. Jetzt sind noch etwa achthundert solcher Porträts bekannt. Wer eins von ihnen gesehen hat, kennt alle anderen sofort wieder. Fast alle wurden sie in der Oase Fayoum gefunden, bis auf einige wenige aus Antinoopolis oder anderen kleinen Orten längs des Nils.

Auch die jüngsten von ihnen sind älter als siebzehnhundert Jahre; die älteren stammen aus dem späteren ersten Jahrhundert nach Christi Geburt. Es sind Mumienporträts, fast immer Holztafeln – aus Akazie, Maulbeerfeigen, Linde, Zeder oder Zypresse –, die wie Fenster in Gesichtshöhe der Verstorbenen in den Bindenwickelverband der Mumienhüllen eingelassen waren. Hinter jedem dieser Bilder ruhte ein menschlicher Kopf. Für lauter „Könige" hielt sie anfangs ein Autor unter dem Gelächter der Fachgelehrten. Andere hielten sie schlicht für Fälschungen, weil sie so neu wirkten. Man könnte sie alle zusammen für eine große Familie halten, gerade so, als hätten sie sich alle über drei Jahrhunderte hin um einen Tisch versammelt.

Nach der ersten Sensation fand sich keine entsprechende Erfahrung zu den Bildern dieser Menschen und gewiss kein gemeinsamer „Ort, wo man sie finden kann." Heute ist die Versammlung daher längst über Museen in der ganzen Welt verstreut, bis Japan, wo sie erneut in die Gruften der Magazine versenkt wurden oder – in vielen Fällen ratlos und verlegen – in der einen oder anderen Ecke ausgestellt werden. In Kairo hingen sie lange wie Gerümpel im zweiten Stock, über dem Prachtsaal Tutenchamuns, mit einer nackten Glühbirne davor. Sigmund Freud hatte ein unerhört ausdrucksvolles Gesicht in seiner Wohnung hängen: einen pechschwarzhaarigen bärtigen Mann mit leichter Stirnglatze und einem Lidstrich aus Kajal.

Die Literatur zu den Bildern ist groß, aber nur in Fachkreisen bekannt. Nur Fachkollegen streiten sich auch weiterhin in kleinen Auflagen über das Geheimnis dieser Menschen und ihrer sensationellen Kunstwerke, etwa über die Frisuren der Figuren. Archäologen oder Ethnologen beanspruchen für sich das Deutungsmonopol gegenüber den Gelehrten der Kunstgeschichte. Aus der Ägyptologie fallen sie heraus. Sie sind eigentlich viel zu schön für nur ein Fach, doch sonst nimmt sie kaum einer wahr. Sie sind keine öffentlichen Figuren geworden. Wo man sie publiziert, werden ihre wunderbaren Farben meist kostengünstig schwarzweiß reproduziert. Es gibt keinen

Gesamtkatalog. Sie sind kaum noch zu kaufen, und doch ist es ganz offenkundig: Diese Bilder schlummern immer noch.

Etwa die Hälfte von ihnen wurde enkaustisch, das heißt in der längst verloren gegangenen Wachstechnik der Ikonen des Sinai-Klosters gemalt. Griechische Schiffer hatten in der Antike ihre Boote einst mit solchen Wachsfarben geschützt und geschmückt. Viel später hat Leonardo da Vinci, der diese Tafelbilder nie gesehen hat, noch einmal mit derselben Technik experimentiert. Seine Mona Lisa geriet ihm gewiss nicht schöner als viele dieser Bildnisse – die gleichwohl als bleibende Bilder bisher nie in unser Bewusstsein gedrungen sind. Außer ihrem Ursprung bleibt vieles an ihnen rätselhaft, unsicher, ungewiss.

Deshalb will ich die Kunsthistorikerin, die das Buch auf meinem Tisch vor über dreißig Jahren in Alexandria geschrieben hat, in Wien besuchen – aber zuerst noch einmal die Handvoll gesicherter Erkenntnisse sammeln und aufzählen, auf die man sich bei diesen Bildern verlassen kann.

Sie alle haben in etwa das Format eines drei bis vier Handbreit hohen Spiegels. Schon aus dem sechsten vorchristlichen Jahrhundert wird uns von Porträts in Griechenland berichtet. Von diesen ist uns nicht ein einziges erhalten. Die Bilder aus Fayoum sind die einzigen Zeugnisse dieser Kunstgattung. Im Gegensatz zu Griechenland signalisieren sie jedoch in Ägypten durch ihre Fassung und Verwendung etwas bahnbrechend Neues. Denn hier *ersetzen* sie ja nach einer vieltausendjährigen – und damals noch anhaltenden – Geschichte erstmals die dreidimensionalen Totenmasken durch zweidimensionale Bilder. Aus dem Zentrum des ungeheuren Totenkults der Nilkultur sehen uns nun erstmals Menschen an. Die Totenmasken wurden durch die Erscheinung Lebender ersetzt. Die alte Bilderwelt Ägyptens war in ihrer Mitte in ihr Gegenteil umgekippt. Denn keine Frage: Tutenchamun lebt nicht mehr, er ist von Anfang an ein vergoldeter Toter.

Ganz Ägypten hatte sich immer stärker in eine strahlende Erhöhung und Vergoldung des Todes hineingesteigert. Hier aber taucht das Gold erstmals als *Hintergrund* von Lebenden auf. Und während bis dahin die prächtigsten Kunstschätze der Pharaonen für nachtschwarze, versiegelte Grabkammern geschaffen wurden, während bis dahin auf fast allen uns bekannten Bildern die Figuren nur untereinander verkehren oder als steinerne Statuen ins Leere blicken, sehen diese Menschen plötzlich einer nach dem anderen ihre Betrachter frontal, von Angesicht zu Angesicht, an. Diese Mumien lagen ursprünglich nicht in Gräbern, sondern *standen* in Wohnhäusern. Erstmals erscheint in ihren Augen ein einziges sprechendes *Du* in der Kunst. Eine größere Zwiesprache zwischen Kunstwerken und ihren Betrachtern – zwischen Lebenden und Toten – hatte es vorher noch nie gegeben und gab es wohl auch nachher nicht mehr. Ihrem goldenen Hintergrund aber begegnen wir später in den Ikonen wieder.

Die wenigen Berufe, die wir von den Porträtierten kennen, belehren uns, dass unter diesen „Königen" Schneider, Musiker und Lehrerinnen waren. Ein anderer der Prinzen sieht wie ein Metzger aus, wieder ein anderer wie ein Schreiner, den ich kenne, daneben ein Schriftgelehrter. Und immer wieder begegnen uns alte Militärs unter ihnen, römische Veteranen. Alle müssen reich gewesen sein. Der hohe Seltenheitswert der Porträtmumien sei gleichsam eine Bestätigung für ihre Kostbarkeit und den Wohlstand der Verstorbenen, lese ich.

Wo wir ihre Namen kennen – Sarapon, Sohn des Haresas, Eirene, Tochter des Silanos, Eutyches, Freigelassener des Kasianos, Appollon, Ammonios, Didyme, Hermione, die Lehrerin, der kleine Asklepiades oder Klaudiane und Aline, Tochter des Herodes – klingen sie oft griechisch oder jüdisch. Ihre Gesichtszüge verraten sie als Römer, Griechen, Semiten, Hamiten oder Afrikaner, Berber oder Lybier.

Sie haben glatte und krause, fast immer aber dunkle Haare in allen Frisuren, schmale und volle Lippen, gerade und gebogene Nasen und stets eindringliche Augen von jedwedem Schnitt. Zusammen bilden sie eine kosmopolitische und gewiss auch interrassische Vereinigung. Deshalb wundert besonders, wie individuell verschieden und gleichzeitig verwandt sie alle wirken, vor allem in den frühesten Werken. Wir sehen Segelohren, Hasenscharten, Silberblicke, Wolfsrachen, Dicke, Dünne, Heitere und Schwermütige, aber kein einziges entstelltes Gesicht.

Sie blicken uns immer gelöst an, frei. Es waren keine Unsterblichen. Im Gegenteil, sie scheinen in der Regel sogar ziemlich früh gestorben, sehr jung, mehreren kommen gerade die ersten schütteren Barthaare. Aber ein Greis, der fünfundneunzig Jahre alt geworden sein soll, schaut uns auf seinem Porträt wie ein Mann im besten Alter an, und kleine Kinder wie Jünglinge, alle immer in ihrer Blüte. In den späteren – nun meist stilisierten und mit Temperafarben gemalten – Porträts sehen wir, wie sich die alte Kunst schon verflüchtigt, bevor sie im späten vierten Jahrhundert abrupt abbricht.

Sonst ist an den Bildern fast nur noch der Augenschein gewiss: der Schein dieser Augen, die Glanzlichter auf den Pupillen, die auffällige Hochschätzung der Frau. Oder die Farben: die Elfenbeintöne, der Perlmuttglanz und das Gold der Geschmeide, das rote Rosa, die warmen Schattierungen der Erdfarben von Ocker über Sepia zu Braunrot, Dunkelrot, Purpur und Violett. Manche haben Kränze im Haar, manche in der Hand. Andere halten eine Ähre, ein Gebinde, Blumen, einen Granatapfel oder einen Kelch. Hier und da sehen wir ein Henkelkreuz in der Hand oder neben dem Gesicht, die altägyptische Hieroglyphe für „Leben", obwohl diese Menschen gewiss Griechisch geschrieben haben. Das sind die Gewissheiten dieser Bilder.

Frau Hilde Zaloscer nun, die Wienerin in Alexandria, deren Buch ich die Begegnung mit den Bildern verdanke, deutete diese Gewissheiten damals durch das Prisma der Geschichte jenes afrikanischen Landes, aus dem sie stammen: Ägypten – der Berührungspunkt dreier Kontinente. Erst der Eroberer Alexander hatte das sterbensalte Reich der Pharaonen endgültig für die Einflüsse des ganzen Mittelmeerraums aufgebrochen. Den griechischen Herrschern folgten um die Zeitenwende die Römer. Menschen aus allen Völkern besiedelten die blühenden Städte.

Alexandria galt als ein „Knotenpunkt der Erde", alle Künste des Reiches flossen hierhin, Priester aller Kulte und Religionen bauten hier eng nebeneinander ihre Tempel. (Bis zur Eroberung durch die Araber gehörte die Nil-Oase – für fast tausend Jahre! – wesentlich unserem jüdisch-christlichen Kulturkreis an.) Der älteste Papyrustext der Zehn Gebote stammt aus Ägypten. Er wurde in der Oase Fayoum gefunden.

Die Existenz bedeutender jüdischer Gemeinden in den acht Städten dieser zwölfsprachigen griechischen Kolonie ist gut verbürgt. Ab dem ersten Jahrhundert waren die gleichen Gemeinden, wie überall im Reich, der Mutterboden für eine schnelle Ausbreitung des Christentums. Im zweiten Jahrhundert war Arsinoe, die Hauptstadt der Oase, schon der Sitz von drei Bischöfen. Nirgendwo gab es so viele Märtyrer wie in Ägypten. Nach den Verfolgungen ließ sich Antonius, der „Arzt der Christenheit" und Vater des Mönchstums, in Fayoum nieder.

Diese Entwicklung, so schloss nun Frau Zaloscer, sei der Schlüssel zu den unvergleichlichen Bildern, die ihren Platz den Ägyptern, ihren Realismus den Römern und ihre Delikatesse den Griechen verdanken mochten. Ihr Geist, da ist sie sich sicher, verdanken sie diesem neuen jüdisch-christlichen Impuls. Denn die alten Totenmasken hatten vorher ja als *Wohnung der Seelen* Verstorbener gegolten, die ohne diese Hüllen verloren waren.

Mit dem Auftauchen der raum- und hüllenlosen Bilder anstelle der Masken müssen wir deshalb auch von der Vorstellung einer neuen „Wohnung" für diese Toten ausgehen, folgerte sie. Dieser Beobachtung entspreche nun aber wieder die gut belegte Existenz der ersten Christen in Fayoum, die ihre Toten als Lebende begriffen. In den Gesichtern dieser Verklärten habe deshalb erstmals der Glaube an einen „Gott der Lebenden und der Toten“ neue Formen und Farben in der Kunst gefunden. Vergessene Menschen, nichts als Menschen hätten auf diesen Tafeln also Pate und Modell gestanden für den Anfang des Kosmos der später unermesslichen christlichen Bilderwelt. Ähnliche Ansätze würden wir auch von anderen Orten kennen, aus Palmyra oder Dura Europos, doch nirgendwo blicke uns eine solche *Familie* an.

Damit aber ließ sich Frau Zaloscer natürlich auf einen Indizienprozess ein, der nur schwer zu gewinnen war. Dass es zum Beispiel unter den frühen ägyptischen Christen Mumifizierungen gab, ist literarisch verlässlich bezeugt. Von diesen Bildermumien aber spricht kein Text. Den Eckpfeiler ihrer Argumentation fand die Wissenschaftlerin aber dennoch in einer Schrift, jenseits ihres Fachgebiets und in einer eigenwilligen Auslegung. Denn diese Mumienbilder ersetzten ja auf einmal die älteren Mumienmasken.

Eine Erklärung für diesen fast unerklärlichen Abstraktionssprung vom dreidimensionalen Abbild zu zweidimensionalen Bildern meint sie deshalb im genauen und originalen Wortlaut des dritten Gebots der mosaischen Gesetze beobachtet und gefunden zu haben. Denn „du sollst dir kein *geschnitztes* oder *skulptiertes* Bild machen!“, heißt es dort lapidar. Das berühmte Bilderverbot sei also ein Abbildverbot: Es beziehe sich ausdrücklich und ausschließlich nur auf dreidimensionale Plastiken, denen wohl immer schon eine besondere Versuchung zur Vergötzung innewohnte, lange vor dem goldenen Kalb.

Der plötzliche Wechsel des Mediums von solch bannenden plastischen Masken zu freien, planen Bildern signalisiere deshalb auch gleichzeitig den Beginn einer radikalen Entgötzung der Erde. Das habe alle Weisheit des alten Ägypten nicht zustande gebracht. Hier sei die ewige Wiederkehr zerbrochen worden. Diese Verklärten stünden für die Aufklärung. Sie seien aufgeschrieben in ein neues Buch der Geschichte.

Frau Zaloscer war nicht die erste, die diese Bilder religionsgeschichtlich, christlich erklärte und deutete. Sie tat es jedoch am schöpferischsten und brach mit ihrem Buch als erste weit aus der engen Welt der reinen Fachliteratur aus. Ihr Bericht über die „Porträts aus dem Wüstensand" wurde zum am meisten besprochenen Buch des Jahres 1961. Ich habe den Packen der begeisterten Rezensionen selbst in der Hand gehalten – und dabei auch ihre ersten bitteren Kritiker gelesen. Denn wie bei jeder Glaubensgemeinschaft gibt es ja auch in der Wissenschaft immer Päpste und Ketzer. Von einem der früheren Großen dieser Konfession hatte ich beispielsweise erstmals von einem „unangenehmen, femininen Sentiment" angesichts dieser Bilder erfahren.

In jenem Kreis war Frau Zaloscer eine Häretikerin, kaum eine Kollegin. Von einem anderen Großen der Mumienkunde musste ich mich belehren lassen, dass ihre Arbeit „oberflächlich und mit haltlosen Hypothesen belastet sei". Ihre „phantastischen Interpretationen und absurden und haltlosen Theorien" würden „jeglicher Glaubwürdigkeit" entbehren. Kurzum, ihr Text sei völlig abwegig, ihre Forschungen „nur von geringem Wert."

In einem fünf Jahre später erschienenen Werk schien es sich dieser Gelehrte zur Lebensaufgabe gemacht zu haben, gegen ihre These vom Christentum als Quelle und Bedingung dieser neuen Zuwendung zu den Toten das genaue Gegenteil zu beweisen, sehr seriös. Es sei völlig klar, dass die Mumienbilder im Osirisglauben wurzeln. Viele *seiner* Argumente mussten allerdings auch immer mit einem „wahrscheinlich" oder „vermutlich" eingeleitet werden. Eine Isis-Priesterin, die er hier und einen Mann, den er dort – mittels eines siebenzackigen Sterns auf der Stirn – als Sonnenpriester identifizierte, ließen ihn gleich die ganze Gattung als wesentlich heidnisch erklären. Als Christen ließ er deshalb nur eine einzige spätere Figur gelten, weil sie unverkennbar mit der Rechten ein Kreuz umklammert hielt –

obwohl zu jener frühen Zeit nicht einmal der Kanon der Evangelien, geschweige denn die Bildersprache der jungen Christenheit festgelegt war. Gerade das Kreuz aber spielte damals unter ihnen als Zeichen noch fast überhaupt keine Rolle. Vielleicht hingen sie selber noch zu oft daran.

Doch damit sollte, vor nun auch schon wieder gut vierzig Jahren, die Diskussion beendet und versiegelt werden, wie ein Grab, keiner sollte mehr eine gegenteilige Äußerung wagen. Dieses Buch ist immer noch im Handel. Offenkundig sprach aber auch daraus nicht jene „Erfahrung, die Bilder brauchen, um zu erwachen." Es beförderte nur das erneute Vergessen – der Bilder und der Diskussion.

So blieb Frau Zaloscer in Afrika einsam mit ihrer Entdeckung, dass hier auf ganz besondere Weise das „Medium die Botschaft" war, wo es also weniger wichtig war, was hier gesagt wurde, sondern wo und wie es gesagt wurde, eben nicht mehr mit einer Maske, sondern mit einem Bildnis, plötzlich zwei- statt dreidimensional. Als ich sie in Wien besuche, will ich deshalb vor allem etwas von der *Erfahrung* dieser Frau kennen lernen, die in der formalen Botschaft dieses Medienwechsels eine revolutionäre Spiritualisierung der Kunst erblickt hatte.

Schon am Telefon hatte sie es kaum für möglich gehalten, dass sich daran noch jemals jemand erinnern sollte. Denn nun ist sie schon fünfundachtzig Jahre alt. Bevor sie sich vom Lehrbetrieb zurückzog, hatte sie noch eine Arbeit über den Weg „Vom Mumienbildnis zur Ikone" und ein Standardwerk zur „Kunst im christlichen Ägypten" herausgebracht.

In ihren letzten Jahrzehnten hat sie sich aber in der Hauptsache mit dem „Schrei" in der modernen Kunst befasst, aufgrund der Erfahrungen ihres Lebens. Dreimal war sie im Exil, in Ägypten, Kanada und Österreich. Das Vielvölkerreich, in dem sie geboren ist, existiert schon seit 1918 nicht mehr. In den dreißiger Jahren hat „Hitler mich zur Jüdin" gemacht, sagt sie. Dessen Feldmarschall Rommel verdankte sie später jedoch „Gefühle der absoluten Seligkeit" – wenn sie nach dem Bombenalarm und dem Abzug seiner deutschen Luftwaffengeschwader über dem Himmel Alexandrias mit ihrer Freundin hinaus durch die blütenduftschweren Nächte streifte. „Gott, war das schön", seufzt sie ein ums andere Mal, „der Mond und diese Stille, diese unwirkliche Stille. In der Wüste haben wir dort immer nur *geflüstert*!" Sie erzählt vom „langsamen Rhythmus, dem langen Atem dieser Landschaft."

Nach Ägypten hatte es sie damals „verschlagen", aus Ägypten musste sie in den sechziger Jahren wieder „um ihr Leben laufen". Heute noch leidet sie aber in Europa an der Enge und in Wien an den erstickenden Geistern der Vergangenheit und wird manchmal „verrückt vor Heimweh nach der Weite der Wüste."

Ihr Mann starb schon drei Jahre nach ihrer Hochzeit im spanischen Bürgerkrieg. Mit vier falschen Pässen musste sich die junge Witwe später durch das Leben schlagen, ein Leben lang als „Reiterin auf dem Bodensee", wie sie sich erinnert. Schon in ihrer Jugend trampte sie mit nichts als einem Handtäschchen auf einem Lastwagen von Beirut nach Damaskus, nach Baalbek. „Ich war nur blöd, aber Gott, war Baalbek schön!"

„Intensität" ist das Stichwort ihres Lebens, der zentrale Begriff der expressionistischen Generation. Die Hälfte ihrer Jahre hat sie „mit Suchen verbracht", aber nun sitzt sie über die Niederschrift ihrer Biographie gebeugt – und mit einem „Raben auf der Schulter, der ständig kräht: *Never more*!"

Sie mischt oft englische und französische Sätze unter ihren Redefluss, versteht Russisch und kann Spanisch lesen. Ihre kleine Wohnung im zehnten Bezirk ist voll gestopft mit Büchern, dazwischen eine Ikone, ein kleines antikes Väschen und ein paar ausgegrabene Öllämpchen in den Regalen, daneben ein koptischer Wandteppich, sehr schön. Sie besitzt kein Mumienporträt. Ihr Buch hatte die Preise zu sehr in die Höhe getrieben, als dass sie danach noch eins hätte erwerben können. An einem

Türpfosten finde ich eine wunderbare Holzplastik, eine hellenische Totenmaske, ein Frauenkopf, lächelnd. In der trockenen Luft ist sie mehrmals gesprungen. „Na, so lange ich lebe wird sie wohl noch halten, und dann – *to hell with it*!“

Die Stöße der vielen Fotos zu ihrem Buch stecken immer noch in großen braunen Couverts mit arabischen Beschriftungen in einem Schrank hinter dem Bett. Ihre alten Dias der Bilder sind alle längst rotstichig und unbrauchbar geworden. Nach der ersten Auflage sind die Klischees verloren gegangen. So wurde das Buch nie wieder aufgelegt. In ihrer Korrespondenz mit über siebzig Museen auf der Welt hat sie mehr Porto verbraucht, als sie mit der Veröffentlichung später verdiente.

Mich aber hat dieses seltene Buch schließlich nach dreißig Jahren noch aufgestört, mit den wunderschönen Bildern, die sie mir darin entdeckte, und der unmöglichen Aufgabe, vor die sie einen Berichterstatter stellen: über Fragen und Antworten nachzusinnen, die Wissenschaftler nicht entscheiden können, und über Behauptungen, Hypothesen und Thesen zu urteilen, die nur durch neue zeitgenössische Dokumente belegt und *bewiesen* werden könnten. Vielleicht müssten sich daher einmal Dichter, Kybernetiker, Philosophen und Theologen um die Deutung und Dechiffrierung dieser Bilder bemühen, zu denen sich zusätzlich zu den bekannten Indizien doch nur immer neue und weitere Fragen sammeln lassen.

Wer hat zum Beispiel wohl der „*grammatika*“, der Lehrerin, dieses teure Begräbnis bezahlt, oder dem alten Schneider Demetrios? Eine normale Mumifizierung kostete ja schon sechshundert Drachmen – ohne Bildtafeln, allein für die Chemikalien, die dreihundertachtzig Binden und zahlreichen Tücher – und überstieg den Jahreslohn eines normal armen Landarbeiters.

Unter den ersten Christen aber gab es „keine Armen“, lesen wir in einer der Gründungsurkunden unserer Zivilisation. Reichtum, nicht Armut war eines der Wesensmerkmale der frühen verfolgten Gemeinden, bevor sie später das römische Reich beerbten. Erklärt das also den Glanz dieser Bilder? Oder deutet ihn Petrus an, wenn er zu seiner Zeit seine „lieben Freunde“ in Kleinasien in bester jüdischer Tradition als „ein Volk von Königen“ anredete?

Ist es ein weiteres Indiz zur Identität der Porträtierten, wenn ihre Versammlung in diesen Bildern der messianischen Synagoge der Apostelgeschichte gleicht, der Pfingstgemeinde aus „Juden, Parthern, Medern, Elamiten, Mesopotamiern, Kappadoziern und der Bewohner des Pontus, der Provinz Asien, aus Phrygien und Pamphylien, aus Ägypten, dem lybischen Cyrene und Rom, aus Kreta und Arabien“? Viele Worte der Schrift entsprechen dem Schweigen dieser Menschen. Wir wissen nicht, ob sie dieselben Worte jemals selbst im Ohr hatten.

So ist ihre Vielfalt nur ein Beweis für die große Vermischung der Völker an dem Ort, in dem diese Bilder entstanden sind. Dass diese Mischung das ausdrückliche Ziel der Sammlung eines neuen „Volkes der Christen“ war, können wir danach wieder nur der Schrift entnehmen. So werden sich streng gesetzestreue Juden – ob wir sie nun im Schnitt mehrerer Gesichter zu erkennen meinen oder nicht – aus ihrer Scheu vor kultischer Verunreinigung gewiss keine Mumie in ihre Häuser gestellt haben. „Die Christen aber“, belehrte damals ein anonymer „Schüler der Apostel und Lehrer der Heiden“ einen gewissen Diognet in einem Brief, „sind weder durch Sprache noch Sitte von den übrigen Menschen verschieden. Jede Fremde ist ihnen Vaterland und jedes Vaterland eine Fremde. Sie bewohnen Städte von Griechen und Nichtgriechen, wie es ihr Schicksal bestimmt, und fügen sich jeder Landessitte in Kleidung, Nahrung und der sonstigen Lebensart. Man kennt sie nicht und verurteilt sie doch, man tötet sie und bringt sie dadurch zum Leben. Sie sind arm und machen viele reich, sie leiden Mangel an allem und haben doch an allem Überfluss.“ Nun ja, mit ihren Bildern haben uns diese Menschen aus dem fernen Fayoum jedenfalls nicht reich gemacht. Wir haben sie nicht einmal angenommen.

Dennoch dürften sie nach dieser Schilderung, sollten sie denn Christen gewesen sein, *äußerlich* gar nicht als solche zu erkennen sein. Selbst und sogar ein paar Schakale, Raben oder Falken, die hier und da als traditionelles Beiwerk auftauchen, haben nach diesem Zeugnis jede Beweiskraft für ihre *heidnische* Identität verloren, selbst eine „Horuslocke", wie sie bei manchen Knaben zu erkennen ist. Denn von unserer späteren Darstellung der Madonna wissen wir ja auch, dass sie das getaufte Bild der ägyptischen Isis mit dem Horusknaben auf dem Schoß ist. Wir kennen die Schnittstelle nicht, bis wann sie Isis und wo und ab wann sie Maria heißt. In Byzanz, Rom und später Ravenna verwandelten sich in jener Epoche die alten Orpheus-Darstellungen zum Bild des Guten Hirten.

Die Einverleibung fremder Kulturen war das selbstverständlichste Entwicklungsgesetz unserer Geschichte, die damals als Kirchengemeinde begann. Diese Menschen mussten sich in ihrer Suche nach Ausdruck doch aus den Bildervorgaben der Welt bedienen, woraus sonst. Aus anderen Gebieten sind Beispiele bekannt, wo die gleichen Handwerker für Mithrastempel, Synagogen und Hauskirchen gearbeitet haben. Vielleicht haben ja auch bald schon die alten Heiden umgekehrt die junge Kunst der Christen kopiert oder bei ihnen in Auftrag gegeben.

Nur der Tod ist rein, sagt ein altes spanisches Sprichwort. In jener Zeit war Kunst jedenfalls keineswegs die Kunst der Kulte und Völker; sie konnte nur aus vielen Quellen gespeist werden. Reine Kunst ist ein totalitäres Konzept. Beweisen lässt sich daher an diesen Bildern nichts. Wir sehen nur, dass dort etwas Neues in die Geschichte einbrach, und sehen, dass es sehr schön war. So wenig ihr Äußeres Antworten gibt, so sehr stellt deshalb umgekehrt der *Ausdruck* dieser Gesichter eine einzige Frage an uns.

Sie blicken uns an wie keiner zuvor. Sie bedrängen uns nicht, sie sind langmütig, aber sie wollen – je länger wir vor ihnen verharren – doch wissen, was wir von uns selbst wissen wollen, von den Ursprüngen und Grundlagen unserer einen modernen Welt. Da möchten wir am liebsten hinter uns blicken, ob nicht ein anderer für uns die Antwort gibt.

In allen Büchern habe ich jedenfalls nichts dazu herausgefunden. In Fayoum findet sich auch schon längst nichts mehr, bis auf dieses wunderbare Licht über den Trümmerfeldern in der Wüste. Die Oase verfiel mit dem Untergang des römischen Reiches; der Sand, der sie bedeckte, hat die Bilder gerettet. Nun aber müsste ein Vermögen zahlen, wer sie in der Verstreuung alle noch einmal aufsuchen und sehen möchte. In der Großregion ihres Ursprungs können heute nicht einmal mehr zwei Völker in einem Land zusammen leben, erfahren wir täglich aus den Nachrichten.

Und die Christen? Wo könnten wir ihre Erfahrungen mit dem Frieden jener Bilder vergleichen? Sobald sie konnten, sind sie nach der Zeit der Verfolgung selbst zu Herrschern und Königen geworden, die sich Reiche, Staaten, Völker und fremde Religionen unterwarfen. Anders war es gar nicht vorstellbar. Schlagartig mit dem Staatskirchenedikt des Theodosius aus dem Jahre 392 n.Chr., das gleichzeitig jeglichen Ahnenkult streng verbot, riss die Reihe dieser alten Bilder ab. So habe ich schließlich zu ihrer Erklärung nur noch eine alte Dame gefunden, deren junge und neue Sichtweise mich ebenso fasziniert wie die Bilder selbst.

Als letzte und einzige Gewissheit dieser Geschichte kann ich deshalb nur von *ihrer* Sicht berichten, die mir nicht mehr aus dem Sinn gehen will. Sie hat die Augen von Auferstandenen und die Verklärung Verstorbener in diesen Gesichtern entdeckt. Sie sei eine „durch und durch agnostische Jüdin“, sagt sie von sich, sie, die – nach dem Scheitern der christlichen Kultur in den großen Katastrophen des zwanzigsten Jahrhunderts – nahezu allein eine erste Allerheiligenversammlung der Wüste in diesen Bildern erkannte: einfach nur Menschen. Sie sah und sieht es so.

Sie allein entschleierte mir diese *Leistung im Verlust* durch das Aufgeben einer Dimension, die damals dort die Welt bereicherte, diesen paradoxen Umkehrprozess, in dem Zwei plötzlich mehr wurde als Drei. In dieser Beschränkung entdeckte sie die Befreiung von der Plastik und all den goldenen Toten und Götzen und Kühen und Kälbern Ägyptens sowie von jeder sklavischen Nachahmung der Natur. In der Wendung der Dargestellten zu uns erkannte Frau Zaloscer eine unvergleichliche *revolutio* der Kunst, so neu und unschuldig wie Kinderbilder. Das rätselhafte „Du und Du“ und „Aug in Aug“ dieser Proträts ist danach eine erste „Offenbarung durch das Bild“, wie der Osten sie bis heute kennt.

So sah sie auch die Krone der Blutzeugen in dem goldenen Lorbeer jener fernen Menschen, deren allermeiste Namen wir nicht einmal kennen – weil sie sah, dass sie *leben.* In den durchscheinenden Wachsfarben der Tafeln erblickte sie deshalb Transparente zu einer anderen Welt: Spiegelungen und Siegelabdrücke Befreiter, erlöste Erscheinungen mit „Augen, die die Herrlichkeit schauen“. Diese neuen Gesichter seien der Schrift verwandt. Wer wollte solch eine Deutung noch beurteilen? Ich fand sie kühn und wunderbar. Die Argumente ihrer Gegner und Neider konnten mich nicht vom Gegenteil überzeugen.

„Schreiben Sie mir ein schönes Kenotaph!“, bittet sie mich lächelnd, als ich ihr die Hand zum Abschied reiche. Diese Dame glaubt nicht an ein Jenseits.

Vielleicht glauben ihre Kritiker daran. Ich habe sie nicht mehr gefragt. Jetzt regnet es vor meinem Fenster, und unten auf der Straße jagt gerade wieder ein Krankenwagen mit Blaulicht und Sirene die Autos auseinander. Heute Morgen habe ich das Buch an Fritz zurückgegeben.

„Bilder bestimmen, was man erlebt“, schrieb Elias Canetti noch über seine Erfahrungen im Alter auf einer seiner letzten Seiten: „Als eine Art von Grund und Boden gliedern sie sich in einem ein. Je nach den Bildern, aus denen einer besteht, gerät er in ein verschiedenes Leben." Und vorher, über seine Jugend: „Stark fühlt sich, wer die Bilder findet, die seine Erfahrung braucht."

Jacques

(Antwerpen 1997)

Der köstlichste Garten der Welt findet sich in Flandern, mitten im alten Gent. Er wird gleichzeitig von Osten her von einem silbernen Morgen bestrahlt, vom Westen von einem goldenen Abend durchglüht. Sanfte Hügel, Wiesen und Schluchten gliedern dieses Arkadien. Am Horizont begrenzen blaue Berge den Garten und verzauberte Täler, davor die Filigranarchitektur verschiedener Giebel und Türme, die hinter Hecken emporwachsen: ein Himmelsgewölbe auf Erden.

In der Nähe aber entzückt die Sinne mehr als der allerschönste Teppich, mehr als Geschmeide, Perlen und Smaragde ein einziges Gemälde aus Rosen, Pfingstrosen, Lilien, Veilchen, wilden Erdbeeren, allen möglichen Blumen und Gewürz- und Heilkräutern aller Art. Üppiger Wein, Flieder, Farn, Granatäpfel, Lorbeerbüsche und Zitrusbäume formen duftende Haine. Zypressen und lichtdurchflutete Königspalmen schießen wie Fontänen in den glänzenden Himmel. Wolken von Singvögeln steigen aus den Zweigen und senken sich wieder in das Geäst.

Alles blüht und trägt gleichzeitig Früchte in diesem exstatischen Garten: Es ist Frühling, Sommer und Herbst – gleichzeitig Aussaat und Ernte. Nie ist Nacht in ihm. – Und doch hat dieser Garten nur selten das Tageslicht gesehen. Es gibt ihn auch nicht im Freien, sondern nur im Dämmerlicht einer Seitenkapelle der Sint Baafs-Kathedraal, nur in Öl auf Holz, auf dem Meisterwerk der Gebrüder Van Eyck, die selbst das nie versiegende Wasser dieses Wunderwerks mit dem Pinsel gezaubert haben: Es ist der Garten des Lammes aus dem Jahr 1432 – er ist 565 Jahre alt.

Die Gärten des Jacques Wirtz aus unserem Jahrhundert sind ganz anders. Dennoch scheint es, als wäre dieser flämische Sternengärtner aus dem nahen Antwerpen vor allem in diesem Paradiesgarten in die Lehre gegangen. Denn der einsame Meister kann merkwürdigerweise keinen anderen Meister nennen, bei dem er gelernt hat, kein Vorbild, keinen Kollegen. „Nein, nein, unter Kollegen fühle ich mich ganz verloren und fremd." Auch zu Hause hat ihn keiner seine Kunst gelehrt. Sein Vater war ein ehrbarer Broker in der flämischen Hafenstadt, keiner seiner Brüder war Gärtner, kein Onkel.

Dennoch war das Gärtnern sein Lieblingsberuf von Anfang an. Schon als Kind hat es ihn entzückt. Dann weiter als Jugendlicher, selbst im Krieg, für den er 1944 als Zwanzigjähriger von den Deutschen zwangsverpflichtet wurde: bei einer Witwe und ihren kleinen Kindern in Heiligenstadt in Thüringen – natürlich als Gärtner. „Es war eine wundervolle Zeit!", sagt er in seinem schönen Deutsch. Es ist, als urteile er damit über sein ganzes langes Leben.

Seine Gesichtszüge verklären sich, wenn er von seiner Familie spricht, seiner Herkunft, seiner Frau, seinen Kindern und dem jüngsten Enkel Maurice, den seine Schwiegertochter gerade auf ihrem Arm durch das ruhige Büro in Schoten trägt, wo er mit zweien seiner Söhne ein Laboratorium ihrer inzwischen schon längst gemeinsamen Kunst unterhält. Wenn er zärtlich seine Frau erwähnt („eine typische Flämin, wie von einem alten Bild", die so herrlichen Chicoree-Auflauf macht) oder von der Musik im Elternhaus erzählt, die seine Arbeit auch heute noch befruchtet und beflügelt – im Rhythmus, den Melodien und der berühmten Kontrapunktik seiner Gärten. Oder wenn er stolz auf die Arbeit mit seinen Söhnen Peter und Martin schaut, die – wie Martin selbst sagt – „den Garten ihrer Kindheit nie verlassen" haben. Eine Familie ohne Vertreibungstrauma, vergessen im Paradies.

Allerdings in einem Paradies, in dem gerade die Arbeit das Schönste zu sein scheint: nicht nur das Graben, Pflanzen und Schneiden, was er am liebsten macht und wozu er aber doch nur noch am seltensten kommt, sondern bei ihm vor allem das Zeichnen. „Zwischen Weihnachten und Neujahr habe ich vierzehn neue Gärten gezeichnet.“ Er zeichnet liebend gern. Fast zu jeder Zeit befinden sich etwa fünfzehn bis zwanzig Gärten im Entwurfsstadium, in denen er wunderbar strenge Formen mit eleganten epischen Symphonien der Natur verschmilzt. Anders als andere Künstler zeichnet dieser Künstler allerdings Räume und Farben, die erst noch aufblühen, oft erst nach Jahren. „Nach fünf Jahren wird ein Garten richtig reif. Bei einem so genannten 'natürlichen' Garten dauert es noch länger, bis er wirklich ‚natürlich‘ ist.“

Über Bäume redet er wie ein Maler, wie ein Meister über Farben. Und vorzugsweise bedient sich der seltene Pflanzenkenner der verschiedenen Grüntöne in all ihren Schattierungen von seiner Palette – und immer auch schon im Voraus mit den imaginierten Farben der Jahreszeiten, den verschiedenen Stadien des Knospens, Aufblühens, Verblühens und Welkens. Mit dem Frühnebel im Auge, dem Herbstlaub, dem Rauhreif, dem Schnee.

Er selbst lebt in dem ehemaligen Gärtnerhäuschen eines nahen Schlosses gleichsam inmitten seiner eigenen Visitenkarte: Sein persönlicher Garten dahinter ist ein Kleinod, der wie in einer Hand die Elemente jener Schrift umfasst hält, mit denen er überall von Neuem seine Meisterwerke schreibt und zeichnet.

Es ist ein herrlicher und dennoch fast verwunschener Ort, den er in der Hauptachse mit einer gewaltigen Buchshecke gegliedert hat, die er mit der Heckenschere gleichsam zu einem anderen und eigenen Geschöpf modelliert hat: einem Lindwurmwesen, in dem er einen ganzen Wald hundertjähriger Pflanzen (die jährlich eine Frisur brauchen) in einen einzigen kriechenden Baum umgeformt hat.

„Ich habe diese Zeit gern, wenn alles noch so durchsichtig ist“, sagt er bei unserem Besuch in den frühesten Vorfrühlingstagen. „Nie zeigt sich auch wie jetzt, wie gut ein Garten wirklich ist. Im Sommer ist ja fast jeder Garten schön." Der Blick schweift über die vielen Grün- und Brauntöne, über Gelb, Mauve, Ocker, Grau, Umbra, durch das nackte Gefieder der Äste und kann sich kaum sattsehen. „Die Gobelinkunst kommt aus Flandern. Da kommen wir her, von diesem Universum an Farbabstufungen. Von dieser Einfachheit."

Einfach? Als triumphalen Höhepunkt seiner Laufbahn durfte der Belgier vor zwei Jahren den Jardin de Carrousel neu gestalten, das großartige Entree, durch das man am Louvre die Gärten der Tuillerien betritt: Der Platz hat etwas vom ältesten königlichen Tafelsilber Frankreichs. Danach ließ Mitterand gleich auch noch seine Privatgärten von Jacques Wirtz gestalten.

Doch die – für ihn – schmerzhafteste Niederlage hat er gleich ein Jahr danach erlitten („mit einem meiner schönsten Entwürfe überhaupt!"), als er in Berlin in einem Wettbewerb für die Neugestaltung des Lustgartens unterlag. Es schmerzt ihn jetzt noch.

„Lustgarten! Allein der Name war schon eine ungeheure Herausforderung für mich!" Das ist leicht nachvollziehbar. Man hört es ihm an, wie ihm der Begriff auf der Zunge zergeht. Denn fast alle Gärten dieses Landschaftsgärtners sind ihrem inneren Wesen nach Lustgärten in ihrem aufreizend adligen Zugriff der Gartenkunst auf die Natur. Mit dieser Kühnheit ist er ganz und gar unzeitgemäß: mit seiner oft rigorosen Handschrift, mit der er Bäume und Hecken nach seinem Willen und Bild und unglaublich treffsicheren Geschmack bepflanzt und zurechtschneidet.

Natürlich ist der Unterhalt dieser Gärten genauso wichtig wie ihr Entwurf, es sind allesamt Gärten für Gärtner, kostbare Luxusgeschöpfe. In einem Jahr kann immer viel zu Schanden gehen, wenn ein Garten nicht gut unterhalten und gepflegt wird. Schon in einem Monat. Natürlich ist das teuer.

In Gent, nicht weit von dem Himmelsgarten der Brüder Van Eyck, hat Jacques Wirtz in ein enges freies Geviert der alten

Stadt eine seiner reifsten Schöpfungen angepflanzt: eine Barockinspiration, fast nur mit Wasser und Buchs, als strenge Gartenarchitektur im Wortsinn. Regen glänzt dunkelgrün auf den frisch geschnittenen Pflanzen. „Wissen Sie, dass man in städtischen Parks nun keine dichten Bepflanzungen mehr machen darf – aus Sicherheitsgründen. Damit sich kein Vergewaltiger oder Verbrecher darin verstecken kann!", hatte der Gärtner vor dem Abschied aus Antwerpen noch erzählt. „Und ist das nicht furchtbar? Gerade dieses Versteckenkönnen war aber immer mein Traum. Dass man mitten aus der Stadt heraus in eine andere Welt eintreten kann. Vor Jahren habe ich einmal auf einer Reise in Kiew einen Boulevard gefunden, der auf dem Mittelteil einen dichten Park besaß. Er war sehr dicht bepflanzt, mit wilden Kirschen, Linden, Ulmen, was weiß ich nicht alles. Kiew war weiß vor Kirschblüten. Dann waren auch Nussbäume darin und andere Nutzbäume, an denen sich die Bewohner im Herbst satt essen konnten. Es war mitten in der Stadt eine andere Welt! Ja, das war immer mein Traum. Und ich träume immer. Jedes Projekt ist ein Traum."

Sein Lächeln ist scheu und jungenhaft. Wie viele seltene Pflanzen er auch schon in seinen vielen Gärten gepflanzt haben mag, wahrscheinlich ist doch, dass der groß gewachsene schlaksige Mann selbst zu den allerseltensten Gewächsen gehört, die sich in keinem Gewächshaus ziehen lassen: Er ist ein glücklicher Mensch. „Jetzt träume ich davon, vielleicht eines Tages noch einmal die Autobahnen bepflanzen zu dürfen. Dass man eines Tages Autobahn fährt, um Blüten zu schauen!"

La Fiorentina

(Florenz 1997)

Die Autobahn blühte. So sollte es sein. Florenz einmal ganz und gar unbeschwert zu besuchen und genießen, war schon immer mein Wunsch gewesen. Beim ersten Mal – vor zehn Jahren – hatte es nicht so recht geklappt. Die Tagebucheintragungen dieser Reise will ich hier lieber nicht ausbreiten. Sie stammen aus der Zeit eines frühen Raucherentwöhnungsprogramms, das kein Vergnügen war, weder für mich, noch für meine Frau, die mich damals begleitete.

Wir hatten eine Novembernacht lang in einem Hotel am Ufer des Arno gewohnt, mit herrlicher Aussicht, am nächsten Tag ein schnuckeliges kleines Lieblingslokal entdeckt, uns ein, zwei Cappucinos in den großen, bekannten und teuren Cafés an der Piazza della Repubblica gegönnt, mit Watte in den Beinen die großen Kirchen bestaunt und dennoch: Die unbändige Sehnsucht nach einer Zigarette ist fast die stärkste Erinnerung an diese Reise geblieben – und das Bild einer wunderschönen Dame aus Florenz auf einer Postkarte, die ich damals an einem Kiosk erstanden habe.

Und diesmal war nun alles ganz anders. „Schreib einmal eine etwas schrägere Geschichte über Florenz", hatte mein Chefredakteur mir vor meiner Abreise eingeschärft, „bitte nicht das Übliche, über Kunst, Schönheit, Ponte Vecchio, Michelangelo, Ghiberti, Botticelli, Donatello, Brunelleschi, all die einschüchternden Helden der Kunstgeschichte, ihre großen Meisterwerke und den ganzen Kram. Wer will und soll solchen leserverscheuchenden Plunder noch lesen?"

Doch daraus konnte diesmal leider nichts werden. In München hatte es noch Stein und Bein gefroren, Nebel umwölkte den Geist, Regen klatschte gegen die Windschutzscheibe, die

Winterreifen waren unbedingt nötig. Vier Stunden später beschien den Fahrer die Sonne des Mittelmeers. Italien blühte schon in der Annäherung auf und erst recht die Toskana: Goldregen, Mandeln, Kirschen und das erste Grün des Frühlings verwirrten die Sinne gleich quadratkilometerweise links und rechts von der „*Autostrada del Sole*". Echt: Die Autobahn blühte, auf den Böschungen, in den Zwischenstreifen, überall. Da war er, der ganze Plunder: Schönheit, wohin das Auge blickte! *Bellezza*!

Im Kofferraum ruhte der halbe Bericht über Firenze schon im Laptop, schon ein wenig vorrecherchiert: „Florenz, die Hauptstadt der Toskana ist ein einzigartiges Schatzhaus der Welt, besonders aber aller Herrlichkeiten dieser allergesegnetesten Kulturlandschaft Europas und der Erde." Undsoweiter undsofort. Darauf kommen wir weiter unten noch zurück.

In der Hauptstadt der Toskana selbst war also nicht mehr so viel zu tun. Heute Abend würde ich deshalb in einem kleinen Umweg über Rom noch kurz mit einem wahren Kenner der Stadt speisen, der mir Schluck für Schluck die intimsten Kenntnisse dieses Juwels anvertrauen und verraten würde, für die meine unglücklicheren Kollegen Monate und Jahre zu recherchieren hätten. Das Leben sah nicht schlecht aus. Es war sogar wunderbar. Das Licht. Der Abendhimmel. Das kleine sardische Lokal. Die erlesenen Insiderinformationen und verschwiegenen Geheimnisse der Schönen. Der Vollmond über der ewigen Stadt.

Der Nachtisch wurde serviert, der Espresso, die Zahnstocher, es fehlte nichts. Wir schlenderten zum Auto zurück, immer noch im Gespräch vertieft – und plötzlich fehlte alles. Das Auto war weg, mit allem Gepäck, Mantel, Hut, Hosen, Laptop. Mit allem. Wo der Wagen gestanden hatte, parkte harmlos und unangetastet ein anderes Auto, allerdings mit italienischem Nummernschild. Da war kein gähnendes Loch. Und dennoch, da war er: der *Horror Vacui!* Der Schrecken der Leere. Plötzlich war es auch sehr kalt, viel zu kalt für den schönen Leinenanzug, mit dem ich am Nachmittag noch nach Landessitte eine bella figura hatte abgeben wollen. Das einzig Wärmende war jetzt nur noch die Kreditkarte in der Hosentasche. Es hätte also alles noch viel schlimmer kommen können.

Die baumlangen jungen Carabinieri der nächsten Polizeistation mit den dicken roten Streifen an den Hosenbeinen, die jeder Marschallsuniform genügend Ehre machen würden, ertrugen die Nachricht und Aufregung ohnehin mit Fassung. Ein Griff zu dem alten schweren Telefon, ein kurzer geheimnisvoller Wortwechsel mit einem noch geheimnisvolleren Gegenüber (einem Vorgesetzten? einem Verbindungsmann zur Unterwelt? nach Sizilien? Warschau? in den Vatikan?) und schon konnte Entwarnung gegeben werden. Ab sofort würden die Gesetzeshüter ganz Italiens wie ein Mann ihre wachsamen Augen nach dem Auto des Deutschen offen halten, noch in der gleichen Nacht! Das sei doch eine Selbstverständlichkeit. Transalpine Solidarität!

Am nächsten Vormittag brauchte ich nur noch eine ordentliche Anzeige beim *Maresciallo* aufzugeben, und schon stünde dem erfolgreichen Wiederaufspüren all meiner Habseligkeiten nichts mehr im Weg.

Trotzdem: Auch nach einem Autodiebstahl muss man weiterleben, auch ohne Koffer essen, trinken, schlafen, neue Socken kaufen, Wäsche, Zahnbürste, einen neuen Kuli, neue Notizblocks, und natürlich – weiterarbeiten. Die Deadline für diese Geschichte war schon gezogen. So erreichte ich das märchenhafte Florenz am nächsten Morgen mit dem Zug.

Ein Blitz zuckte auf über dem Bahnhofsplatz. Donner rollte über die berühmten Ziegeldächer. Tennisballgroße Regentropfen klatschten auf das Pflaster. Ich fror schon beim Hinsehen wie ein Schneider. Auch mein Schirm war weg. Das Hotelzimmer hatte nur ein kleines Fenster in den Lichtschacht eines Innenhofs. Scharfer Chlorgestank und Küchenschwaden wehten durch die Vorhänge. Motorräder, Motorroller, Mopeds und Vespas erfüllten die engen Gassen mit aberwitzigem Lärm.

Am ersten Tag meiner Recherche hatte ich schon vergessen, was ich gestern noch über Florenz erfahren hatte. Am Mittag war der Platz zwischen Dom und Baptisterium schwarz von Touristen. Menschen aller Herren – und Damen – Länder bevölkerten die Innenstadt, vor allem in ihrer japanischen Erscheinungsweise. Halbnackte Jugendliche mit geröteten Gesichtern übten sich auf den Stufen der Kirchen in kleinen Menschenfressereien. Ich schaute verboten langen Beinen in schamlos kurzen Minis nach und zählte an den Zehen eines silberhaarigen Künstlers neun Silberringe.

Sehr spät am ersten Abend erzählte Gianluca, der im „Dublin Pub“ gerade frischgepresstes toskanisches Haschisch verkostete, von den jungen Albanerinnen, die nun schon seit einigen Wochen das Florentiner Nachtleben bereicherten – und dass letzte Woche just in meinem Hotel einem Amerikaner alles Gepäck aus dem Zimmer geklaut wurde. Das konnte mir nicht passieren. Glück gehabt.

So sieht das Reporterleben also in Wirklichkeit aus: Die Stadt ächzt unter der erdrückenden Last ihrer Schönheit. Eiskalt weht es von dem schneebedeckten Appenin herunter. Afrikaner breiten in den Gassen Waren aus, die den Namen kaum verdienen. Indios aus den Anden pfeifen vor dem Dom. Jetzt gehe ich doch hinein, egal, was mein Chef mir gesagt hat, zuerst ins Baptisterium, dann in den Duomo.

Beim Blick zu den kosmischen Engelchören der Mosaikhimmel des Baptisteriums schiebt sich aber leider das Bild der Halunken dazwischen, die hinter der Grenze gerade lachend mein altes Schiebedach öffnen und meine Lieblingskassetten aus dem Fenster schmeißen. Musik zahlloser Reisen hatte sich im Auto abgelagert. Wahrscheinlich qualmen die Gauner in meinem Nichtraucherauto inzwischen auch schon wie die Teufel.

Apropos Teufel. Auch der Dom gegenüber ist voller Menschen, alte Chinesen, neue Russen, was der Globus so hergibt. Auch hier steigt der Blick über die Kanzel, von der Savonarola vor fünfhundert Jahren seine Predigten wie Gewitter über die Florentiner hinweggehen ließ, wieder hoch zur Kuppel, wo er im unteren Rund des Fegefeuers hängen bleibt – wo beschwänzte Quälgeister und Teufel arme Seelen mit Mistgabeln und schlimmeren Instrumenten traktieren. Es ist ein einziges Hauen, Hängen und Würgen, Ausrenken, Schinden, Stechen, Sengen und Schänden, Prügeln und Brennen, das dort die Augen erfreut – das ganze Panorama des Menschlich-allzu-Menschlichen. Ob es wohl hilft, einen dieser Spezialisten auch meinen Dieben auf den Hals zu wünschen?

Unsinn. Das ganze Leben ruht auf Verlust, am Schluss geht es selbst verloren. Jetzt entdecke ich da oben einen nackten alten Todesengel, der gerade das Stundenglas wendet. Ein bestimmter der dreihundertfünfundsechzig Tage des Jahres ist immer auch schon der eigene zukünftige Todestag. Jeder von uns durchschreitet dieses Datum so regelmäßig wie den eigenen Geburtstag. Mir wird sterbenselend zumute. Eine Stärkung ist dringend geboten.

Der Kellner in meinem kleinen Lieblingslokal stellte wieder eine Flasche Chianti auf den Tisch, von der ich mir – leider – schon wieder so viel nehmen durfte, wie ich wollte. Der Bericht musste nun endlich fertig werden. Der Notizblock lag neben Messer, Gabel und Kuli.

Doch die Einsamkeit macht sentimental. Das prächtige Florentiner Steak, das der Kellner vorhin an den Nebentisch trug, macht noch melancholischer. Denn allein vor einem Bistecca alla Fiorentina? Ein furchtbarer Gedanke. Das prächtige Stück macht eine Familie satt; Heimweh nach Frau und Kindern (die doch schon längst keine Kinder mehr sind) überfällt den Autor ohne Auto im schönen Florenz. Sollte ich vielleicht doch wieder mit dem Rauchen anfangen? Jetzt, wo die Kinder aus dem Haus sind? Meine Frau würde Augen machen, um wenig zu sagen. Ach, die Augen meiner Frau! Da war es schon wieder, das verdammte Heimweh – und es gab doch noch so viel zu tun.

Gestern und heute standen vor den Uffizien Schlangen so lang wie in den schlimmsten Tagen Moskaus, beredtes Zeugnis für die Mangelwirtschaft des Guten, Wahren und Schönen in der Welt. Es war klar, da hinein würde ich nie mehr kommen. Botticellis Venus habe ich deshalb nur in Kreide vor der Signoria aus den Händen eines Pflastermalers bewundern dürfen, mit fürchterlichem Silberblick.

Es dauerte, bis ich endlich jene Dame zu besuchen mich getraute, die vor zehn Jahren wie keine andere Frau mein Leben in die heutige Bahn gelenkt hatte. Über die Frau auf der Postkarte, die ich damals in Florenz erstanden hatte, wollte ich in jenen Tagen unbedingt noch einen Bericht schreiben, bevor ich mich danach höheren Dingen zuwenden wollte. Ein letzter Bericht über Mumienporträts aus dem alten Ägypten hatte mich dann aber nach meiner ersten Florenzreise endgültig zum Journalisten werden lassen. Gott sei Dank – und den brunnentiefen Augen dieser Unbekannten.

Sie wohnt in der Via della Colonna, gleich links hinter dem Triumphbogen, wenn man von der Piazza S.S. Annunziata kommt, im halbzerfallenden archäologischen Museum der Stadt, wo ich sie schließlich im ersten Stock hinter einem Haufen antiken Gerümpels und Plunders gefunden habe. Sie ist miserabel oder eigentlich gar nicht beleuchtet in der hinteren rechten Ecke des Sala III, wo ein kompletter alter Streitwagen des Pharao – oder vielleicht auch nur ein Sportwagen – die wenigen Besucher nach rechts zum Fenster hin lockt. Zu ihr kann man sich höchstens verirren, zu ihr, vor der ich nun sprachlos stehe: Ein altes Bild auf Lindenholz, kaum zwei Hände hoch und breit, das ich jetzt mit meiner alten Postkarte vergleiche.

Ich betrachte das Muttermal über ihrer rechten Braue, die feinen Schatten um Nase und Mund. Ihre weit offenen braunen

Mandelaugen schauen reglos an mir vorbei, hinter mich. Sie ist vielleicht die Schönste aus einer ganzen Galerie vieler Frauen und Männer, deren Porträts im letzten Jahrhundert in der Oase Fayoum in Oberägypten aus dem Wüstensand geborgen wurden. Hier ist sie die Einsamste – und hier im Original nicht annähernd so deutlich und hell wie auf der Postkarte, die ich damals von ihr gekauft habe. Vom Fenster her ist der Gesang einer Amsel zu hören.

Ach Florenz! In gut einer Stunde hat mich der Flieger diesmal nach Hause zurück gebracht. Ich denke an vier nutzlose Sommerreifen im Keller, als ich unrasiert die Gangway herabsteige. Nur die zerknitterte Postkarte einer ägyptischen Dame mit unergründlich rätselhaftem Blick in der Innentasche, meine Herzensdame aus Florenz: *la Fiorentina mia!* Sonst nur noch mit einer Plastiktüte in der Hand, ganz unbeschwert, außerordentlich erleichtert.

Christian

(München 1990)

Chris rief von unterwegs, vom Zug aus an. Er ist jetzt 57 Jahre alt. Seine Mutter lebt noch, und über sie hatten wir uns für den nächsten Tag zum Mittagessen verabredet. So konnte ich seine erwachsene Stimme erstmals auf dem Anrufbeantworter studieren. Was mochte wohl aus ihm geworden sein? Er klang zögernd, leise und nach Worten suchend.

Am meisten wunderte mich aber der starke amerikanische Akzent, den er bekommen hat, seit er in gewisser Weise seine Kindheit einmal mit unseren Kindern geteilt hatte – wie mit ungezählten Kindern rund um den Erdball. Damals sprach er nie viel, aber war es nicht dennoch immer ein makelloses Deutsch, fast makelloser als von irgendjemandem sonst aus seiner Zeit? Er war uns doch einmal so vertraut, dass er schon fast zur Familie gehörte – zumindest in den Bildern, die unsere Kinder von ihm an ungezählten Abenden mit ins Bett nahmen.

Denn Chris ist der Sohn des Zeichners Erich Ohser, des Vaters von „Vater und Sohn", der sich – weil die Nazis ihm den Beruf unter seinem Namen verboten hatten – nach dem Ort, in dem er geboren war, e.o. plauen nannte und der schon seit 1944 nicht mehr lebt.

Chris aber wurde in Berlin geboren, 1931, und hat ebenfalls mehrere Leben: eins als Christian, eins als Chris und eins in jenem genialen Bilderbogen, in dem er zusammen mit seinem Vater niemals älter wird.

Was dieser Vater und sein Sohn aber „auf einer Romanseite der ‚Berliner Illustrierten' allwöchentlich miteinander trieben", schrieb Georg Hensel vor wenigen Jahren in einer sehr schönen Erinnerung über die beiden, „das war von 1934 bis 1937, in diesem ersten Drittel der Diktatur, eine Labsal, die man sich heute kaum mehr vorstellen kann. Zum damals gefragten sportlich-heldischen Männertyp war der Vater das Gegenbild: Für seine Glatze, sein Mondgesicht, seinen Schnauzbart, seinen Kugelbauch hatte nicht Siegfried, sondern eine Robbe Modell gestanden. Niemals sagten Vater und Sohn auch nur ein Wort gegen den Uniformwahn ihrer Zeit, aber sie sind, als sei dies selbstverständlich, die letzten Zivilisten. Als Vorbild war dieser Vater untauglich. Er macht jeden Unfug des Sohnes mit. Und wenn er den Sohn übers Knie legt, dann nie zur Belehrung, sondern immer im Zorn. ... Im stramm disziplinierten Soldaten-Staat ist der Vater kindlich und anarchistisch, und wenn ihm danach ist, trinkt er sich so voll, bis er seinen Sohn gleich vierfach sieht. ... Als die Beziehungen zwischen Vätern und Söhnen absichtsvoll gelockert wurden, bildete dieses Konturwesen ein Paar des Vertrauens und der Zuneigung. Sie hatten keine Namen, an ihrer Haustür und Höhle stand ‚Vater und Sohn', und das war mehr als eine Firma, es war ein staatlich nicht gefördertes, nicht einmal vorgesehenes Gefühlsbündnis."

Ja, so muss es gewesen sein. Der wahre Rahmen dieser Kontrastfiguren ist das auf den Bildern unsichtbare schreckliche Zeitalter, dem sie entstammen – und nicht die Mathematikbücher, Religionsbücher oder Sprachlehrbücher für Ausländer, in denen die Cartoons heute gerne als Musterbeispiele deutschen Humors verwendet werden.

Vielleicht hat dieser Vater in Pantoffeln aus der Zeit der Stiefel deshalb auch heute in China wieder einen solch ungeheuren Erfolg, wo er in Millionenauflagen verbreitet wird. „Ich habe Chinesen getroffen", wird Christian Ohser mir später zum Abschied sage, „die mir erzählten, dass sie ihre Kinder nach diesen Büchern erziehen."

Vielleicht liegt das aber auch daran, dass es „für den Zeichner keine Fremdsprache gibt", wie Erich Kästner einmal über den „Vollblutzeichner" schrieb. An Ohser habe er begriffen,

„dass Malen und Zeichnen, übertrieben formuliert, nichts miteinander zu schaffen haben. Gegenstandslose Zeichnungen gibt es nicht. Der Zeichner mag die Welt noch so sehr verwandeln und verändern, ja, er mag sie bis dicht an den Abgrund der Geometrie locken – er stürzt sie nicht hinunter! Es wäre Selbstmord. Er lässt die Welt, so sehr er ihr zusetzt, am Leben. Daher ist der Zeichner mit dem Schriftsteller viel enger verwandt als mit dem Maler. Der Zeichner und der Schriftsteller sind Zwillinge, beide sind Erzähler. Beide hantieren mit Stift und Feder, beide schreiben sie, was sie zu erzählen haben, auf Papier. Der eine bedient sich der Buchstaben. Der andere schreibt in Bilderschrift. Und er hat den beneidenswerten Vorteil, dass seine Geschichten nicht übersetzt werden brauchen. Er schreibt in der Muttersprache aller Völker."

Ja, auch so ist es. Nicht nur die Chinesen, sondern auch jedes Kind versteht deshalb ohne weiteres die rund hundertfünfzig Bildgeschichten, die Erich Ohser uns hinterlassen hat. Unsere Kinder konnten sich nicht satt sehen an ihnen. Erich Ohser freilich war nicht auf kindliche Weise zu diesen Geschöpfen gekommen.

Schon 1927 war er mit seinem „Zwilling" Erich Kästner fristlos aus der „Neuen Leipziger Zeitung" gefeuert worden, weil er im ehrwürdigen Beethovenjahr ein freches Gedicht seines Freundes illustriert hatte. „Komm wie ein Cello zwischen meine Knie!", hatte Kästner seiner „neunten letzten Sinfonie" ins Ohr geflüstert, „und lass mich zart in deine Saiten greifen!" Ohser hatte die Szene ins Bild umgesetzt.

Die Entlassung sollte kein Schaden sein für die beiden. Die hochtalentierten Bohemiens gelangten nach Berlin, wohin ihnen bald auch noch, als Drilling, ihr Freund Erich Knauf folgte, er war Lektor, Redakteur und Liedermacher: „Heimat, deine Sterne!"

Für alle drei wurde Berlin zu einem Treibhaus der Ideen. Stöße von Skizzen und Zeichnungen belegen die schöpferische

Blüte, die Ohser in der fiebernden Hauptstadt erlebte. Er war schwerhörig wie der späte bittere Goya und dafür wie dieser mit dem schärferen Blick begabt: Er sah genauer als andere. Er zeichnete Caféhaus-Szenen, Landschaften, Karikaturen, Masken, Buchillustrationen, Porträts – alles, was er sah, zeichnete er, und alles gelang ihm. Vielleicht war er niemals glücklicher als in den Jahren, als es mit Deutschland bergab ging. Für ihn ging es steil bergauf. Er reiste, nach Litauen, nach Paris, nach Russland, überall hellwachen Blicks.

1930 heiratet er, 1931 wird er Vater und 1933 arbeitslos. Die Nazis hatten ihm seine übermütigen Karikaturen von Hitler und Goebbels nicht vergessen, so wenig wie die unvergessliche Rückenansicht eines Patrioten von 1931, der mit zurückgeschlagenem Mantel ein Hakenkreuz in den Schnee pinkelte, als „Dienst am Volk", wie die Unterschrift verkündete.

Erich Knauf wurde danach Moorsoldat. Erich Kästner sah seine Bücher brennen; stand wie ein ungläubiges Kind vor dem eigenen Scheiterhaufen. Und Erich Ohser zog sich im ersten Schock völlig zurück. Er verbarg sich voller Furcht und konnte dennoch nicht aufhören zu zeichnen. Aber nun wurden seine Zeichnungen nirgendwo mehr angenommen, seine Frau musste die kleine Familie ernähren. Bis Marburg war er aus Berlin geflohen.

Als er aber 1934 bei einem heimlichen Besuch in der Hauptstadt einmal zögernd das klingelnde Telefon abnahm, meldete sich dort ein Dr. Kusenberg und bot ihm an, eine Comic-Serie für die „Berliner Illustrirte" zu zeichnen, so, wie es in den USA seit 1927 die erfolgreiche Serie der „Mickey Mouse" gab. Der Redaktion waren schon einige Versuche mit anderen Zeichnern missglückt.

Ohser wollte es sich überlegen. Die ersten zwei Bildfolgen von „Vater und Sohn" – die einzigen, auf denen auch noch die Mutter auftaucht – wurden so begeistert aufgenommen, dass der Ullstein-Verlag umgehend eine bedingte Arbeitserlaubnis für ihn durchsetzte: Seine Arbeiten hatten strikt unpolitisch zu sein und mussten unter einem Pseudonym erscheinen. Selbst das Propagandaministerium musste wohl dieser Vater mit diesem Sohn verzaubert haben. Da war Ohser einunddreißig Jahre alt und sein Sohn Christian drei. Das Bild des Vaters mit dem Schnauzbart lässt vermuten, dass er damals wohl mehr an seinen eigenen Vater als an sich als Vorbild für die Figur gedacht hat.

Beide Figuren, Vater und Sohn, wurden jedenfalls über Nacht beliebt. Sie riefen fortan nach Ohser, wie einen nur lebendige Geschöpfe rufen können. Und sie waren es, seine Geschöpfe, die ihn schließlich in nur drei Jahren ganz groß und unsterblich machten. Sein Lebenswerk entstand abseits von seinem eigenen Lebensentwurf. Denn diese Notlösung ließ ihn später unvergesslich werden, und nicht einer der Pläne, die er für sich entworfen hatte. Er hatte ja als Zeichner berühmt werden wollen, sogar als Maler. Weltberühmt aber ist er als der große Humorist geworden – eine tief melancholische Figur.

Vielleicht hat er darum auch seine größte Begabung nur widerwillig wahrgenommen, seinen Witz, seinen Realismus. Denn sein Vater und Sohn waren keine Idealisten. Die Nazis waren Idealisten. Dieser Vater war ein Bruder Brechts und Valentins: ein Gemütsmensch, ein Angsthase, ein schlechter Verlierer, ein Genießer. Eine Brieftaube, die nicht fliegen will, verwandelt er ruckzuck in ein gebratenes Täubchen. Er ist ein unverbesserlicher Kleinbürger, der auch als verkleideter Schlossherr noch heimlich Pferdemist für eine Champignonzucht sammelt – und ein Kindskopf, wie er im Buche steht. Sobald – in einem Traum – seine Lakaien außer Sichtweite sind, rutscht er mit seinem Sohn wieder das Treppengeländer herunter, so dass der Wind pfeift, und für seinen Filius verspielt er auch noch den letzten Hosenknopf. Er ist völlig verantwortungslos, immer zu erweichen, ein unmöglicher Erzieher, dem sein Nickerchen über alles geht.

In einer dieser Pausen träumt er von Engeln, denen sein Bengel Federn aus den Flügeln rupft. Als er erwacht, sieht er den Sohnemann gerade im vollen Indianerkopfputz vor dem Sofa sitzen. Er versohlt ihm augenblicklich den Hintern. Gerechtigkeit geht ihm über alles. Dabei leidet er ständig an Verwechslungen und Missverständnissen. Eine andere „gute Tat“: Er zieht mit geübtem Rettungsgriff einen Leistungsschwimmer aus der Zielgeraden.

Nur selten fällt ein Wort in all diesen Bildern: „Vater!“, „Vati!“ oder „Siehste!“, das ist es schon. Sie sind noch ganz und gar Stummfilme des „leidenschaftlichen Kinogängers“, mitten im Geschrei der dreißiger Jahre, mit einer unübersehbaren Sehnsucht nach Heil und Frieden in der Zeit des Unheils. Neunundzwanzig Bildfolgen lang erleben Vater und Sohn noch einmal die Abenteuer Robinsons. Und Weihnachten 1936 lädt Vater wie der heilige Franziskus alle Tiere des Waldes mit an den Gabentisch, mit einem Wildschwein neben dem Rehkitz und Kohl und Mohrrüben auch für sich selbst, der sonst durchaus kein Vegetarier ist, in einem wahrhaft paradiesischen Bild.

Der Trinker und Tunichtgut – den man auf keinem einzigen Bild arbeiten sieht! – war zu einem der wenigen Gerechten und Furchtlosen in einer immer fürchterlicheren Welt geworden. „Versetze ich mich in die Welt und betrachte den Menschen, so kann mich das Weinen ankommen“, schrieb Ohser, „versetze ich mich aber in den Menschen und betrachte die Welt, dann habe ich Lust zu lächeln. Denn sie war uns wohl bereitet. So schön könnten wir da zu Hause sein.“

Schon 1936 hatte ihn ein erneutes Berufsverbot ereilt. Es konnte noch einmal aufgehoben werden, diesmal allerdings nur mit der Auflage, zukünftig auch für die Nazis zu arbeiten, für ihr Winterhilfswerk oder ihr „Kraft-durch-Freude“-Programm. Drei Wochen vor Weihnachten 1937 erschien die letzte Folge der Serie: Vater und Sohn waren auf den Mond ausgewandert. Erich Ohser hatte sich an seinem Gesamtwerk erschöpft.

Er war beliebt wie nie zuvor. 1940, im Krieg, wurde der Judenfreund deshalb verpflichtet, politische Karikaturen für das „Reich“ zu liefern, das publizistische Flaggschiff des Joseph Goebbels. Ohser lieferte auch das, vier Jahre lang, bis schließlich freundliche Nachbarn der Gestapo verrieten, was der Schwerhörige im Luftschutzkeller regelmäßig seinem alten Freund Knauf erzählte. In einer seiner letzten Zeichnungen zwitschert ein frecher Vogel dem bösen Kater, der ihn verschlungen hat, munter aus dem Hintern heraus.

Goebbels erklärte den Fall sofort zur Chefsache. Freisler sollte Ohser und Knauf den Prozess machen, im Volksgerichtshof, im Eilverfahren, wegen der bevorstehenden Ostertage. Einen Tag vor der Verhandlung, in der Nacht vor Karfreitag, nahm Ohser in seiner Zelle in einem Brief alle Schuld auf sich und er, „der die Welt nie in den Abgrund gestürzt hatte“, stürzte sich dann selbst in den Tod.

Er ist dem Triumph und dem Justizmord der Nazis zuvorgekommen. Jetzt lächelte er, schrieb er zum Abschied. Es war, wie sich herausstellte, die kostengünstigere Lösung. Am nächsten Tag wurde sein Freund zum Tode verurteilt. Die Witwe Knaufs erhielt eine Rechnung über fünfhundertfünfundachtzig Reichsmark und vierundsiebzig Pfennige für die Prozessgebühren, die Scheinverteidigung und das Scharfrichterhonarar – Porto für die Übersendung der Rechnung inklusive. Marigard Ohser aber erhielt nur die Reste des Schlafanzugs ordentlich zugesandt, aus dem sich ihr Mann den Strick gedreht hatte, mit einem Schreiben vom Reichsverbund der Deutschen Presse: „Nach dem Ableben Ihres Ehemannes Erich Ohser bitten wir, uns freundlichst dessen Schriftleiterausweis Nr. 9483 zur Vernichtung zurückzugeben. Heil Hitler!“

„Ich schlief, als Vater starb“, sagt Christian Ohser, „oder war bewusstlos. Ich hatte Diphtherie, konnte nicht mehr sehen und nicht mehr gehen und ahnte nur, was geschehen war. Ein Jahr lang war ich damals gelähmt.“ Er war mit seiner Mutter aus

Berlin evakuiert. Der Vater war sowieso nie da. „Erst vier Wochen später sagte mir Mutter, dass Vater nun gar nicht mehr wiederkommt: Er sei tot. Begriffen habe ich das nicht. Jahre und Jahrzehnte lang habe ich noch gedacht, dass er irgendwo wieder einmal auftaucht." Christian war dreizehn, als er Halbwaise wurde.

Jetzt versuche ich, den Sohn in ihm zu sehen. Ich taste in meiner Erinnerung die alten Fotos von ihm ab: ein Titelblatt der „Berliner Illustrirten", wo er als blonder Vierjähriger auf einem Schaukelpferd reitet, oder ein paar Jahre später, als er sich als zarter Knirps an seinen arbeitenden Vater lehnt – und sehe nun nur noch den Alten in ihm, diesen großen, kräftigen Mann mit den buschigen Augenbrauen, mit einer spiegelnden Brille, in einem eleganten Blazer, mit zwei erwachsenen Söhnen und zwei Ehen. Der Sohn ist gar nicht mehr da. Und der Vater?

Auch Christians Bild von Erich Ohser ist ein zusammengewachsenes Puzzle aus Fotos, Zeichnungen, Zeitungsausschnitten, fernen Gerüchen und Stimmungen, Erfahrungen, Erinnerungen und Erzählungen der Mutter oder der vielen Bekannten des Vaters. „Wir hatten ja wirklich nur sehr wenige Jahre zusammen." Und diese wenigen Jahre wurden noch einmal dezimiert. „Denn meine Mutter war sehr viel krank, als ich klein war. Monate- vielleicht jahrelang habe ich deshalb bei Tanten und Onkeln gelebt, so dass ich meine Eltern kaum gesehen habe."

Auch er selbst war zerbrechlich. „Zwieback" nannten ihn seine Klassenkameraden. „Christian ist krank", heißt eine wunderschöne Federzeichnung seines Vaters von 1936, auf der das Kind in seinem Messingbett sitzt, den Kopf auf eine Hand gestützt, zwischen lauter Kissen, mit einem kleinen Bär in der Ecke, so lebendig und liebevoll gesehen, dass wir jetzt noch das schwer gewordene Herz des Vaters klopfen hören.

Aus dieser Zeit stammt eine von Christians ersten eigenen Erinnerungen. Da hatte er wieder einmal eine Zeit lang in

London gelebt, bei Verwandten seiner Mutter. Danach sieht er sich an der Hand seines Vaters durch das Kaufhaus des Westens gehen, um eine elektrische Eisenbahn zu suchen. Er freut sich schon wie ein Prinz über das Geschenk und kann seinem Vater gar nicht glauben, dass es nicht für ihn, sondern für einen seiner Vettern in England sein soll. Vater scherzt nur, denkt er. Aber Vater scherzte nicht. „Erst zu Weihnachten bekam ich dann eine eigene – aufziehbare – Bahn, die mein Vater aber zwei Tage vor der Bescherung beim Spielen überzogen hatte. Und weil die Geschäfte geschlossen waren, lag dann da also eine kaputte Bahn unterm Baum."

Ganz anders war es bei der ersten Autofahrt, im ersten Auto Erich Ohsers. Natürlich würden die Fahrräder sowieso und die sonntäglichen Fahrradtouren im Besonderen beibehalten, verkündete das Familienoberhaupt während dieser Fahrt, das neue Auto sei nur für besondere Gelegenheiten, für lange Reisen. Christian staunte. In der nächsten Erinnerung schickt ihn Mutter zum Metzger, um die Ecke. Auf der Treppe trifft er Vater. „'Was, um die Ecke?', sagte er da zu mir, ‚Nee, nee, den Schinken müssen wir in der Stadt holen!' Und so sind wir also von da an von Wilmersdorf in die Stadt gefahren, um ein halbes Pfund Schinken zu kaufen. Auf dem Fahrrad habe ich ihn danach, glaube ich, nie mehr gesehen. – Bratkartoffeln, Schinken und 'n Bier am Abend, das war für ihn herrlich."

Das Werk des Vaters steht freilich überall vor seinem wirklichen Andenken. Vor allem hier sehen wir immer wieder, wie sich der junge Mann und große Zeichner als Vater Christians offenbart, in einer Nische seines Daseins: als Klassiker des Kleinbürgertums, liebenswürdig wie in seinen Bilderbögen und so deutsch, so deutsch.

Das Ausland blieb ihm zeitlebens Elend, trotz seiner englischstämmigen Frau. Er hätte überhaupt nicht fliehen können, er konnte es einfach nicht. So wurden diesem Realisten Wunschbilder zum Verhängnis. Wie die Liebe zu einem Deutschland, das es nicht mehr gab, blieb auch die familiäre Idylle vor allem ein Wunsch, eine Sehnsucht. Sein Leben verlief anders.

Zwar sieht Christian sich noch mit ihm zusammen Schlittschuh laufen, mit ihm, der sonst so unsportlich war, nicht einmal schwimmen konnte er; er sieht noch die geöffnete Hand hinter dem linken Ohr und wie er sich vorbeugt, wenn er seinen Gästen lauscht; er sieht sich noch mit ihm – mitten in Berlin! – Pilze sammeln, und immer wieder im Zoo, gegenüber vom Atelier in der Budapester Straße; und wie er – als schlechter Verlierer – mit Vater und Mutter nach dem Mittagessen „Mensch-ärgere-dich-nicht" spielt. „Na, wie wär's mit einem Schläfchen?", hört er den Vater danach noch sagen, und sieht dann – noch ganz in der Perspektive der Kinderaugen – „die Riesencouch" im Arbeitszimmer vor sich, auf der das Nickerchen dann gemeinsam exekutiert wurde. Und das ist schon fast alles, was blieb. „Das sind die Erinnerungen". Es waren Flüchtigkeiten wie der Duft nach „Kaffee und Streuselkuchen", der diese Bilder durchzieht.

Das Leben der Ohsers dahinter war unruhiger – ein Künstlerleben. Sie führten ein Haus der offenen Tür. Freunde gingen immer ein und aus, umso mehr, je berühmter Erich Ohser wurde. So ist Christian eines Nachts beim Pipimachen Marlene Dietrich auf dem Weg zum Klo begegnet, auf dem engen Flur, in einem Schnappschuss der Erinnerung. „Es war das erste Mal, dass ich eine geschminkte Dame sah." Der tiefste Eindruck dieser Kindheit aber gleicht keinem Fotoalbum. Er ist unterbelichtet, unscharf: „Eigentlich hatte ich nie ein richtiges Zuhause, die ganzen frühen Jahre nicht und später, ab vierzehn, überhaupt nicht mehr. Groteskerweise war es im Krieg am häuslichsten."

Jetzt hat er jahrzehntelang nicht mehr so viel Deutsch gesprochen wie bei diesem Mittagessen. Denn nach dem Krieg waren plötzlich ständig Leute da, die ihm helfen wollten. Der arme Christian! Was können wir nur für ihn tun? Da war er in der Pubertät und suchte Widerstand und fand nur offene Türen.

Drei Monate vor dem Abitur warf er im Internat die Schule hin. Er wollte Journalist werden, arbeitete kurz im Hamburger Abendblatt, bekam einmal körbeweise böse Leserbriefe wegen einer Satire, die er unvorsichtigerweise über und gegen den Hundedreck in München geschrieben hatte, volontierte in mehreren Verlagen und kam auch dort schon immer als „der junge Ohser“ an. Sein Vater war immer schon vor ihm da.

„Ich wollte es aber alleine machen. Ich wollte diese Hilfe nicht. – Viele andere waren sich dazu nach dem Krieg nicht sicher, ob Leute wie mein Vater nun eigentlich Helden oder Verräter gewesen waren.“ Den Stauffenbergkindern, die im Internat seine Kameraden waren, ging es ähnlich. 1952 floh Christian deshalb vor dem großen Namen seines Vaters, dem langen Arm einer Mutter und den Schatten der Vergangenheit und wanderte nach Amerika aus.

Die Erinnerung nahm er mit. Die graue Flanellhose und die rostrote Jacke des Vaters sieht er heute noch vor sich. Jahrzehntelang hat er die gleiche Garderobe getragen, diesmal gefertigt von einem Londoner Schneider, bis er vor kurzem die letzte Jacke weggeworfen hat. Denn Erich starb ja, als Christian noch ganz an ihm lehnte, voll Vertrauen, vor dem Bartwuchs, vor den Flegeljahren und vor allem natürlichen Aufbegehren. Die Gutmütigkeit des Vaters wurde nie durch die Rücksichtslosigkeit des Heranwachsenden herausgefordert, bei den Schwierigkeiten des Erwachsenwerdens stand ihm sein Vater nie gegenüber und im Weg.

So blieb der Sohn sein Lebtag ungebrochen versöhnt mit seinem Vater. Wie ein Kind muss er später in den Generationenkonflikt mit seinen eigenen Kindern gestolpert sein. Seinem Ältesten ist es wurscht, wer sein Großvater war und was er machte. Er selbst aber wurde in den Vereinigten Staaten schnell verwurzelt, erfolgreich und fast selbst zu einer Karikatur, zum „reichen Onkel aus Amerika“. – „Denn da ich kein Künstler war, wollte ich hier nur eins: Millionär werden, und ...“ er beendet den Satz mit einem Kopfnicken und dreht die Daumen nach außen.

Auf die Tantiemen seines Vaters war er nie angewiesen. Bis vor kurzem leitete er die zweitgrößte Druckerei in Amerika. Manchmal berlinert er noch ein wenig. Auf Deutsch träumt er jedoch schon ewig lange nicht mehr. „Ja, Deutschland ist meine Heimat, aber ich bin dort ein Ausländer." Seit den fünfziger Jahren reist er mit einem amerikanischen Pass.

Und doch hat Chris Ohser noch immer eine europäische und keine amerikanische Handschrift – sie ist weich, flach und fließend – und kann daneben auch immer noch fließend Sütterlin schreiben, die Schrift Christians und seines Vaters, die ich nur noch entziffern, aber eigentlich schon nicht mehr lesen kann. Er war einmal einer der bekanntesten Söhne Deutschlands. Er hat seine Freiheit erst in der Anonymität gefunden, als vielbeschäftigter, normaler Manager. Jetzt ist er längst älter, als sein Vater jemals wurde und bald so alt, dass er der Vater seines Vaters sein könnte.

Spiegelt sich dennoch etwas vom Zauber des Sohnes in seinem Leben, oder von der Inspiration des Vaters, oder von der Wiese, auf der er ihn einmal in einer seiner Zeichnungen erwachen ließ? Ist er glücklich geworden? „Was ist Glück?", fragt er zurück. Er sei ein aggressiver und zynischer Geschäftsmann geworden, er, der einmal so scheu war als Kind. *That's business.* Glücklich? „Im großen Ganzen ja."

Vor wenigen Monaten ist er von der Neuen wieder in die Alte Welt ausgewandert, nach England, nicht nach Deutschland, als Aussteiger aus dem aufreibenden Business und aus einer Karriere als Rolling Stone im Maßanzug, der von Termin zu Termin und von einem Stehbüffet zum anderen hetzt. Die Jahre davor hat er sich mehr in Hotels und auf Flughäfen als daheim aufgehalten. Daheim? Er sucht immer noch danach.

Hatte ich eine wichtige Frage vergessen? Jetzt wurde der Espresso schon serviert. Was hatte ich ihn noch fragen wollen (ich würde ihn ja nie wiedersehen)? Indessen redet er leise weiter, viel zu leise für sein Körpergewicht, mit einem verlegenen kleinen Lächeln. „Ich bin immer sehr selbständig gewesen. Meine Frau sagt immer, frag' doch, ruf den oder die doch an. Aber nee, ich mach das allein. Sogar beim Autofahren nach einer Straße zu fragen oder nach irgendeiner Richtung, kommt mir wie eine Schwäche vor. Ich will immer alles alleine machen. Ich kann das."

Er zuckt mit der rechten Schulter, lässt seine Pupillen nach oben unter die Lider gleiten und zieht dann die linke buschige Braue hoch. „Ich bin tagelang allein gesegelt, sehr gern. Ich kann mich allein ins Auto setzen und los und durch die Gegend fahren. Ich komme mit mir allein ganz gut aus." Nun nimmt er die Brille ab und reibt sich die Augen.

Ich mustere den Sohn noch einmal heimlich. Ist das also sein Erbe? Ist es das, worin er seinem Vater nun schließlich am meisten gleicht? Dem ehemaligen Schlosser Erich Ohser aus Plauen, dem Mann mit dem klaren Blick und dem starken Rückgrat, der einmal aus ganz anderen Gründen und in ganz anderen Umständen so furchtbar allein unter uns geblieben ist.

Mechthild

(Berlin 1999)

Diese Geschichte fängt mit einem Brief von Wolf Biermann an. Und weil er nicht nur der stärkste Journalist unseres großen Landes, sondern zu allem Übel auch noch ein Sänger ist, hat er sich gleich seine Weißgerber Gitarre geschnappt, die Sache ohne Umweg ins Mikrophon gesungen und die bespielte Kassette in ein Couvert gesteckt. „Mein lieber Paule", fängt er darauf frei weg von der Leber zu erzählen an. „Hier ist ein neues Lied von mir. Es heißt ‚In Hohenschönhausen'. Dort, in einem Stadtteil von Ostberlin, war der berüchtigte Stasi-Knast, der das ‚Haus zur ewigen Lampe' genannt wurde, wobei das, glaube ich, eher ein Stasijargon und nicht ein Häftlingsjargon war. Wie auch immer, links daneben ist der Stadtteil Niederschönhausen, wo Ernst Busch wohnte und der Innenminister Maron und Hans Eisler und Stefan Hermlin, und deswegen sagten wir über diese Villengegend den bösen Satz: ‚In Niederschönhausen, wo die Hohen schön hausen'."

Dann hebt er die Stimme und fängt sein neuestes Lied zu singen an, erste Strophe: „ In Niederschönhausen, ja ja ja, / ... Was waren wir doch für feige Banausen / Denn über den Knast in Hohenschönhausen / Wurd lieber geschwiegen und nicht gelacht. / Und über das U-Boot von Erich Mielke: / Die nassen Folterzellen im Keller / Da haben wir gar keine Witzchen gemacht."

Schon die zweite Strophe hat er dann wieder in seinem unzitierbarem „starckteutsch" verfasst, bei dem selbst ein Martin Luther erröten würde. Letztes Jahr hat er es geschrieben, nachdem er erstmals Hohenschönhausen besucht hatte, zusammen mit dem alten Schriftsteller Jürgen Fuchs, den die Stasi dort vor Jahren gequält hat.

Das erfahre ich von Mechthild Günther, deren schöne Nase und durchscheinende Haut, deren kurzes graues und struwweliges Haar und deren Pullover und Hose ich heimlich von der Seite beobachte, als sie mich an einem trüben Wintertag mit ihrem alten VW in Charlottenburg abholt. Auf ihrem Weg zur Arbeit nimmt sie mich mit zu der kleinen Gefängnis-Gedenkstätte, deren Leiterin sie zurzeit ist.

Von West nach Ost ist es eine kurze Reise zurück in die „Deutsche Demokratische Republik", in einen Staat also, wie jeder weiß, ohne Arbeitslosigkeit, ohne Zukunftsangst, ohne Miet- oder Vermieterprobleme, mit märchenhafter sozialer Wärme, wo die Laubenkolonien und abgestellten Wohnwagen selbst in Städten wie Potsdam, Weimar oder Dresden bis in die Mitte der Orte hineinwucherten, kurz: zurück in die letzte Fürsorge- und Wohlfahrtsdiktatur auf deutschem Boden.

Vor zehn Jahren spreizte sich die Verwirklichung des platonischen Musterstaates der Schlauberger (unter einer Tyrannei der selbsternannten Klügsten) noch stolz östlich der Elbe. Und hier lag Hohenschönhausen im innersten Zirkel, im Kern eines Sperrgebiets, als „das Innerste einer sich vorzustellenden Zwiebel", wie Frau Günther sagt.

In das gesamte Viertel kam man nur durch verschiedene Kontrollen hinein, Schlagbäume und Wachhäuschen sicherten den Bezirk (in der Mitte der DDR, in der Mitte der Hauptstadt) wie einen eigenen kleinen fremden Staat ab. Hohe Plattenbauten umgaben das alte Gefängnis in der Mitte der Mitte, in das dann noch einmal ganz besonders raffinierte Schleusen hineinführten. Ja, hier war das wahre Herz der Hauptstadt, das verbotene Viertel.

Doch was ist mit den alten Mietern? Ausgewandert sind die meisten ja wohl nicht. Hier macht im Wahlkampf keiner kessere Sprüche als die PDS. Die Jungs wissen auch heute noch, was die Leute denken. Und damals konnten die bewährtesten Kader voller Stolz und Vertrauen von ihren Fenstern ringsum auf den großen Käfig in ihrer Mitte herabschauen, wo das Ministerium für Staatssicherheit diese Sicherheit Tag und Nacht in unermüdlichem Einsatz produzierte. Alle so genannten Staatsverbrecher kamen hierhin. Wo jetzt mit Frau Günther noch zwei Frauen ihren Erinnerungs-Dienst versehen, standen vorher zweihundertfünfundfünfzig Männer und Frauen nur zur Bewachung in Lohn und Brot, dazu vierhundertvierundachtzig „Ermittler". Die Zahl der Häftlinge ist bis heute unbekannt. Es stinkt leicht nach gemahlenen Knochen. Frau Günther lacht leise und heiser: „Das ist der MFS-Geruch. Die ganze DDR hat so gerochen."

Sonst lacht Frau Günther nicht oft. Antworten sind ihr nur mühsam zu entlocken. Sie spricht langsam, bedacht, viele Worte müssen ihr regelrecht aus der Nase gezogen werden. Ihre Pausen sind immens. „Wissen Sie", sagt sie, „die Verletzung des Vertrauens ist die schlimmste Wunde, die heilt nie. Das geht nie weg." Flüssiger als jede persönliche Erfahrung hat sie darum auch schnell die Geschichte dieses Gefängnisses und seiner kuriosen Anfänge erzählt.

Zunächst wurde dieser Komplex von den Nazis 1938 als Großküche gebaut. Darum fanden im April 45 die Russen in dieser Wurstfabrik noch volle Fleischtöpfe vor, an denen sie sich sofort festsetzten. Rings um diese Fleischtöpfe entstand schon im Mai 45 das erste Stückchen Sibirien in Deutschland: das sowjetische „Spezlager N° 3", als Nachhilfeschule der zweiten deutschen Diktatur, die sich, wie auch die erste schon, auf ein großes Heer von Denunzianten in der Bevölkerung verlassen konnte. Circa siebzigtausend Urteile hat das sowjetische Militär-Tribunal aufgrund der willigen Zeugen in diesen Mauern gefällt.

Doch was heißt schon Denunzianten? Hierhin wurden ja keine Kriminellen eingeliefert, hierhin kamen Volksfeinde und Feinde des Menschengeschlechts und seiner sittlichen Vervollkommnung. Letzterer hatten sich die Kommunisten umso stärker verschrieben, als den Bio-Ingenieuren der Nazis die Vervollkommnung der arischen Rasse nicht so recht geglückt war. Es war eine Tugend, solche Menschen den Behörden zu melden, anzuzeigen, was sie gesagt und getan hatten. Es war eine eigene Kultur des Verpfeifens, auf die alle Tyrannen bauen können.

Bis zum Mauerfall war dieser Komplex immer bestens ausgelastet. 1946 wurde das „Spezlager N° 3“ zum zentralen Untersuchungsgefängnis der Sowjets. Damals baute man in den Keller der ehemaligen Großküche das so genannte „U-Boot“ ein, einen ganzen Trakt unterirdischer Bunkerzellen ohne Fenster und eine Reihe von Zellen für verschiedene Formen der Wasserfolter. In den einen stand das kalte Wasser knöchelhoch auf dem Boden, andere waren mit primitiven Spezialvorrichtungen für die chinesische Tropfenbehandlung versehen, die einen rasch und spurenlos in den Wahnsinn treiben kann.

Wir schauen uns „Hitzezellen“ neben der Heizung an, die mit Gefangenen so voll gepackt wurden, dass es den Atem nahm, oder Zellen mit einem schiefen Fußboden, in denen man abends seine Beine nicht mehr spürt. „Gerade gestern“, sagt Frau Günther, „ham‘ wir wieder eine zugemauerte Stehzelle entdeckt.“ Das alles ist keine Geisterbahn. Es die ehemalige linke Herzkammer Deutschlands.

Doch obwohl es noch gar nicht lange her ist, dass dieser brutale Herzschlag das Land regierte, muss nun alles mühsam rekonstruiert werden. Denn Anfang 1990 wurde das ganze Gruselkabinett schnell „humanisiert“ – sehr zum Schaden der Dokumentation. Da waren aus den pechnachtschwarzen Gummizellen – in die man mit oder ohne Decke eingesperrt werden konnte – über Nacht plötzlich voll gepackte „Möbellager“ geworden. Das alte Personal erinnerte sich an nichts.

Folgendes bleibt gleichwohl gesicherte Erkenntnis: Von 1951 bis 1989 war der Bau ganz in den Händen der deutschen Satrapen Moskaus, und in dieser Zeit wurde die ehemalige Wurstfabrik Erich Mielkes persönliches Labor. Darin gelang seinen

Wohlfahrtsingenieuren schon bald eine wichtige Entdeckung: Man muss einen Menschen nicht durch den Wolf drehen oder zu Brei schlagen, bis er nur noch ein Häuflein Elend ist. Es gibt da weit sauberere, gleichwohl effektivere Methoden.

Während im Westen Demonstrationszüge gegen die Isolationsfolter (für die RAF) durch die Städte zogen, haben hier Menschen durch die absolute Stille ihr Gehör verloren. Seelenmordend war auch der Schlafentzug. Frau Günther kennt einen Häftling, der hatte gelernt, im Schlaf mit dem Fuß zu wackeln, damit er nicht immer von dem krachenden Schlüssel an der Eisentür aufgeschreckt wurde. Wer sich – beim Blick des Wächters durch den Spion – bewegte, den ließ man in Ruhe. Bis heute wackelt der Mann darum nachts mit dem Fuß, um seine Häscher zu täuschen – bis jetzt gepeinigt von dem Geräusch von Schlüsseln, vom schieren Schrecken und Entsetzen.

All dies zu ergründen ist heute außerordentlich schwer. „Denn die Leute reden immer noch nicht. Bis zur Wende haben viele ehemalige Häftlinge – selbst wenn sie im Westen waren – nicht gesprochen. Demütigung und innerliche Scham und Schande waren zu groß. Denn Selbstbezichtigungen sind ja geradezu Kennzeichen totalitärer Systeme, ebenso wie nur in solchen Systemen Töchter und Söhne mit den besten Absichten als Zeugen gegen ihre Eltern aussagen. Nur hier waren solche Praktiken üblich, im Gegensatz zu allen demokratischen Rechtssystemen. Daran kauen die Menschen nachher ein Leben lang – an ihrem eigenen Geständnis!“

Das wichtigste Mittel zur Brechung des Rückgrats war keine physische Quälerei, sondern ein perfektes System vollständiger Isolation und Bespitzelung. Es ist verrückt: Es gibt Leute, die denken, dass sie *wahrscheinlich* hier waren, sicher sind sie sich bis jetzt nicht. Wer hier war, wurde aus Raum und Zeit herausgelöst, wurde im abgedunkelten Wagen durch eine „sterile“ Schleuse direkt ins Haus gefahren. Traf er ein, sprangen im ganzen Haus alle Ampeln auf Rot. Kein Gefangener durfte mehr die Zelle verlassen, niemand durfte dem Neuen begegnen.

Es war eine Ankunft im Nirgendwo. Wochen später legte man ihnen beamtete „Mithäftlinge" in die Zelle. Die meisten konnten dann gar nicht mehr anders als aus ihrem tiefsten Innern lossprudeln. Danach ging es ab zu den ersten Vernehmungen. Das gehörte zur innersten Methode des Systems Hohenschönhausen, als perfider Höhepunkt der Evolution der Folter in Europa. Hierhin kam kein Besuch, keine Post, die Häftlinge wussten nicht, wo sie sich befanden. Ihre Zellen hatten entweder gar keine Fenster oder Lichtluken aus Glasbausteinen, durch die man nur noch die Gitter draußen erkennen konnte. Wer hier einsaß, wusste nicht, wo er war. Es war die Herzkammer Kafkanistans. Diesen Ort gab es nicht.

Hundertzwanzig Räume in drei Etagen standen für gleichzeitige Vernehmungen bereit. Der Vernehmungstrakt war das Zentrum der Anlage, das böse Gehirn. Alle Räume waren verwanzt. Die alten Kalender von 1989 hängen noch an den Wänden wie stehengebliebene Uhren. Die alten DDR-Blumentapeten, die durchgetretenen Linoleumböden, Resopaltische mit klobigen Telefonen vor abgewetzten Stühlen, das vollständige Mobiliar, mit nadelkopfgroßen Löchern in den Schränken für die Mikrophone und Schlitzen für verborgene Kameras, das ganze System der beobachteten Beobachter hängt noch in diesen Räumen wie der Rauch ihrer Zigaretten. Man sieht die Gummibäume noch, die Flecken an den Tapeten, gegen die sie ihre verschwitzten Köpfe gelehnt haben. Schon das Muster der Gardinen könnte mich verrückt machen.

All das will Frau Günther dringend erhalten wissen und kämpft dabei oft einen einsamen Kampf. Seit 1990 blieb der Komplex unbeheizt. Der Putz fällt ab. Jetzt hat sie zumindest eine Grundtemperierung durchsetzen können. Frau Günther selbst ist vor Jahren in die Fänge der Stasi geraten, weil sie Biermann-Lieder kopiert hatte. Als ich vorhin im Auto die Kassette bei ihr einlegte, wischte sie sich die Nase, als der Sänger mitten im Lied in seine uralte Untergrund-Hymne der DDR hinüberglitt: „Du, lass Dich nicht verhärten / In dieser harten Zeit ...“ Verhärtet hier aber nicht allein schon der Anblick all der Gitter?

„Ich würde hier krank werden“, sage ich, als wir in dem Frischluftkäfig für kranke Häftlinge stehen. „Das bin ich ja vielleicht auch“, antwortet sie mit einem schiefen Lächeln. Es ist eiskalt. Ich schaue hoch, und eine Zeile Oscar Wildes geht mir durch den Kopf, in der er im Zuchthaus „das kleine Zelt aus Blau“ besingt, „das Gefangene den Himmel nennen“. Hier aber versperrt über unseren Köpfen ein Laufsteg für den Postenkontrollgang selbst dieses „kleine Zelt aus Grau“. Die Gefangenen dieses Hauses mussten immer zuerst ihren Wärtern in den gespreizten Schritt schauen, bevor sie ihren Blick ganz nach oben lenken konnten – in den Himmel über Berlin.

Walter

(Portbou 1996)

In unserem Dorf hatten wir in den fünfziger Jahren ein Kind in meiner Schulklasse, das immer „staatenlos“ als Nationalität angeben musste. Keiner wusste genau, was das wohl war und heißen mochte. Und keiner wagte danach zu fragen. Es war nur merkwürdig. Wir spielten auch nicht mit ihm. Wie konnte man nur „staatenlos“ sein? Es dauerte lange, bis ich erfahren habe, dass das im letzten Jahrhundert leider gar nicht so schwierig war.

„Gnädige Frau, entschuldigen Sie bitte die Störung“, sagte Walter Benjamin leise im Dunkel des Treppenhauses. Schwer atmend stand die massige Figur des Philosophen vor der halb geöffneten Tür der jungen Unbekannten, die er mit seinem Klopfen geweckt hatte. „Hoffentlich komme ich nicht ungelegen. Aber ihr Herr Gemahl hat mir erklärt, Sie würden mich über die Grenze nach Spanien bringen.“ Ein fahler Morgen dämmerte vor der Dachluke der Kammer. Es war der 24. September 1940, der vorletzte Tag seines Lebens, in Port-Vendres, einem kleinen französischen Hafen am westlichen Mittelmeer.

Vergeblich hatte sein Freund Gerschom Scholem ihn seit Jahren zu überzeugen versucht, dass sein eigentlicher Platz in Jerusalem sei und er überall sonst seine Berufung verrate. Immer wieder hatte er halbherzig sein Kommen zugesagt, nie den Versuch je wirklich unternommen. Jetzt war alles zu spät, eine lange Irrfahrt näherte sich dem Ende. 1933 war er vor Hitler aus Deutschland geflohen. Sechs Jahre später wurde er aus unserer „Volksgemeinschaft“ als Volksverräter ausgebürgert. Da war er 47 Jahre alt; kein Alter, in dem man sich noch eine neue Heimat sucht. Franzose ließen ihn aber auch die Franzosen nicht werden, unter denen er lebte. Beim Kriegsausbruch galt der schwer herzkranke Staatenlose deshalb ganz selbstverständlich als Deutscher in Frankreich, als „feindlicher Ausländer".

Sofort wurde er für zehn Tage mit tausenden in einem offenen Radrennstadion bei Paris interniert, dann in einem Lager bei Nevers, an der schönen Loire mit ihren herrlichen Schlössern. Drei Monate später, als die Deutschen immer noch nicht angriffen, wurde er zurück nach Paris entlassen. Als die Wehrmacht im Juni 1940 endlich Frankreich vom Norden her im Sturm überrennt, gelingt es ihm gerade noch, Paris mit dem letzten Zug in den Süden zu verlassen.

Wo heute Urlauber die Straßen verstopfen, waren es damals Millionen Flüchtlinge, die den Rollkommandos der Nazis in Panik zu entkommen suchten. Unter ihnen drängte sich Deutschlands Elite vor der Grenze nach Spanien wie ängstliches Wild, das ein Schlupfloch im Zaun der Falle sucht. Im Juli kommt Marschall Pétain im unbesetzten Rest des Landes an die Macht, der Held von 1916 und Sieger von Verdun, der den neuen Siegern jetzt verspricht, „alle von der Regierung des Deutschen Reiches namhaft gemachten Flüchtlinge ... auf Verlangen auszuliefern." Vertreter der Gestapo werden an alle Grenzübergänge entsandt.

Lourdes ist überfüllt, nicht der wunderbaren Quelle, sondern der vielen Pilgerhotels mit ihren tausenden Zimmern wegen. In diesem Wirrwarr sehen wir auch Benjamin, der schon für das allergewöhnlichste Leben so unbegabt ist, durch die Gassen dieses Städtchens irren, hin und her, dann weiter über die kurvenreichen Straßen der Pyrenäen und durch die zerklüfteten Rückzugsgebiete der Katharer und Ketzer, immer mit einer schweren Tasche, übergewichtig und in Atemnot. Nach Marseille, nach Perpignan, fünfhundert Kilometer hierhin, dreihundert dahin, immer über große Entfernungen.

Ein Foto, auf dem er lacht, gibt es von ihm auch aus der Zeit davor eigentlich nicht. Vielmehr sehen wir ihn fast immer nur in die Tiefe blicken, auf Papiere, in Bücher. Auf dem Kopf Haarwirbel wie aufmüpfige, schwer regulierbare Strudel. Schlichte, einfache Gedanken schienen unter dieser Schädeldecke unmöglich. Nach drei Zeilen hatten sich schon zehn Gedanken in seinen Sätzen verschlungen. Er war klug bis zum Kopfschmerz, höflich wie ein Chinese, fürchterlich allein; lebensuntüchtiger als ihn, der jetzt wie ein Tier gehetzt wird, kann man sich einen Menschen kaum vorstellen.

In Marseille erhält er endlich ein Dringlichkeitsvisum zur Einreise in die USA, dazu ein Transitvisum für Spanien, das ist die Rettung. So klopft er bei der jungen Frau an, die verspricht, ihn hinüberzubringen. Noch am gleichen Tag gehen sie los, querfeldein und steil über die hohen Berge.

In Banyuls-sur-Mer zeigt auch heute noch kein Zeichen den Ausgang jenes Pfades an, über den sich damals ungezählte deutsche Flüchtlinge vor den Deutschen retten sollten. Heinrich und Golo Mann, das Ehepaar Werfel, Alfred Döblin waren nur einige der prominentesten unter ihnen. Links herum müssten wir gehen, nein, rechts herum, erfahren wir von zwei diskutierenden Alten, auf jeden Fall sei der Weg ohne Führer überhaupt nicht anzuraten. – Es stimmt, auch mit der sicheren Skizze anstelle eines Führers haben wir den richtigen Weg gleich zu Beginn heillos verfehlt, schon in den Terrassen der Weinberge, zwischen den Rebstöcken voller Trauben, dann auf dem rostroten Schotter, über den wir hinauf und hinab stolpern. Rasselndes Zirren der Grillen ist unsere Begleitmusik. Eine Schlange verschwindet unter einem Stein, ein fast trockenes Flussbett verführt für drei Stunden in den Irrweg einer Sackgasse aus Dornen und Disteln. Am Ende zerrt hüfthohes dichtes Maquis an allen Kleidungsstücken – hier geht es absolut nicht mehr weiter.

Keine Menschenseele ist in den Klüften zu sehen. Schüsse von Jägern bellen in der Ferne; lauter ist das eigene Keuchen. Brombeergestrüpp überwuchert den Weg, verfängt sich in den Hosenbeinen und zerfetzt die Schnürsenkel. Schon seit Stunden sehen wir die seltenen Blumen nicht mehr, achten nicht mehr das intensive Aroma des Bergthymians. Wir haben uns in der Zeit verschätzt. Die Beine zittern vor Anstrengung. Es weht ein Sturmwind von den Gipfeln her und kann dennoch den Schweiß nicht trocknen. Lange Zeit scheinen wir überhaupt nicht vorwärts zu kommen.

Schließlich weitet ein grandioser Wechsel der Perspektiven in der Höhe den Blick, wo die Spur von Ziegenpfaden endlich das Empfinden zurückgibt, den Weg wieder gefunden zu haben, auf dem sich Walter Benjamin durch die Wildnis der Pyrenäen vor den Erben der Dichter und Denker in Sicherheit zu bringen versuchte. Die spanische Grenze ist auch heute noch nicht wahrzunehmen. Ist es der aufgeschichtete Stein da vorne?

Alle zehn Minuten musste er eine Pause einlegen, über zehn Stunden lang. Hat er da vorne Rast gemacht? Oder da? Der Flaneur aus Berlin mit seinen Pariser Straßenschuhen! Über diesen Felsriegel hier konnte er nur auf allen Vieren rutschen. Dahinter halten wir den Atem an. Mit einem Mal ist Portbou von hier oben zu sehen, der spanische Grenzort: die kleine Bucht eine geöffnete Jakobsmuschel, da herum das verheißene Land, dahinter das Meer der Freiheit.

Keine 48 Stunden der 48 Jahre seines Lebens wird er dort unten verbringen. Dennoch ist er sein ganzes Leben lang, von Berlin aus, auf diesen Flecken zugegangen.

In Marseille war ihm gesagt worden, dass er in Portbou unverzüglich auf der kleinen Zollstation über der Bucht seine Papiere abstempeln lassen müsse. Zwei Stunden später erfährt er dort von den Beamten, dass neue Verfügungen aus Madrid eingetroffen seien. Er möge bitte warten. So wartet er, höflich wie immer, drei quälende Stunden lang, genug, um den Hafen von hier oben aus aufmerksam studieren zu können.

Als erstes die Terrassen des weißen Friedhofs, gerade gegenüber. Boote liegen darunter vertaut. Die Gleisanlagen des internationalen Grenzbahnhofs nehmen mehr Platz ein als alle Häuser, die Bahnhofshalle des Monsieur Eiffel scheint ein ins Tal hinein verschobener langer Tunnel, der ganze Ort ein einziges Transitorium, eine exemplarische Station des Industriezeitalters, des neuen Verkehrs und der großen Passagen.

Drei Stunden später erfährt Dr. Benjamin, dass Staatenlose nach der allerneuesten Verordnung Spanien nicht mehr ohne französische Ausreiseerlaubnis betreten dürfen. Er hat den ersten Tag des ganzen Jahres erwischt, an dem sie Geltung hat. Eine Nacht könne er hier noch verbringen, bevor er morgen zurücktransportiert werde. Zurück! Zurück nach Frankreich! Das Hotel de Francia in der Carrer del Mar, der Straße zum Meer, ist seine letzte Adresse.

Zurück! Nach Strapazen, wie sie hinter ihm liegen, ist er zu müde, um zu schlafen, zu hungrig, um zu essen. Sein Durst ist immens, fünf Flaschen Zitronenlimonade lässt er sich auf sein Zimmer kommen. Er hat Magenschmerzen, Durchfall. Alles ist extrem in dieser Nacht, selbst ohne die Verzweiflung der Zurückweisung. Arme und Beine sind zerkratzt, die Füße brennen. In dieser Stunde suchen und betasten seine Finger fünfundzwanzig verführerische Morphiumtabletten in seiner Tasche – „genug, um ein Pferd umzubringen“, wie er weiß.

Von der Straße her fällt das Licht der Laterne durch die halb herabgelassenen Rolladen auf die blasse Tapete. Das Zimmer Nummero vier: ein Bett, ein Schrank, ein Tisch, ein Waschbecken. Er schreibt noch zwei Briefe, die nirgendwo mehr ankommen werden und führt vier Telefonate mit Teilnehmern, die wir nicht kennen.

Knapp hundert Meter höher beginnen die Gleisanlagen. Von dort hört er die ganze Nacht hindurch polternd und rasselnd die Züge rangieren, die von hier nach Paris-Austerlitz abfahren, und von dort weiter ins Reich und weiter nach Polen, nach Osten. Das enge Tal hält diesen Lärm wie mit zwei geschlossenen Händen umfangen. Bis heute ist der Herzschlag Portbous – besonders nachts – dieser rumpelnde Rhythmus der Züge über den unverschweißten Gleisen.

Ein unaufhörlicher Sturm bläht die Gardinen. Es ist der Wind aus den Bergen, der Transmontan, der hier unten mit dem Mistral vom Meer her Polka tanzt. Seine Augen glänzen. Sein Verstand flirrt hinter den morphiumüberreizten Ohren und Augen, die Nerven glühen. Durch die Wand tritt „der Neue Engel" zu ihm ins Zimmer, wie er ihn vor Jahren schon visionär beschrieben hat, mit „dem Antlitz der Vergangenheit zugewendet".

Jetzt blickt er auf ihn und sieht: „wo eine Kette von Begebenheiten vor uns erscheint, eine einzige Katastrophe, die unablässig Trümmer auf Trümmer häuft und ihm vor die Füße schleudert. Er möchte wohl verweilen, die Toten wecken und das Zerschlagene zusammenfügen. Aber ein Sturm weht vom Paradiese her, der sich in seinen Flügeln verfangen hat und so stark ist, dass der Engel sie nicht mehr schließen kann. Dieser Sturm treibt ihn unaufhaltsam in die Zukunft, der er den Rücken kehrt, während der Trümmerhaufen vor ihm zum Himmel wächst ..." – Krachend schlägt eine Tür im Haus zu. In der gleichen Nacht laden deutsche Bomber 256 Tonnen Bomben über London ab. – „Das, was wir den Fortschritt nennen, ist dieser Sturm."

Das zirpende Gezwitscher und Geschwätz der Schwalben ist seine Frühmusik. Der Sturmwind hat sich immer noch nicht gelegt. Kurz nach dem Hahnenschrei klopft es. Seine Begleiterin aus den Bergen schaut nach ihm. Ihr erzählt er von dem Morphium, fällt in Ohnmacht, erwacht wieder, fällt zurück. Er sieht die Hotelbesitzerin hereinkommen, den Arzt, die Guardia Civil, Stimmen durcheinander, Deutsch, Spanisch, Katalanisch, alle aufgeregt, der Arzt hört ihn ab, fühlt seinen Puls, er will sie noch etwas fragen. Der Doktor gibt ihm eine Spritze, später noch einmal. Er sieht, wie ihm ein Aderlass gemacht wird.

Der Tag zerfällt in Trümmerstücke. Wo ist der Engel geblieben? Draußen dämmert es schon wieder. Die Nacht bricht an. Er will sie immer noch etwas fragen, als er das fromme Entsetzen in den Gesichtern seiner Gäste entdeckt. Der Dorfpriester ist ins Zimmer getreten, einen Ministranten mit einer flackernden Laterne in den Händen neben sich, er salbt ihm Augen, Ohren, Nase, Mund, Hände, Füße und Stirn, die Gendarmen schlagen ein Kreuzzeichen, als an dem Unbekannten aus Berlin die letzte Ölung wie an jedem ordentlichen Christenmenschen vollzogen wird. Warum zieht ihr mir das Laken über das Gesicht, hört er sich schließlich sagen, warum ...?

Am nächsten Morgen wird er – als Señor Walter – auf dem Friedhof über dem Meer zu Grab getragen – an einer der „bei weitem phantastischsten und schönsten Stellen, die ich je in meinem Leben gesehen habe", wie Hannah Arendt wenige Monate später schreibt. Fünf Jahre lang ruht er für fünfundsiebzig Peseten in einer der Nischen des Friedhofs, dann weicht er einer gewissen Francisca Costa Roset und wird in einem Sammelgrab der Gemeinde beigesetzt. Keiner weiß genau wo. Sein Weg verliert sich in Portbou.

Ja, es ist ein wunderbarer Friedhof, ein einzigartig schöner Balkon über dem Mittelmeer. Boote fahren in weit geschwungenen Bögen hinein und hinaus in die kleine glasklare Bucht. Ein kleiner Ölbaum schmiegt sich an das Weiß der Umfriedung, da herum das rote Land, darüber das Blau der Unendlichkeit. Morgens ist es wunderbar still. Frauen mit Blumen kommen den geschwungenen Weg von dem Städtchen her hoch. Dann ist wieder Stille.

Wenige Schritte vor dem Eingang lädt zwischen vier windzerzurrten Zypressen ein rätselhafter Stahlschacht durch das Erdreich zum Meer hinab nach unten ein: ein verrostetes Treppenhaus. Am unteren Ende lockt ein kleiner Strudel, ein beständig lebendiges In- und Auseinanderfließen: Weiß in Blau. Ende einer verlockend einladenden Sackgasse.

Die ominöse Tasche voller Papiere, die Benjamin mit sich geführt haben soll, ist nie mehr aufgetaucht. Die wenigen „*cartas y papeles*“, die sich nach dem Polizeireport in seiner Tasche fanden, sind verschwunden. Seine schwierigen Werke werden wenig gelesen.

Vom Bahnhof ist wieder das Rangieren der Züge zu hören, die Brandung rauscht, als seufze die Schöpfung. Der Sturm fängt sich in dem verrosteten Treppenhaus wie in einem stählernen Klagehorn. Gegenüber schlängeln sich die Serpentinen der Küstenstraße um den letzten Felsen, mit dem dort die Pyrenäen zur See abstürzen. Links schaut das alte Zollhaus, in dem sich Walter Benjamins Schicksal entschieden hat, über die Bucht, über das Meer und zu dem Ozean der Tränen hinter dem Horizont, der bis zum Ende der Zeit die Mitte unserer Geschichte bedecken wird.

Edith

(Speyer 1998 / Rom 2002)

„Wir werden eine Kirche werden!", hämmerte Adolf Hitler den neuen Reichsleitern und Gauleitern am 5. August 1933 in einer dreistündigen Rede auf dem Obersalzberg ein. Der Führer hatte seine engsten Vasallen auf den Berghof vorgeladen, um sie nach der gelungenen Machtergreifung nun mit dieser Geheimkonferenz über seine weitergehenden Absichten ins Bild zu setzen. Dr. Goebbels schrieb eifrig mit.

Die Partei sollte zur neuen „Wesensmitte" der „Gottgläubigen" Deutschlands werden, um endlich ein neues und besseres, ja, ein „positives Christentum" hervorzubringen – im Gegensatz zu jenem kümmerlichen, siech und krank darnieder liegenden Kreuzeschristentum, dessen schwächliche Gebrechlichkeit und Verkommenheit doch jeder wache Volksgenosse mit eigenen Augen beobachten konnte.

Ja, vor allem „der Doktor" wusste nur zu gut, dass nach der Eroberung der politischen Macht jetzt als nächstes der Glaube der Deutschen zu besetzen war – zusammen mit jenem Vokabular der jüdisch-christlichen Heilsgeschichte, das sich in gut tausend Jahren wie ein Mantel um die Entdeckung unserer Identität gelegt hatte. „Die Sprache ist das Haus des Seins", notierte Heidegger in jener Zeit. Dieses Haus galt es nun zu beschlagnahmen. Die Verdrehung der christlichen Muttersprache war danach die vielleicht perfideste Meisterleistung des Joseph Goebbels.

Die Stunde war nicht ungünstig. Auch das spürte fast untrüglich der geniale Exeget des Führerwillens. 1916 hatten sich in einem einzigen langen Herbst zwei Millionen junger Christen (und Juden) vor Verdun und an der Somme gegenseitig abgeschlachtet, im bis heute größten Gemetzel der Weltgeschichte.

Der Abgrund, in den die Christenheit Deutschlands zusammen mit dem Abendland gestürzt war, war gewaltig, der Verlust der Unterscheidungskraft der Geister, den sich der ehemalige Stipendiat des Albertus-Magnus-Vereins zunutze machen konnte, riesengroß.

All dies hatte aber auch, genauso scharf, wenn nicht noch schärfer, ein gewisses „Fräulein Doktor" in Beuron erfasst, die in der gleichen Angelegenheit schon im April 1933 von Münster aus einen Brief nach Rom geschickt hatte, in dem sie Papst Pius XI. auf die tödliche Gefahr hinwies, die den Juden ebenso wie jener Kirche drohte, deren Priester, Nonnen und Ordensleute jeden Tag mit dem Ruf beginnen ließen: „Gepriesen sei der Herr, der Gott Israels!" – „Heiliger Vater!" schrieb sie flehend. „Als ein Kind des jüdischen Volkes, das durch Gottes Gnade seit elf Jahren ein Kind der katholischen Kirche ist, wage ich es, vor dem Vater der Christenheit auszusprechen, was Millionen von Deutschen bedrückt. Seit Wochen sehen wir in Deutschland Taten geschehen, die jeder Gerechtigkeit und Menschlichkeit – von Nächstenliebe gar nicht zu reden – Hohn sprechen. Jahre hindurch haben die nationalsozialistischen Führer den Judenhass gepredigt. Nachdem sie jetzt die Regierungsgewalt in ihre Hände gebracht und ihre Anhängerschaft – darunter nachweislich verbrecherische Elemente – bewaffnet hatten, ist diese Saat des Hasses aufgegangen. Dass Ausschreitungen vorgekommen sind, wurde noch vor kurzem von der Regierung zugegeben. In welchem Umfang, davon können wir uns kein Bild machen, weil die öffentliche Meinung geknebelt ist. Aber nach dem zu urteilen, was mir durch persönliche Beziehungen bekannt geworden ist, handelt es sich keineswegs um vereinzelte Ausnahmefälle. Unter dem Druck der Auslandsstimmen ist die Regierung zu „milderen" Methoden übergegangen. Sie hat die Parole ausgegeben, es solle „keinem Juden ein Haar gekrümmt werden". Aber sie treibt durch ihre Boykotterklärung – dadurch, dass sie den Menschen wirtschaftliche Existenz, bürgerliche Ehre und ihr Vaterland nimmt – viele zur Verzweiflung: es sind mir in der letzten Woche durch private Nachrichten 5 Fälle von Selbstmord infolge dieser Anfeindungen bekannt geworden. Ich bin überzeugt, dass es sich um eine allgemeine Erscheinung handelt, die noch viele Opfer fordern wird. Man mag bedauern, dass die Unglücklichen nicht mehr inneren Halt haben, um ihr Schicksal zu tragen. Aber die Verantwortung fällt doch zum großen Teil auf die, die sie so weit brachten. Und sie fällt auch auf die, die dazu schweigen. Alles, was geschehen ist und noch täglich geschieht, geht von einer Regierung aus, die sich „christlich" nennt. Seit Wochen warten und hoffen nicht nur die Juden, sondern Tausende treuer Katholiken in Deutschland – und ich denke, in der ganzen Welt – darauf, dass die Kirche Christi ihre Stimme erhebe, um diesem Missbrauch des Namens Christi Einhalt zu tun. Ist nicht diese Vergötzung der Rasse und der Staatsgewalt, die täglich durch Rundfunk den Massen eingehämmert wird, eine offene Häresie? Ist nicht der Vernichtungskampf gegen das jüdische Blut eine Schmähung der allerheiligsten Menschheit unseres Erlösers, der allerseligsten Jungfrau und der Apostel? Steht nicht dies alles im äussersten Gegensatz zum Verhalten unseres Herrn und Heilands, der noch am Kreuz für seine Verfolger betete? Und ist es nicht ein schwarzer Flecken in der Chronik dieses Heiligen Jahres, das ein Jahr des Friedens und der Versöhnung werden sollte? Wir alle, die wir treue Kinder der Kirche sind und die Verhältnisse in Deutschland mit offenen Augen betrachten, fürchten das Schlimmste für das Ansehen der Kirche, wenn das Schweigen noch länger anhält. Wir sind der Überzeugung, dass dieses Schweigen nicht imstande sein wird, auf die Dauer den Frieden mit der gegenwärtigen deutschen Regierung zu erkaufen. Der Kampf gegen den Katholizismus wird vorläufig noch in der Stille und in weniger brutalen Formen geführt wie gegen das Judentum, aber nicht weniger systematisch. Es wird nicht mehr lange dauern, dann wird in Deutschland kein Katholik mehr ein Amt haben, wenn er sich nicht dem neuen Kurs bedingungslos verschreibt. Zu Füßen Eurer Heiligkeit, um den Apostolischen Segen bittend“, fügte sie dem nüchtern getippten Brief am Schluss per Hand nur noch ein „Dr. Editha Stein“ hinzu: „Dozentin am Deutschen Institut für wissenschaftliche Pädagogik - Münster i.W. Collegium Marianum“

Dr. Stein war zu dieser Zeit keine Unbekannte mehr, erst recht nicht bei Eugenio Pacelli, dem engsten Mitarbeiter des Papstes, der Deutschland kannte (und liebte) wie kaum sonst ein Diplomat. Schon damals konnte man das Leben Dr. Steins als einen Kulturroman der ersten Jahrhunderthälfte schreiben, mit einer Landkarte des Geistes, die sie als Studentin, Lehrerin, Übersetzerin und Dozentin über Breslau, Göttingen, Freiburg, Speyer, Münster und Köln vermessen hatte.

Am jüdischen Versöhnungsfest des Jahres 1891 in Breslau von einer tiefgläubigen jüdischen Mutter geboren, wurde sie eine der ersten Doktorandinnen des Deutschen Reichs („summa cum laude“, während die Schlacht an der Somme tobte), wurde Musterschülerin Edmund Husserls, Max Schelers und Adolf Reinachs, bevor sie am 1. Januar 1922 – mit einunddreißig – zur katholischen Kirche konvertierte.

Bis dahin hatte es keinen Lehrer gegeben, der nicht von der außerordentlichen Begabung Edith Steins fasziniert gewesen war. „Ihr nüchterner, klarer, objektiver Geist, ihr unverstellter Blick, ihre absolute Sachlichkeit prädestinierten sie“ gleichsam für die Phänomenologie, urteilte später ihre Freundin Hedwig Conrad-Martius.

Das war die damals jüngste Schule der Philosophie, die durch alle Vorurteile, die unsere Wahrnehmung und unser Urteil normalerweise trüben, wieder den direkten Weg zu den Erscheinungen freizulegen suchte: danach, was sie selbst uns ohne jeden kulturellen Filter sagen, was die Welt – in der strengen

Beobachtung der Wirklichkeit – über sich selbst erzählt, im Gegensatz zu dem, was uns darüber erzählt wird.

Ihr selbst war jene neue phänomenologische Sicht auf die Welt „ein Empfangen, das von den Dingen sein Gesetz erhielt, nicht ein Bestimmen, das den Dingen sein Gesetz aufnötigte". Der Grund der Welt kann denkerisch erschlossen werden, war ihre Grundüberzeugung, und das blieb, Schritt für Schritt, ihr Bestreben bis zum Ende: die Erscheinungen von ihrem eigenen Schein her zu verstehen.

Es dauerte bis zum 17. Februar 2002, bis ich den Brief Edith Steins im Geheimarchiv des Vatikans erstmals lesen durfte, den sie gerade in jener Zeit nach Rom geschickt hatte, als der Vatikan jenes Reichs-Konkordat auszuhandeln versuchte, mit dem der Papst im „heiligen Jahr" 1933 die Kräfte der Unterwelt noch einmal zivilisatorisch bändigen wollte. Das Konkordat wurde am 20. Juli veröffentlicht.

Edith Stein hingegen antwortete der Pontifex mit einem förmlichen Segensgruß. Kurz nach ihrem folgenlosen Schreiben trat sie am 14. November 1933 in Köln in den Orden der unbeschuhten Karmelitinnen ein, wo sie den Namen Teresia Benedicta a Cruce wählte, nach Teresa von Avila, der kastilischen Heiligen des sechzehnten Jahrhunderts (aus hebräischem Geschlecht), deren Biographie sie zu ihrer Konversion bewegt hatte – und nach dem „Kreuz", unter dem sie das Schicksal des Volkes Israel verstand, dessen zionistischen Neuanfang in Palästina sie begeistert verfolgte.

Doch war der prophetische Brief Edith Steins an Pius XI. wirklich folgenlos? Vier Jahre später, am 14. März 1937, veröffentlichte der Vatikan seine einzige deutschsprachige Enzyklika. Ursprünglich sollte sie „Mit großer Sorge" heißen. Doch bis jetzt ist auf dem Entwurf noch die kleine Handschrift Pacellis auszumachen, mit der er damals „großer" gestrichen hat und durch „brennender" ersetzte. Unter diesem Namen hat die Enzyklika danach Geschichte geschrieben: „Mit brennender Sorge“ – zwei Jahre bevor in Deutschland die Synagogen brannten.

Wer „nicht Christ sein will“, hieß es da nun, „sollte wenigstens darauf verzichten, den Wortschatz seines Unglaubens aus christlichem Begriffsgut zu bereichern.“ Und: „Wer die Rasse, oder das Volk ... oder andere Grundwerte menschlicher Gemeinschaftsgestaltung ... aus ... ihrer irdischen Wertskala herauslöst, sie zur höchsten Norm aller, auch der religiösen Werte macht und sie mit Götzenkult vergöttert, der verkehrt und fälscht die gottgeschaffene und gottbefohlene Ordnung der Dinge.“

Oder an anderer Stelle: „Nur oberflächliche Geister können ... den Wahnversuch unternehmen, Gott, den Schöpfer aller Welt, den König und Gesetzgeber aller Völker, vor dessen Größe die Nationen klein sind wie Tropfen am Wassereimer, in die Grenzen eines einzelnen Volkes, in die blutmäßige Enge einer einzigen Rasse einkerkern zu wollen.“

Und über den Begriff des Glaubens ließ Pius XI. Dr. Goebbels in Berlin mit dieser Enzyklika schließlich folgende Unterscheidung von Rom her zukommen: „Glaube ist das sichere Fürwahrhalten dessen, was Gott geoffenbart hat und durch die Kirche zu glauben vorstellt: ‚Die feste Überzeugung vom Unsichtbaren‘ (Hebr. 11,1). Das freudige und stolze Vertrauen auf die Zukunft seines Volkes, das jedem teuer ist, bedeutet etwas ganz anderes, als der Glaube im religiösen Sinne. Das eine gegen das andere ausspielen zu wollen und daraufhin verlangen, von dem überzeugten Christen als ‚gläubig‘ anerkannt zu werden, ist ein leeres Spiel mit Worten oder bewusste Grenzverwischung oder Schlimmeres.“

Präziser ließ es sich nicht sagen; das Wortspiel der Nazis war eine bewusste Grenzverwischung und Schlimmeres. Die Antwort des Propagandaministers, der sich in dem Rundschreiben als „Wahnprophet“ demaskiert wiederfand, ließ deshalb auch nicht lange auf sich warten. „Den Sexualverbrechern die Maske herunter!" hieß es am 30. April im „Völkischen Beobachter" und weiter, in den Haupt- und Zwischenüberschriften: „Kirchen und Klöster zu Lasterstätten erniedrigt", „Ekelerregende Tatsachen beweiskräftiger als die Versuchsmanöver des politischen Katholizismus", „Sind das Märtyrer?", „Grauenhafte Einzelheiten", „Brutstätte der Homosexualität", „Sakristei zum Bordell verwandelt" und so weiter und so fort. Am 28. Mai hält er eine vom Rundfunk übertragene Rede gegen die „Sittlichkeitsverbrecher", deren Klöster „in ihrem Kern so verdorben" seien, dass „unter ihren Angehörigen die widernatürliche Unzucht gewissermaßen hordenweise betrieben werde."

In dieser Zeit lebte Edith Stein schon lange zurückgezogen hinter Klostermauern in Köln, im größten beschaulichen Orden der katholischen Kirche, als eine Philosophin von Rang, deren Werk immer noch nicht ausgeschöpft ist, als eine „Doctissima", als eine Zierde der Wissenschaft, nun aber in einer törichten Liebe, die sie erfüllt wie keine Wissenschaft zuvor. Gleichwohl gerät ihr Leben und Sterben danach zu einem ungeschriebenen Lehrstück über jenes System von Zwickmühlen, das totalitäre Systeme ihren Gegnern immer aufzwingen – heil kommt da keiner heraus. Sie war eine große Denkerin, eine große Beterin, doch getötet wurde sie als geborene Jüdin.

Nach dem 9. November 1938 wird sie zusammen mit ihrer Schwester Rosa von ihrem Orden nach Holland in den Carmel von Echt in Sicherheit gebracht. 1940 besetzen die Deutschen Holland. Als sich die Gerüchte über geplante Massendeportationen der Juden verdichten, protestieren am 11. Juli 1942 die Niederländischen Kirchen in einem Telegramm scharf gegen die geplanten Deportationen der Juden. Danach bietet Arthur Seyß-Inquart, der „Reichskommissar für die Niederlande", den Kirchen an, doch einfach nur stillzuhalten, dann werde zumindest ihren getauften Juden nichts passieren. Darauf mögen die katholischen Bischöfe nicht eingehen. Am 26. Juli protestieren sie in einem Hirtenbrief von allen Kanzeln noch einmal schärfer gegen das Unrecht „gegen das Volk Israel, das in diesen Tagen so bitter geprüft wird".

Die Antwort des Besatzungsregimes kam blitzschnell und als schiere Rache. Schon am nächsten Tag verfügten sie: „Da die katholischen Bischöfe sich – ohne beteiligt zu sein – in die Angelegenheit gemischt haben, werden nunmehr sämtliche katholischen Juden noch in dieser Woche abgeschoben. Interventionen sollen nicht berücksichtigt werden." Am 2. August werden 988 von ihnen deportiert.

Vergeblich hatte Edith Stein gehofft, über die Schweiz nach Palästina auswandern zu können, und hat dann doch keine Sekunde mehr gegen ihr Schicksal protestiert. „Komm, wir gehen für unser Volk!" sagte sie ihrer Schwester bei der Verhaftung. „Sie glauben nicht, was es für mich bedeutet, Tochter des auserwählten Volkes zu sein", hatte sie kurz vorher Pater Hirschmann SJ gesagt. Da ist sie einundfünfzig.

Da hatte die geborene Phänomenologin, die so fasziniert davon war, die Dinge nach ihrer „heiligen Sachlichkeit" zu befragen, ihr eigenes Leben schon lange vor allem nur noch der Verehrung der Eucharistie gewidmet. Schon in den zwanziger Jahren in Speyer konnte sie Nächte hindurch vor dem Tabernakel verbringen, nur von dem winzigen Schein der blakenden Öllampe des „Ewigen Lichts" beleuchtet. Oder vor der geweihten Hostie in der Monstranz. Was hat ihr nun dieses „Ding", diese „Sache selbst", dieses zerbrechliche Stück Brot gesagt, von dem sie nicht zweifelte, dass Gott selbst darin zugegen war? Und dass es heilig war.

Doch was soll das heißen? Heilig, was ist das? Ist heilig Verhaftung, Beschlagnahmung, Aussonderung; die Herauslösung des Menschen, um ihn der Welt als lebendigen Widerspruch vor Augen zu führen? Bei Juan de la Cruz hat sie gelesen, dass Glaube immer nur jäh wie ein Blitz aufzuckt, „wie das Aufblitzen des Messers in der Hand Abrahams." Gewiss ist es ein Gott für Erwachsene, ein Gott der Moderne, dem sie ihr Leben widmet, ein

Gott, den die radikalen Spanier, denen sie hierhin gefolgt ist, als einen verborgenen Unsichtbaren, der sein Gesicht verhüllt, als einen Gott der dunklen Nacht rühmen, der nur eins verlangt: Das unerschütterliche Verharren und Aushalten.

Der Nachlass ihrer wissenschaftlichen Werke und Schriften ist so groß, dass wir die – oft auch spröde und schwierige – Lektüre in Jahren nicht bewältigen könnten. So haben wir uns an einem der letzten Sommertage dieses Jahrhunderts aufgemacht, um im Gebiet der südlichen Pfalz an der Weinstraße, in der deutschen Toskana, wo sie acht Jahre gelebt hat, vielleicht noch ein paar Spuren von ihr zu finden.

Der rosafarbene Kaiserdom in Speyer war lange ihre Pfarrkirche. Sonntag für Sonntag hat sie damals die kleine Steinbrücke auf ihrem Weg vom Magdalenenkloster, wo sie Lehrerin war, zu der herrlichen Grablege der deutschen Könige und Kaiser überquert, deren Bögen wie die der Magdalenen-Basilika von Vézelay in Burgund an den Säulenwald der Moschee von Córdoba und das frühe Ringen Europas mit dem Islam erinnern.

Hier hat Bernhard von Clairvaux elfhundertsechsundvierzig die Deutschen zum zweiten Kreuzzug aufgerufen, nachdem er am Osterfest davor die Franzosen in Vézelay zum Aufbruch nach Palästina gerufen hatte: „Was den Vögeln die Flügel sind, das ist den Christen das Kreuz!" Die größte romanische Kathedrale Europas über dem Labyrinth verschiedener Krypten ist immer noch ein einziges Juwel; bei ihrer Errichtung muss sie größer als die alte Peters-Basilika in Rom gewesen sein, ein neues Herz des Abendlands.

Keine fünf Minuten schlängelt sich der Fußweg von ihrem Hauptportal zu der ausgegrabenen Mikwe, dem alten und prächtigen jüdischen Tauchbad Speyers, das jetzt noch belegt, wie dicht sich damals in Europa die Synagogen jeweils an die Bischofskirchen schmiegten, von denen allein sie Schutz vor dem Mob erwarten durften – und in welch tödliche Gefahr sie mit jeder Krise der Kirche geraten mussten. Der gesprächige Herr Weber, der am Judenbad die Eintrittsbillets verkauft, kann sich noch gut erinnern, wie er Edith Stein mit seinen Freunden da oben im Dom beim Beten beobachtet hat. Die ernste „Jiddisin", die „a Nunn" geworden war, war selbst unter den Kindern stadtbekannt.

Ja, sie hat hier im Herzen des Abendlands gewohnt, wo Deutschland vielleicht am schönsten ist. Als sie einundfünfzig Jahre alt war, wurde sie dann in Holland wie flüchtendes Vieh eingefangen, um in der bizarren Logistik dieses Massenmordes mit der Eisenbahn quer durch das Reich in den Osten nach Birkenau in den Tod gezerrt zu werden. Auf dem Bahnhof von Schifferstadt, knapp zehn Kilometer nördlich von Speyer, hat sie am 7. August 1942 bei einem außerordentlichen Halt ihres Transports aus einem der Waggons ein letztes Lebenszeichen hinterlassen: einen zugerufenen Gruß an die Dominikanerinnen in Speyer, zusammen mit einem kleinen Zettel, den sie aus der Luke herauswarf: „Grüße von Schwester Teresia Benedicta a Cruce. Unterwegs ad orientem." Da vorne in dem rostroten Schotter muss der Zettel gelegen haben. Danach verliert sich ihre Spur in der Nacht, die über Europa hereingebrochen war.

Auf dem Weg von Speyer nach Bad Bergzabern haben wir in Neustadt den Weg verfehlt. Zufällig sind wir darum auf unserer Suche nach der neuen Heiligen ohne Grab und ohne Überrest in Lambrecht plötzlich ungeplant auf die Edith Stein-Gedenkstätte des Karmelitenfraters Toni Braun gestoßen: ein anrührend schönes Museum, das der ehemalige Dekorateur hier im Einmannbetrieb an der Hauptstraße nach Kaiserslautern ganz allein errichtet hat und betreibt.

Bruder Toni hat mit Billigung seines Ordens alle noch lebenden Verwandten Edith Steins in den USA besucht, er hat die Wunder erforscht, die zu ihrer Heiligsprechung notwendig waren, hat in Breslau Türklinken aus ihrem Jugendhaus abgeschraubt, in Auschwitz und Birkenau verrostete Gabeln und

Dreck aus dem Boden geklaubt und mit geschnitzten Birkenstämmen, Isolatoren und Stacheldraht zu einer bizarren Installation zusammengefügt – in seiner liebevollen Hilflosigkeit, noch irgendein materielles Andenken an die Heilige zu Tage zu fördern. Fotos, Skizzen und Postkarten auf jedem freien Flecken der Wand, und dazwischen – als ein Bild, das einem entgegenkommt – ein seltenes Jugendfoto Edith Steins, auf dem sie wie durch einen Traum hindurch an ein ebenfalls frühes Foto der Ulrike Meinhoff erinnert – oder der Rosa Luxemburg? – jedenfalls voll sinnlicher Lebenserwartung und wohl auch hier schon als eine Extremistin des Denkens und Handelns.

Hier ist sie noch nicht das berühmte „Fräulein Doktor", noch nicht die hochbegabte Lehrerin, noch nicht die Dozentin in Münster, noch nicht die Braut in Weiß (ohne Bräutigam an ihrer Seite) bei ihrer Einkleidung im Orden, sondern nur Edith, ein junges jüdisches Mädchen in Breslau. Wann mag das Foto aufgenommen sein? 1910 vielleicht, oder 1911, als sie neunzehn oder zwanzig Jahre alt war? Es wirkt noch so zivil. Rechts über ihr ist „Ihre Lieblingssschwester Erna" mit im Bild, sagt eine handgeschriebene Notiz auf der Rückseite. Hier muss sie auch noch die Atheistin sein, die sie 1907 aus ihrer in jeder Lebensphase radikalen Überzeugung geworden war, und die gefürchtete Spötterin, wie ihre prüfenden Augen in „heiliger Sachlichkeit" zu verraten scheinen.

Verblüffender ist aber, dass Edith Stein hier als ausgesprochene Schönheit auffällt – mit vollen Lippen, geschwungenen Brauen und offenem, gelocktem Haar, das sie später so streng nach hinten binden wird. Mit hellwachem Blick schaut sie den Betrachter an, lehnt sich leicht zurück, ein Bein über das andere geschlagen, den linken Unterarm entspannt auf ihrem Schoß, wie ruhend in jener seltenen Schönheit, wie sie nur der Jugend – für eine kurze Zeit – gegeben und eigen ist. Natürlich wird sie sich verlieben und verlieben wollen und kennt ihre Gaben und Talente gut genug, um von ihrem Leben sehr, sehr viel zu erwarten, in der „Hoffnung auf eine große Liebe und glückliche Ehe".

Das letzte Foto der Sammlung Frater Brauns zeigt das „weiße Haus" in Birkenau, wo damit experimentiert wurde, tödliches Gas aus den Exkrementen der Gefangenen herauszudestillieren. Die „modernen" Gaskammern kamen erst später, 1943, nach Auschwitz: „das Glück, mit Zyklon B und nicht mit der eigenen Scheiße vergast zu werden", wie Bruder Toni sagt. Dieses Haus war wohl die Endstation der seligen Schwester Teresia Benedicta a cruce mit dem Judenstern. Rasiert und völlig nackt wurde sie hier mit ihren Schicksalsgenossinnen zusammengepfercht, wie Ungeziefer vergast, unmittelbar danach verbrannt. „Kostbar ist in den Augen des Herrn / der Tod seiner Frommen."

Ein letztes Foto der einsamen Ausstellung zeigt den Frater mit Blick auf einen von Birken umstandenen, grauschlammigen, staubbedeckten Teich, in den die Henker den Kehrricht der Krematorien kippten. Die menschliche Asche ist so leicht, dass sie – bis heute – immer noch auf der Oberfläche schwimmt und hin und her getrieben wird. Asche, die nicht verwehen will. Allerletzte „Grüße von Schwester Teresia Benedicta a Cruce. Unterwegs ad orientem."

Joseph

(Straßburg 1997)

Es braucht wohl Verrückte oder Heilige zum Widerstand. Reine Vernunft allein trägt meist nicht weit genug, um dem Wahn zu wehren. Dafür gibt es viele Beispiele, besonders aus unserer Geschichte, die nicht aufhört uns einzuholen. „Im Dritten Reich hatte das Böse die Eigenschaft verloren, an der die meisten Menschen es erkennen“, hat Hannah Arendt geschrieben, „das Böse trat hier nicht mehr als Versuchung an den Menschen heran.“ Das heißt, alle wussten natürlich nach wie vor, was richtig und was falsch war.

Doch in dieser verkehrten Welt trat eben nicht das Böse, sondern das Gute als leise Versuchung an die Menschen heran: als Versuchung, der Lüge zu widerstehen, als Versuchung, Denunziation Denunziation und Gewalt Gewalt zu nennen, als Versuchung, laut aufzuschreien, wenn Nachbarn und Freunde verjagt und verschleppt wurden (oder zumindest aufzustehen, um besser sehen zu können, was da geschieht). Und in diesem Reich, schließt Hannah Arendt ihre Beobachtung, „hatten es die Deutschen eben, weiß Gott, gelernt, mit ihren Neigungen fertig zu werden und der Versuchung zu widerstehen.“

Es war die revolutionäre Zeit einer verführerischen Neu-Konstruktion der Gesellschaft. Doch nicht nur die Deutschen, muss man hinzufügen, auch die Franzosen, die Polen, die Tschechen, alle Völker, in denen die Verwirrer die Herrschaft an sich gerissen hatten, hatten gelernt, den altertümlichen Regungen und Versuchungen der Solidarität, der Freundschaft, der Menschlichkeit, des Mitleids und des Erbarmens zu widerstehen. Die Welt stand Kopf in der autoritären Anarchie der Nazis. Ja, man musste unter ihnen schon verrückt sein zum wahren Widerstand. Nur ganz irrationale Widerstandshandlungen konnten hier noch etwas von der Kraft des Zeugnisses für eine bessere und zivilere Zeit und Welt bewahren.

Und hier haben wir solch einen Verrückten: Joseph Steib aus Brunstatt. Über den Elsässer, der seine Bilder immer mit Jos. Steib signierte, wissen wir fast immer noch so gut wie nichts. Wer hat den Namen je gehört? Klar ist nur: Er muss verrückt gewesen sein, ein besessener Maler und ein Medium der Wirklichkeit in unwirklicher Zeit.

Im Jahr 1941, nachdem Hitler die dritte französische Republik mit einem Handstreich von der Landkarte Europas gefegt hatte und das Elsass faktisch annektierte, malt Steib in seiner besetzten Heimat „*L'espoir du peuple*" – Die Hoffnung des Volkes: einen Baum, an dem außerhalb eines kleinen Vogesendörfchens ein barfüßiger gebundener Führer baumelt, im Schlafanzug unter seinem Mantel, ohne Gürtel, die glänzenden Schaftstiefel an einen Ast gehängt, das eiserne Kreuz an einen anderen, dahinter die Hakenkreuzflagge im Wind, während zwei Männer in Häftlingskleidung die Säge an die Eiche legen. 1943, als deutsche U-Boote allein im Januar zweiundvierzig alliierte Handelsschiffe versenken, malt er unter schwefelfarbenem Himmel eine aufgepeitschte See, in der gerade ein Schiff namens „Deutschland" untergeht.

Aus dem gleichen Jahr stammt „*La dernière scène*" – Der letzte Auftritt –, in dem er in ungeheuerlicher Manier den messianischen Anspruch der Wasser trinkenden Nazis in einer Abendmahlszene verhöhnt: Hitler als Richter in Sandalen und dem Talar eines Pastors in der Mitte, sechs Größen der Partei zu seiner Linken, sechs aus der Wehrmacht zu seiner Rechten – zwölf Reinheitsapostel.

Geschmackvolle Jugendstilfenster schmücken den Festsaal zu einem Kirchenraum um. Ein lachender Tod erscheint schon hinter dem falschen Messias, der mit gesenktem Blick ein Papier hochhebt, auf dem geschrieben steht: „Einer aber ist es, der mich verleugnet." Der Ärmste! Der Antichrist wird verfolgt, missachtet, verleugnet, wohl gar auch noch verleumdet. Doch von wem? Von dem kleinen Malerlein? „Die Liebe zum Nächsten" betitelt der Künstler wieder ein anderes Tafelbild, in dem er idyllisch wie ein Sonntagsmaler und detailliert wie ein Reporter das Beladen der Viehwaggons eines Deportationszuges ausmalt: die Elsässer Juden in ihrem Sonntagsstaat mit Koffern, die schreienden Soldaten, eine Frau, die in Ohnmacht fällt, eine andere, die ihr Baby stillt, die Aufschriften mit dem Brutto- und Nettogewicht der Waggons. Mitten im Untergang der Zivilisation malt Joseph Steib, was nachher keiner gesehen und keiner gewusst hat.

Er übergibt den Diktator dem Flammenmeer der Hölle, auf wieder einem anderen Bild feiert er schon mitten im Krieg den Sieg über die Tyrannei, mit einem Wald wehender Trikoloren und Freudenfeuern auf allen Hügeln, schon 1943. Und immer weiter. Die Themen sprengen den Katalog der Volkskunst wie eine Granate. Es sind alles richtige Ölbilder, keine flüchtigen Skizzen, zwar keine riesigen Formate, das eine 38 mal 52 Zentimeter, das andere 44 mal 77 undsoweiter, köstlich ausgemalte Miniaturen, von ihm selbst gerahmt und jedenfalls alle genügend materiell und groß, dass er – wäre er damit erwischt worden – für jedes einzelne im KZ Struthof gelandet wäre, und für alle zusammen gewiss am Galgen. Er malte in der Küche. Verkauft hat er nichts davon. Die fertigen Bilder wurden vor allem in seinem überladenen Schlafzimmer aufgehängt. Warum? Seine Frau Rosa starb fast vor Angst. Allein auf den Besitz der Tricolore, die in fast alle seine Bilder hineinflattert, stand ein Jahr Haft.

Jetzt wird er ein Widerstandsmaler genannt, was leicht unsinnig ist, da er doch vor allem fromme Wünsche malt. Natürlich muss man ihn unter die Naiven rechnen. Doch was ist das, ein Naiver? „Ein Naiver, das ist einer, der malen muss. Der nicht anders kann!", sagt die Galeristin Charlotte Zander, die im Schwäbischen ein Museum für Naive eingerichtet hat. Naive Malerei ist mehr als Kunst. Oder, wenn schon, eine wilde Kunst:

Ausdruck der wahren Wilden. Es gibt keine Rosstäuscher unter ihren Vertretern, keine Scharlatane, keine Tricks, kein Kupfer, keine Berechnung und keine Scheinwelt. „Naive Maler sind die, die es nicht lassen können. Die malen müssen."

Zwei Fotos liegen vor mir. Auf dem einen schaut er – es stammt aus dem Jahre 1939 – mit 41 Jahren wie ein Jüngling aus und blickt mit Strohhut, gepflegtem Bärtchen und Stöckchen als Dandy in die Kamera. Auf dem anderen, seinem Hochzeitsfoto von 1930, am Arm seiner Frau, sieht er inmitten der Festgesellschaft zart, mit schmalen Lippen, wie der junge Franz Kafka den Betrachter an. Naiv? Neben den Fotos liegt ein merkwürdiges kleines Kunstwerk: Ein „Guter Hirt" aus seiner Hand, so harmlos mit dem Lämmchen im Arm. Erst in der Vergrößerung ist zu erkennen, dass die Gloriole die Stirn dieses Herrn wie ein Kopfschmerz umwölkt, und darunter ein Blick voller Schalk aus den Augenwinkeln – fast tückisch, raffiniert wie der Blick eines Taschendiebs, so dass er alles genannt werden könnte, nur eins nicht: naiv.

Monsieur Petry zeigt diese Miniatur in Straßburg, wo er sie einem der vielen Kartons seines Arbeitszimmers entnommen hat, in denen er seine Schätze verwahrt. Francois Petry, Professor für Geschichte und Archäologie, kommt vor allen anderen das Verdienst zu, Joseph Steib entdeckt zu haben. Seine Frau hatte uns in ihrer herrlich überladenen Wohnung in der Altstadt zu Tisch gebeten. In der fallenden Dämmerung erzählt er seiner Familie und seinen Gästen die Geschichte dieses eigentümlichen Malers noch einmal von vorne. Das erste Bild hat er 1985 auf einem Flohmarkt entdeckt und für tausendfünfhundert Franc gekauft, zwanzig Jahre nach dem Tod des Malers, von dem er bis dahin noch nie gehört hatte. Das ganze Werk ist zerstreut.

Die Fotos, die Joseph Steib mit Leidenschaft gemacht hat, hat die Familie „sozusagen aus dem Fenster geworfen, eine einzigartige Dokumentation, die vollkommen verschollen ist." Die Sammlung seiner Fotoapparate ist verschwunden. Als Steibs

Witwe fünfzehn Jahre nach ihrem Mann starb, waren die Erben von der Hinterlassenschaft so traumatisiert, dass sie schnell alles zur Entrümpelung freigaben. Ein großer Teil geriet schon bald in falsche Hände.

Wegen der Hakenkreuze und Uniformen in vielen Darstellungen fand Francois Petry im Lauf seiner Nachforschungen einige Bilder ausgerechnet bei Militaria-Händlern wieder. Mittlerweile hat er in verschiedenen Antiquariaten vierundzwanzig von siebenundfünfzig Bildern wiederentdeckt und erworben, die Joseph Steib ein einziges Mal, im September 1945, in seinem Heimatstädtchen als einen Zyklus ausgestellt hat, den er „*Salon de Rêves*", Salon der Träume, nannte. Dann verschwanden sie auf Nimmerwiedersehen im Schlafzimmer des einsamen Sehers. Das Bild vom Rathaus des jubelnden Mulhouse, das er schon 1943 malte, glich fast exakt der Inszenierung der Siegesfeier, wie sie dann am 6. Mai 1945 stattfand, als die Deutschen niedergeworfen waren.

Der gesamte Zyklus war ein einziger radikaler Bruch mit allem, was er zuvor gemacht hatte. Bis zum Ausbruch des Zweiten Weltkrieges existieren fast nur elsässische Genrebilder von ihm, delikat gemalte Stilleben und Interieurs. 1935 war er dafür im *Salon des Artistes français* in Paris sogar mit einer Silbermedaille ausgezeichnet worden. Das frühe Werk ist so friedlich: viele häusliche Szenen, seine Frau im Bett, Häuser der Verwandten, poesievolle Stilleben, und immer wieder Votivbilder des frommen Katholiken aus der Welt der Kreuzwege und Gnadenkapellen der Gegend, die ihn vor allem geprägt haben. Und Votiv- und Beschwörungscharakter haben auch noch die meisten seiner Kriegsbilder, wie das innige „Es ist vollbracht!" von 1944, auf dem an einer Chaussee das Hakenkreuz mit einem roten Kreuz übermalt erscheint.

Doch auch in der frühen Zeit ist er nur selten oder gar nicht für seine Kunst bezahlt worden. „Ich habe gehört, dass er einmal für eine Auftragsarbeit dreihundert Mark verlangt hat, für das Bild eines Kommunionkindes. Die Mutter warf nur einen Blick darauf und schmiss es empört in die Ecke. Da hat er ihr danach Schnecken in den Garten geworfen.“ Monsieur Petry lächelt nachsichtig über die ohnmächtige Rache des liebenswert schrulligen Sonderlings und gießt Wein nach. Angefangen hatte Joseph Steib völlig akademisch. Der gastfreundliche Professor holt alte Zeichnungen aus den zwanziger Jahren aus dem Regal, auf denen der Abendschüler der „Ecole de dessin de la Société industrielle de Mulhouse“ makellose Gipsfiguren mit Kohle auf Papier übertragen hat, mit feinen Abstufungen aller Schattierungen, ohne den geringsten Bruch im Ausdruck. „Schauen Sie sich das einmal an!“

Doch auch da malte Steib schon, „weil er musste“; sein Brotberuf war und wurde die Malerei nie. Sie blieb seine verrückte Leidenschaft: *l‘amour fou.* Zuhause studiert er mit heißen Ohren Bildbände von Velázquez und Goya. Von Beruf aber war der Schlossersohn Büroangestellter der Stadtverwaltung von Mulhouse, wie die einen sagen, oder „Cantonnier“, wie er von anderen genannt wurde. Cantonnier? „Ja, auf gut deutsch Straßenfeger“, lacht Monsieur Petry. „Unmöglich, haben mir seine Verwandten dazu gesagt, er war doch so kränklich. Er konnte doch nicht mal seinen eigenen Garten bestellen, so ungeschickt, wie er war. Das musste ein Schwager für ihn machen, weil er mit keinem Werkzeug gescheit umgehen konnte. ‚Cantonnier‘, das haben ihm böse Nachbarn angehängt, die ihn mit seinem Leiterwagen das Haus verlassen sahen.“

Im Stadtarchiv hat der Archäologe schließlich die Personalakten Joseph Steibs retten können, gerade bevor sie nach einem Wasserschaden weggeworfen werden sollten. Sie belegen, dass er – immer in ganz untergeordneten Stellen – mal für das Bauamt arbeitete, dann für das Waisenkinderamt und schließlich für das Wasser- und Stadtreinigungsamt. Seine Frau hatte Aushilfsstellen als Putzfrau bei dem Maler Augustin Zwiller angenommen. Immer wieder kommt es zu Klagen der Vermieterin, dass Steib die Miete nicht zahlt. Und von ihm selbst haben sich Klagebriefe an die Besatzungsbehörden erhalten, die er vor lauter Not mit „Heil Hitler!" unterzeichnet. Mit vierundvierzig Jahren ließ er sich arbeitsunfähig erklären, mit guten Gründen. Denn krank war er immer. Natürlich kann man sich einen wie ihn nur kinderlos vorstellen, einsam, folgenlos.

Er hatte gewaltige Nierenprobleme und litt an der Krankheit der Überempfindsamkeit, der pochenden Schläfen, die ihn oft mit großen und schweren Anfällen heimsuchte. Epileptiker wie er galten als Fälle lebensunwerten Lebens, Anwärter auf den „guten Tod"; im Elsass wurden die Nürnberger Rassengesetze ab 1940 gültig. 1939 ist er sieben Monate krank, 1940 und 1941 jeweils mehrere Monate von der Arbeit abwesend. In dieser Zeit bricht mit dem Krieg und dem Zusammenbruch der Reste seiner Gesundheit aber auch die Periode seiner größten Schaffenskraft in sein Leben ein, in der er seinen reifsten Ausdruck findet. „Als endlich die Amis da waren", beschließt Monsieur Petry die Schilderung der bizarren Karriere, „hat er keinen Trieb mehr gehabt zu malen." Bis 1950 entstehen noch einige Votivbilder, danach fasst er bis zu seinem Tod 1966 keinen Pinsel mehr an.

Wo sind die übrigen Bilder geblieben? Wie mögen die Titel „L'aurore" oder „Fraternité" aussehen, oder „La religiosité nazie"? Die Spurensuche hat gerade erst angefangen. Wir fahren kreuz und quer durch das südliche Elsass, durch die Weinberge und Dörfer wie Luemschwiller, Morschwiller, Guewenheim. Wie friedlich der Landstrich wirkt! Ist er nicht das wahre Herzstück Europas? Die Silhouetten der Vogesen im Westen und des Schwarzwalds im Osten formen ihn zu einer Art kosmischer Wippe, deren gewundene Chausseen Joseph Steib so oft gewandert ist.

Mit seiner Baskenmütze, deren Tragen von den Besatzern verboten worden war, und mit seinem Leiterwagen. Er ging fast nur zu Fuß, weil er Eisenbahnfahrten schlecht vertrug und an einem Autobustrauma litt, der wohl letzten Steigerungsform der Flugangst. In Notre-Dame de Thierenbach, einer Wallfahrtskirche am Fuß der Vogesen, finden wir noch ein ergreifendes Ex-Voto Steibs aus dem Jahr 1946, eine Erscheinung der Jungfrau in dem Flammenmeer eines Bombardements, als letzte Erinnerung an den Krieg: „Dank für eine wunderbare Errettung".

In Brunstatt, einer kleinen Vorstadt von Mulhouse, halten wir vor einem unscheinbaren Haus neben der Hauptstraße an, ockerfarben, mit sandsteinernen Fenstersimsen und einer Schüsselantenne. Hier wohnte er, die Zimmer von oben bis unten vollgestopft mit den Errungenschaften des manischen Sammlers und mit seinen selbst fabrizierten Bildern. Es muss eine Höhle gewesen sein, nicht gerade ein Nest der Résistance. Heute ruht er zweihundert Meter weiter, in einem Garten neben der gleichen Hauptstraße. Eine geschliffene schwarze Granitplatte bedeckt das Grab, mit einem eingravierten Kreuz tragenden Jesus oben und einem rosenumrankten Kreuz an der linken Seite. Die Buchstaben sind mit Gold ausgelegt, Zeile für Zeile: „Joseph Steib / 1898 - 1966 / Rosa Steib / née Ruetsch / 1897 - 1981."

Wladyslaw

(München 1986)

„Die Tage vor uns“, nannte der Prophet Jesaia die Vergangenheit und „die Tage hinter uns“ die Zukunft. Realistischer kann man sich der Gegenwart nicht zuwenden: der Ungewissheit, was morgen ist, und der Vergangenheit als einziger Offenbarung der Zeit vor unseren Augen – wenn wir sie nicht abwenden. Hier ist nun einer, der sie nie abgewendet hat: Wladyslaw Bartoszewski, 64 Jahre alt, aus Warschau – in einem großen Paradox. Denn dieser Pole wurde „in den Tagen vor uns“ dazu gezwungen, seine Augen vor Entsetzen offen zu halten. Damals trug er die Nummer 4427. Das war bei dem Flecken Oswiecim am Rande der Hohen Tatra, wohin er im so genannten „zweiten Warschauer Transport“ verschleppt worden war.

„Ich habe Glück gehabt“, sagt er von sich, „ich habe niemanden getötet. Ich habe niemanden geprügelt. Ich habe niemanden geohrfeigt. Ich bin geprügelt worden. Ich wurde auf den Kopf geschlagen. Ich habe im Lager meine Brille verloren, und ich bin sehr kurzsichtig. Die Nase wurde mir zerquetscht.“ Immer wieder hat er Angst gehabt, „schreckliche Angst, riesige Angst“. Die Angst aber hat ihn schließlich furchtlos werden lassen.

Er wurde drei Jahre „nach der Wiederauferstehung des polnischen Adlers“ geboren, in der ersten Generation der freien Republik. Seine Eltern waren kleinbürgerlich, väterlicherseits mit starken bäuerlichen Wurzeln. „Großvater konnte schon etwas schreiben.“ Der Vater stammte noch aus einer Welt, in der ein Dieb so viel galt wie ein Mörder. Geprägt haben den jungen Bartoszewski aber vor allem seine Mutter und die Stadt Warschau, das Warschau, in dem keine zweihundert Meter von der Wohnung der Bartoszewskis entfernt die Große Synagoge stand und wo in die andere Richtung die Nalewki-Straße, der Broadway des Ostens, verlief. Rings um sie herum sprach man Jiddisch. Die Bartoszewskis lebten im äußersten Zipfel des polnischen Warschau, als einzige Gojim, als Minderheit. Sie waren katholisch.

Die Dienstmagd, die sie später hatten, drohte ihm bei kleinen Verfehlungen nie mit dem Teufel oder der Hexe, sondern mit den Worten: „Wenn du nicht artig bist, dann kommt der böse Bolschewik und holt dich." Sehr unartig wird Wladek nicht gewesen sein. Trotzdem kamen die Bolschewiken. Davor aber kamen die Nationalsozialisten, die mit den Bolschewisten paktiert hatten. Die Nazis haben ihn dann auch zuerst geholt, bevor ihn Jahre später die Stalinisten zusammen mit Rudolf Höß, dem früheren Lagerkommandanten von Auschwitz, ins Gefängnis steckten. Von seiner Zelle aus konnte er die Stimme des Gefürchteten auf dem Gefängnishof hören. Der Deutschlehrer, von dem er die Fertigkeit in unserer Sprache und die Liebe zu unserer Kultur geerbt hatte, war Jahre zuvor von der SS erschossen worden.

Siebzehn Jahre war er alt, als der Krieg ausbrach, und noch unschlüssig, ob er Jesuit oder Schauspieler werden sollte. Die Jesuiten hatten ihn dann probehalber zur Armee geschickt. Er sollte am 20. September seinen Dienst antreten, doch da standen deutsche Truppen schon in Warschau. Innerhalb von drei Wochen hatte er den Siegesrausch der Polen bei den Kriegserklärungen Englands und Frankreichs miterlebt, die ersten Toten seines Lebens gesehen und die polnische Niederlage miterlitten. Er war da, wo der deutsche „Blitz" in dieses Jahrhundert einschlug.

Bevor sie ihn aber holen kamen, hatte er noch Schlimmeres erlebt: den zunehmenden Terror, die Deklassierung der polnischen Bevölkerung zu „Untermenschen" und „Ungeziefer", die Konzentration und immer stärkere Isolation der Juden im Ghetto, das Ende der Hoffnung und den Beginn der

„langen Nacht" bei der Niederlage Frankreichs. An einem Septembermorgen im Jahre 1940 wurde der junge Rotkreuzhelfer von Männern im Stahlhelm geweckt. „Name?!" „Bartoszewski." „Mitkommen!"

„Das ist ein Arbeitslager", dachte er, als er zum ersten Mal den Kamin sah. Bartoszewski zählte zur Intelligenz der polnischen Untermenschen. Auf Befehl aus Berlin war das Lager Auschwitz eingerichtet worden, zu ihrer besonderen Vernichtung. Das Verbrechen an den Juden sollte erst später geplant und ausgeführt werden. Das Lager war gerade erst drei Monate alt. Bartoszewski sollte an seinem Ausbau mitarbeiten. Einsicht in den Sinn dieses Unternehmens gewann er jedoch nicht aus eigener Überlegung. „Seht ihr den Kamin da drüben?", belehrte der Lagerkommandant. „Das ist das Krematorium. Das ist euer einziger Weg in die Freiheit."

Noch Jahre später träumte er von dieser Begrüßungsrede. Doch jener schreckliche Morgen war damit noch nicht zu Ende. Denn anschließend suchten die SS-Leute sich ein Opfer aus. „Es war ein Lehrer aus einem Gymnasium in Warschau, neu im Lager. Ich weiß nicht, was er gemacht hat, vielleicht stand er nicht gerade, egal, nichts Besonderes. Die Kapos brachten ihn nach vorne, wir haben es alle gesehen, die paar tausend, und ich war dabei, sah zu, sah es deutlich, ich sehe es noch jetzt. Sie haben diesen Lehrer geprügelt und gefoltert. Er fiel, er lag, er wurde ohnmächtig, er blutete. Ich weiß nicht, ob er totgeschlagen wurde, mir schien, er war tot. Es dauerte zehn, vielleicht fünfzehn Minuten. Hier standen etwa 5000 Menschen. Stramm in Habachtstellung. Und wir waren Zuschauer, und niemand hat etwas gesagt, niemand hat etwas gemacht. Und ich war da, und ich hab' auch nichts gemacht, und das empfinde ich noch heute als die Scham meines Lebens.

Am polnischen Nationalfeiertag fanden die ersten Erschießungen in einer Kiesgrube auf dem Lagergelände statt. Ende Oktober waren schon nach der Flucht eines Häftlings und einem vierzigstündigen Stehappell etwa achtzig Menschen aus der Menge geholt und zu Tode geprügelt worden. All das aber war noch mehr eine Improvisation. Auch die Idee eines SS-Mannes, zu Weihnachten einen beleuchteten Tannenbaum auf dem Appellplatz zu errichten und darunter die Lagerleichen aufzuschichten, war noch improvisiert, nicht organisiert. Bevor aber Auschwitz zum perfektesten Vernichtungslager wurde, wurde Bartoszewski im April 1941 plötzlich ohne Angabe von Gründen und mit einer schweren Blutvergiftung entlassen. Sein Vater hatte über das Rote Kreuz seine Entlassung bewirkt.

„Schreib das auf!", sagte man ihm draußen. Er konnte aber nicht schreiben. Seine „Hände waren tot". Er diktierte. Es waren die ersten Berichte über Auschwitz. Und während er seine Angst verlor und berichtete, wurde er gesund. Einmal genesen, war er fortan von frühmorgens bis zur Polizeistunde im Untergrund tätig. Er las die Namen der Exekutierten auf Plakaten.

Diesen Toten und besonders denen, deren Namen auf keinem Plakat erschienen, hat er seine Arbeit und sein Gedenken gewidmet, dem geheimen Terror, der Geschichte, die verscharrt werden sollte: den Toten der Massaker von Wawer und Zielonka, den Exekutierten im Parlamentsgarten, den Ermordeten in den Kampinos-Wäldern, in den Kabaty-Wäldern, in den Chojnow-Wäldern und den Sekocin-Wäldern und den Männern und Frauen, die in Palmiry, in Luze, in Swedzkie Gory, in Laski, in Wolka Weglowa, in Stafanow und Magdalenka umgebracht wurden.

Der Vergessenheit entrissen hat er aber auch den polnischen Untergrundstaat während des Krieges, der von der uniformierten Geschichtsschreibung an der Weichsel und der Moskwa heute ebenfalls am liebsten zusammen mit den Opfern verscharrt, geleugnet und vergessen würde. Sachlich wie ein Polizeireporter berichtet er. Er war immer noch nicht volljährig, ein blutjunger Pole mit abstehenden Ohren, der anfangs noch ahnungslos in die Kameras der Schergen blickte.

Ende 1942 ist er unter dem Decknamen Ludwik bei der Gründung des Hilfsrates der Juden in Warschau mit dabei. Auf Judenhilfe stand die Todesstrafe, auch für die Angehörigen. Im Januar gab es den ersten bewaffneten Widerstand im Ghetto. Erst in der Karwoche konnte das Viertel nach heftigen Kämpfen liquidiert werden. Bartoszewski konnte über diesen Wendepunkt der jüdischen Geschichte nur berichten. Er lebte ohne Waffen im Untergrund, sammelte Material, half den Juden, polnischen Häftlingen, war Chefredakteur eines Monatsblatts, arbeitete in der Abwehr, in der Kirche und in der Heimatarmee. Nur durch Zufall entkam Bartoszewski wenig später. Eine unbekannte Postbotin hatte den ihn belastenden polnischen Brief an die Gestapo abgefangen und an ihn umleiten können.

Bartoszewski verteilte damals auch Flugblätter mit Übersetzungen der Predigten des Kardinals von Galen, um in Polen bekannt zu machen, dass Hitler nicht alle Gewalt in Deutschland hatte. „Dennoch", sagt er, „waren wir zutiefst gekränkt, nicht so sehr von den Henkern, von den Nazis, von denen wir nichts anderes erwarten konnten, sondern vom katholischen Deutschland." Als Pole musste es ihm unverständlich bleiben, dass es zwar Katholiken und Protestanten in Deutschland, aber weder ein katholisches noch ein protestantisches Deutschland gab. Im September war er während des Warschauer Aufstands dreiundsechzig Tage und Nächte mitten im Kessel.

Am Ende, als sich die meisten seiner Mitkämpfer resigniert für die Kriegsgefangenschaft entschieden, tauchte Bartoszewski wieder im Untergrund unter. Im Winter stand die deutsche Polizei vor seiner Tür: „Papiere! Anziehen, mitkommen!" Er nahm seine falschen Papiere, zog sich vor Schreck zwei verschiedene Schuhe an und kam wieder durch Zufall mit heiler Haut davon. Wenige Tage später erlebte der Oberleutnant der Heimatarmee in Krakau die Befreiung Polens durch die Rote Armee.

Er war nicht glücklich, als er die neuen Standbilder Stalins sah. Während Polen noch von Osten nach Westen wanderte und dabei „unterwegs“ ein Gebiet von der Größe Österreichs verlor, ging Bartoszewski allein nach Warschau zurück. Im Sommer zogen die Alliierten die Anerkennung der Londoner Exilregierung zurück, für die er die letzten sechs Jahre gekämpft hatte.

Im Herbst wurde er als Spion verhaftet, blieb eineinhalb Jahre ohne Prozess, ohne Anwalt, ohne Familienkontakt – wie ein „*hitlerowiec*“ – in der Zelle und wurde nach kurzem Prozess wieder auf die Straße gesetzt. Vergeblich versuchte er danach, „wieder zu leben. Ganz normal zu leben. Ich war sechsundzwanzig Jahre alt, bitter, erfahren, mein Leben war zum Teil verpfuscht.“ Wenn er eine Stelle fand, wurde er regelmäßig nach wenigen Wochen wieder entlassen. Die Arbeitgeber wollten sich an dem gebrannten Kind nicht die Finger verbrennen.

„*Pan Bartoszewski*“, sprach ihn im Dezember 1949 mitten in Warschau ein Mann auf der Straße an, „kommen Sie ins Sicherheitsministerium. Wir wollen mit Ihnen ein bisschen sprechen.“ „Ist das eine Verhaftung?“ „Nein, wo denken Sie hin.“ Die Unterhaltung dauerte fünf Jahre. „Sehen Sie mal da draußen“, sagte ihm zu Beginn der Untersuchungsoffizier im Ministerium und zeigte aus dem Fenster, vor dem gerade etwa vierzig Leute aus einem Autobus stiegen, „sehen Sie, es wäre leicht, all diese Insassen zu verhaften. Sie alle würden ihre Schuld gestehen. Was zögern Sie noch?“ Doch Bartoszewski weigerte sich. Er sollte ein Spitzel werden. „Das ist nicht mein Beruf“, sagte er. „Das werden Sie schon lernen, kein Problem. Wir haben doch Mitleid mit Ihnen.“ „Ich habe Mitleid mit Ihnen“, antwortete Bartoszewski. Da schlug ihn der Offizier.

Diesmal teilte er die Zelle mit dem Abt von Tschenstochau und einem SS-Hauptsturmführer, dem er seine Zigaretten schenkte und den er einmal heimlich weinen sah, als irgendwo im Gefängnis irgendjemand eine Bach-Sonate spielte. Kurz danach wurde er gehängt, er war ein vielfacher Mörder. Im März 1955 wurde Bartoszewski mitgeteilt, dass seine Verhaftung und

Verurteilung ein Irrtum war, für den er 70 000 Zloty als Entschädigung bekam, immerhin.

Sechzehn Jahre nach seinem Abitur konnte er nun endlich mit einem geregelten Berufsleben beginnen. Er wurde Mitarbeiter bei der katholischen Wochenzeitung „Tygodnik Powszechny", in deren Impressum er heute noch geführt wird, und durfte schließlich sogar ins Ausland reisen. Die erste Reise führte ihn 1963 nach Jerusalem, wo er eingeladen war, einen Baum in der „Allee der Gerechten" vor Yad Vashem zu pflanzen, der heute schon „zwei Stockwerke hoch" ist.

Zu Hause aber blieb der Gerechte auch später vor uniformiertem Besuch nie sicher. 1978 wandte er wieder die Methoden des Untergrunds der Okkupationszeit auf den modernen polnischen Staat an: Mit anderen gründete und betrieb er freie „fliegende Universitäten"; insgesamt die längste Zeit hat er in Privaträumen gelesen.

Mitten in der Nacht zum 13. Dezember 1981 klingelte es bei ihm. „Herr Wladek", sagten diesmal die Stimmen hinter der Tür, „lieber Herr Wladek, machen Sie die Tür auf, öffnen Sie, bitte." „Wer sind Sie?" „Die Polizei." Die Zeiten hatten sich geändert. Nun redete die Polizei den Freund des polnischen Papstes plötzlich mit dem Vornamen an.

Trotzdem war er einer der ersten, die bei Ausrufung des Kriegsrechtes verhaftet wurden. Er war auch einer der ersten, die in diesem seltsamen Krieg in Gefangenschaft gerieten. Die Illusion von der Unschuld der Polen war ihm damit allerdings nicht mehr zu rauben. Er hatte sie schon lange nicht mehr. „Menschen haben all dies Menschen angetan", hatte er schon lange vorher erkannt, der von Nazis und Kommunisten verhört und gedemütigt worden war, von Deutschen und Polen – nur von Juden nicht, obwohl gerade sie nicht wenige der kommunistischen Vernehmungsoffiziere nach dem Kriege stellten.

Selbst im Keller des Sicherheitsministeriums schien der Segen Isaaks über Jakob an ihm noch wirksam zu bleiben: „Wer dich verflucht, soll verflucht werden, wer dich segnet, soll gesegnet sein"! Auch 1982 hat ihn dann nicht der Papst oder die Kirche – trotz vieler Bemühungen und Proteste – aus dem Internierungslager geholt, sondern ein Jude: Stefan Grayek, der zu den Feierlichkeiten des Ghettoaufstandes nach Warschau eingeladen worden war. „Wenn Bartoszewski bis zum 19. April nicht frei ist, werde ich sofort wieder abfliegen", hatte er bei seiner Ankunft gesagt.

Ein Hubschrauber holte Bartoszewski ab. Er hatte bis dahin etwa siebzig Vorlesungen für seine Mithäftlinge gehalten. Heute ist der Generalsekretär des polnischen PEN-Zentrums eine Zierde der Universitäten. Seit Beginn der siebziger Jahre hatte er eine Gastprofessur in Lublin und nach seiner Entlassung – und seit er Rentner ist – im Westen: in Berlin, in München, in Eichstätt.

Dort spricht er an einem Abend in diesem Sommer weniger von der Vergangenheit, die nicht vergehen, als vielmehr von der Gegenwart, die nicht beginnen will, von dem anhaltenden Aussetzen der Geschichte. Er spricht von den Grenzen in Mitteleuropa, die absurderweise noch nie so starr und verschlossen waren wie in der Moderne, in der wir gleichzeitig mit einem Knopfdruck jeden beliebigen Partner in Übersee erreichen können, und warnt vor dem Mythos von der Magie der Papiere und Verträge, von denen wir mittlerweile alle Veränderungen der Welt erhoffen.

Kurz danach wird er in der „Trybuna Ludu" heftig attackiert: Er hätte für 25.000 D-Mark polnische Interessen verraten und den Westen vor „wertlosen Vereinbarungen" mit dem Osten gewarnt. Da wohnt Pan Wladyslaw schon in einer kleinen Etagenwohnung im Münchener Bahnhofsviertel. Er lacht über die Angriffe, Hass ist ihm fremd, selbst mit Verachtung tut er sich schwer. Er kennt den Autor.

In Polen zählt er nun wieder zu einer Minderheit, beileibe nicht wegen seiner Überzeugungen, sondern „aufgrund der Erfahrung“, die ihn von den jüngeren Generationen trennt. Vielleicht redet er deshalb so schnell, dass man denken könnte, er redet gegen das Vergessen an. Er spricht mit Händen, Füßen und Augen und wippt bei den Antworten auf den Zehenspitzen. Er hat ein junges Temperament. Man sieht ihm sein Leben nicht an.

Heimat dieses versprengten Soldaten der polnischen Heimatarmee ist immer noch das alte Abendland. Dieses unversehrte Reich der Imagination ist offensichtlich dort wohl am lebendigsten geblieben, wo unter dem Schirm und Schatten der Zwangsherrschaft das graue Paradies der Werktätigen errichtet werden sollte. Aus dieser Nische der Geschichte kommt Wladyslaw Bartoszewski heute auf uns zu. Er stammt nicht aus einer verlorenen Generation, sondern aus einer vergessenen Tradition. Er hat sie nie vergessen.

Ellen

(Leningrad 1989)

Nennen wir diese Stadt für heute einmal Dostojewskigrad. Denn Pieter- oder Petersburg, wie ihre Bewohner sie nennen, heißt sie schon seit Jahrzehnten nicht mehr, und Leningrad, wie sie in diesen Tagen noch heißt, wird nicht mehr lange ihr Name sein. Das Andenken Fjodor M. Dostojewskis aber wird sie bis ans Ende der Zeiten in ihren Mauern bergen. Er hat St. Petersburg beschrieben wie kein zweiter, manche Viertel könnte man – Gott bewahre – nach einem Atomblitz nach seinen Büchern wieder aufbauen. Und zweitens ist sie auch sonst eine Stadt der Dichter fast mehr als der Wirklichkeit, mit den verlassenen Wohnungen Puschkins, Gogols, Brodskys oder der Achmatova beispielsweise: ein Panoramagemälde, in dem es das Licht wirklich gibt, das wir sonst nur aus der Kunst kennen, und in dem die Grenzen zwischen Dichtung und Wahrheit an jeder Straßenecke verschwimmen.

Durch ihre Dichter und Schriftsteller ist sie für immer gleichzeitig mit allen Städten und Zeiten geworden. Überall zwischen all den Kanälen und Newa-Armen haben sie hier Räume für sich und ihre Geschöpfe angemietet und bewohnt, Bankettsäle der Imagination, literarische Adressen mit konkreten Hausnummern, Hinterhöfe, in denen die Phantasie wuchert. Es gibt keine künstlichere Stadt. Fiktive Gestalten mischen sich zu hunderten unter die Passagiere der Metro, die hier sogar die Zeitungen so intensiv lesen wie Liebesbriefe.

Es ist alles ein bisschen unglaublich. Türen öffnen sich unversehens in Romane hinein, wehende Gardinen verbergen Verbrechen und Dramen. Das Unbekannte ist hier einmal bekannt gemacht und mit Namen versehen worden; die Abgründe der modernen Zeit. So ist sie zu einer unserer vertrautesten

Städte geworden. Trotzdem hatte ich sie mir natürlich immer ganz anders vorgestellt. Denn nun stehen ja alle Kulissen aller Stücke, die jemals hier gespielt wurden, zusammengeschoben nebeneinander in der Stadt. Kein Brand hat sie jemals verzehrt, nicht einmal der Krieg und die Belagerung. Alles ist stehen geblieben.

Jede Brücke, auf die Rodja Raskolnikow, Rasputin oder Lenin hier jemals ihre Füße setzten, steht noch. Gibt es eine merkwürdigere Bühne? Schon mehrmals hat hier die Weltgeschichte auf dem Programm gestanden. Diese Vorstellung geht jetzt Tag und Nacht weiter, für ein unentwirrbar verschachteltes Schauspiel, dessen Ende noch keiner gelesen hat. In diesem Durcheinander habe ich im letzten Sommer Wictor Kriwulin gesucht, den größten heutigen Dichter der Stadt.

Das war Anfang Juli. Da nahm Helena dort ein Messer zwischen die Zähne, um mir die Not ihrer übergroßen Heimat zu illustrieren. Sie war überzeugt, dass der Bürgerkrieg schon begonnen hatte und war weiß Gott nicht die einzige, die so dachte, besonders unter den Kindern des Olymp, von denen die Stadt bevölkert scheint: die melancholische Intelligentsia, die vielen Liebhaberinnen der Lyrik oder die namenlosen Maler unter den Mansardendächern der Roten Gasse, die ihre Leben daran setzen, unsterblich zu werden.

Was ist inzwischen aus ihnen allen geworden? Sie werden sich von den Wochen und Monaten kaum haben beeindrucken lassen, die die Welt danach veränderten. Von den Welten, die sich inzwischen zusammenschoben, nachdem sie hier einmal auseinander gebrochen waren. Haben Himmel und Erde sich nicht aufgetan seitdem? (Ist nicht sogar Godot endlich in dem Jahr erschienen, an dessen Ende Beckett starb?)

Es wird sie alles kalt gelassen haben, denke ich mir, weil sie so heiß nach dem Leben hungern. Als ich unter ihnen war, ging des Nachts die Abenddämmerung immer gleich in die Morgenröte über, in milchigen Pastellfarben und einem Licht ohne

Schatten. Das dauerte dort Stunden, was anderswo Sekunden braucht. Wie leer die Straßen um Mitternacht doch waren!

Wenn ich zurückschaue, sehe ich mich dort durch ein Gemälde de Chiricos laufen. Aber wie mag es dort jetzt wohl aussehen, in den langen Nächten? – Die Stadt ist so unwirklich wie der erinnerte Traum einer Stadt, wo die Türen aus Büchern bestehen und die Tapeten aus Gedichten, Pamphleten, alten Zeitungen und immer neuen Bildern, mit Stimmen ohne Echo und Stunden ohne Schatten. Wie ein Traum entzieht sie sich auch der Erinnerung, in der ich mich jetzt noch einmal über die vielen Brücken in ihre Straßen, Gassen und Zimmer in jene Tage zurücktaste, in denen ich Wictor Kriwulin suchte.

„Wie heißt du", fragte mich dort Ellen als erstes in der ersten Mitternacht neben der Isaaks-Kathedrale. „Wie heißt du?", habe ich erschrocken geantwortet. Sie war so plötzlich wie eine Erscheinung unter den Bäumen neben mir aufgetaucht. Sie neigt den Kopf wie ein Mädchen beim Sprechen auf die Schulter und lächelt. Ihr Gesichtchen (anders lässt es sich nicht nennen) hat eine flache Nase, leichte Schlitzaugen, Skythenblut aus Alma Ata, einen Funken Bernstein in der Iris und zwei scharfe Stirnfalten zwischen den Brauen.

„Warum haben wir uns getroffen?", fragt sie mich schon nach zehn Minuten und kneift die Augen zusammen. Da muss ich lächeln, denn ich weiß es bis heute nicht. Wictor Kriwulin kennt sie nicht. Sie redet kaum Englisch, leider auch kein Deutsch, aber ein bisschen Italienisch, das sie einmal einem Seemann zuliebe gelernt hat.

Ich bin seit gerade zwei Stunden in der Stadt, überwältigt durch ihr Licht, die Sprache der Häuser, gedankenverloren. An der U-Bahn-Station bei der Blutskirche bin ich erstmals in ihre Gassen emporgestiegen. Es ist, als zeichne der Grundriss der Kirche noch heute die Explosion der Bombe nach, die hier einmal die Kutsche des Zaren zerfetzte. Diese Stadt hat immer durch die bizarrsten Superlative Europas auf sich aufmerksam gemacht: durch das romantischste Duell, das aberwitzigste Attentat, den kältesten Mord, die edelste Liebe, den größten Faulpelz, den teuflischsten Heiligen: einen heiligen Teufel, eine höllische Revolution et cetera et cetera.

Warum? Weil sie so abgelegen liegt? Weil sie die jüngste und ungezogenste unserer Städte war? Unsinn. Aber kann Ellen mir das vielleicht erklären? Sie kaut an den Fingernägeln und schüttelt den Kopf. Wir sind auf einer Brücke stehen geblieben. Unter uns spiegelt sich die rosafarbene Nacht im Wasser. Mag ich noch auf einen Kaffee zu ihr in die Wohnung kommen? Sie liegt ganz in der Nähe, die Ulica Gogola, nur zwei, drei Häuser neben der Hausnummer siebzehn, wo Gogol selber wohnte. Der Hinterhof ist düster, das Treppenhaus schwarz. Sie fürchtet sich vor dem alten Haus, in dessen Mauern Geister aus über hundertfünfzig Jahren nisten, sagt sie, als sie die Tür entriegelt.

Eine alte Mitbewohnerin steckt den Kopf in den voll gestellten Flur. Ellen öffnet ihr Zimmer, schaltet den Fernseher so selbstverständlich wie eine Lampe an, zieht die Vorhänge zu und verschwindet in der Küche, um einen Mokka aufzubrühen. Das Zimmer ist leer bis auf eine Matratze auf dem Boden, einen wackligen Stuhl, den Fernseher, einen Globus in der Ecke, eine offene Plastiktasche, kanariengelbe Tapeten. Eine Bibel liegt neben der Matratze.

Ich schaue durch die Vorhänge in das Blau der Straße hinunter, als Ellen mit dem Kaffee zurückkommt. Sie zieht die Augenbrauen hoch. Sie war einmal ein Vogel, glaubt sie, sie will immer noch fliegen. Ihrer Stimme nach muss sie ein Vögelchen gewesen sein. Wir verabreden uns für den Vormittag zum Gottesdienst im Alexander-Newski-Kloster.

Ein Meer an Gesang umspült mich dort am nächsten Morgen. Ellen ist nicht gekommen. Dicht an dicht umdrängt mich hier noch in der Erinnerung eine Menge von Menschen, die wie Könige singen und wie Bettler gekleidet sind. Das Gold der Ikonen, der Weihrauch, das Knistern der Kerzen, es ist zum Ohnmächtigwerden.

In einem Seitenschiff werde ich wie auf einer Welle plötzlich vor eine tote alte Frau getragen, die dort in Blumen mitten unter der Gemeinde aufgebahrt liegt, mitten in der Menge. Unter dem Kopftuch ist ihr für diesen letzten Gottesdienst eine Siegesbinde aus Papier mit dem Auferstandenen um die Stirn gewickelt worden. Eine Frau an ihrem Kopfende jagt nachlässig zwei Fliegen weg.

Draußen im Klostergarten liegt das Grab Dostojewskis an einer Mauer. Nach den vielen tausend Seiten, die er geschrieben hatte, hat er sich dort unter dem 24. Vers des 12. Kapitels des Johannes-Evangeliums in die Erde senken lassen. Ich mustere die breite Stirn seiner Bronzebüste, unter der er so oft seine „heilige Krankheit" pochen fühlte, seine Süchte, die Furcht erregende Leidenschaft, mit der er durch das Leben ging. Was hat dieser Spieler gewonnen? Licht flimmert durch die Birken in den Schatten des Friedhofs. Am Tor steht Ellen und wartet auf mich. Gerade steckt sie das Kopftuch ein, mit dem sie sich in der Kirche die Haare zusammengebunden hatte.

Jetzt muss sie zur Arbeit, auch am Sonntag. Ohne sich umzudrehen, verschwindet sie vor mir auf dem belebten Boulevard, der mehrere Quartiere der vornehmsten Teile der Weltliteratur durchzieht. Ich muss an Guilietta Masina denken, als ich ihr auf dem Newski Prospekt langsam folge – an La Strada – und an die Uniformknöpfe auf der Jacke von Joseph Brodskys Vater, die in den Augen des Sohnes immer zwei Lichterketten auf der Newa glichen, als ich den Litejnyj Prospekt kreuze. Da drüben ist er mit seinen Eltern in der Eineinhalb-Zimmer-Wohnung groß geworden, im ersten Stock.

Wo die Dzerzinskogo-Straße den Gribojedova-Kanal kreuzt, schaue ich zu einem lila Adelspalast hoch. Der Putz blättert ab. Das Haus scheint völlig leer. Aber hat sich nicht gerade da oben eine Gardine bewegt? Ein Mann in einem verschlissenen

Morgenmantel schaut gelangweilt zu mir herab. Hier an diesen Ecken hat die Gegenwart schon vor über hundert Jahren begonnen.

Als ich in die Grazdanskaja-Straße einbiege, läuft mich ein grübelnder Student fast um, der einen Arm an seinen Mantel preßt. *„Sorry, Sir, can I help you"*, fragt mich amüsiert ein bärtiger Passant mit Oxford-Akzent, weil ich auf der Straße stehen geblieben bin. Mein Mund muss offen gestanden haben.

Alexej ist Lehrer, wie sein Freund Grigori neben ihm. Beide sind ein wenig erzählsüchtig, es ist ein Vergnügen, mit ihnen ins Gespräch zu kommen. Doch ich frage mich, was sie bloß ihren Schülern erzählen mögen, zum Beispiel zu ihrem Regierungschef. „Ich mag ihn nicht", Alexej schüttelt sich, „ich mag sein Gesicht nicht, ich mag seine Manieren nicht. Er redet ein miserables Russisch. Er regiert uns wie ein betrunkener Autofahrer." Die beiden hingegen sind völlig nüchtern und haben perfekte Manieren.

Weil es zu regnen begonnen hat, haben wir uns in einen Hauseingang zurückgezogen. Es könnte in keinem Café gemütlicher sein, von denen es hier sowieso keins gibt. Gregori kennt Wictor Kriwulin aus dem Fernsehen, und Alexej ist ihm sogar neulich auf einer Reise nach Moskau im Zugabteil begegnet. „Ja, das ist ein echter Mann, aber dieser Gorbatschow!" Jetzt ziehen beide eine Grimasse. „Er hat alle getäuscht, aber uns täuscht er nicht mehr. Die siebzig Jahre haben – wirklich – einen neuen Menschen geschaffen", Grigori lächelt aufs Feinste, „das sind wir! Uns kann keiner mehr täuschen. Das hier ist das Ende. Neuerdings machen bei uns schon zwanzigjährige Männer sechzigjährigen Touristinnen Heiratsanträge. Hauptsache weg! Das ist das Ende, das ist das Nichts."

„Die einzige Rettung für uns ist der Zusammenbruch", klärt Alexej mich weiter treuherzig auf und öffnet zischend seine Hände, „der rote Knopf! Aber selbst den will Gorbatschow ja jetzt nicht mal mehr drücken!" Sie sehen beide wie vierzig aus und lachen, denn das hören sie, die gerade erst dreißig geworden sind, gern. Liebenswürdigere Radikale hat die Welt noch nicht gesehen.

In den Hinterhof ist ein unvorstellbarer Haufen Schutt und Müll gekippt worden. Moos und Gras wuchern auf dem gegenüberliegenden Balkon. Ein dicker alter Mann schimpft mit einem Mädchen. Ich schaue auf die abgeklemmten Scheibenwischer der geparkten Autos. Überall werden hier die Scheibenwischer beim Parken abgeklemmt und mitgenommen. Dieses Volk ist verrückt geworden.

Helena Schwartz ist eine Freundin Wictor Kriwulins und selbst eine Dichterin. In der Wohnung von Freunden an der Fontanka, wo wir uns treffen, bleibt die Zeit stehen bei beschämender Gastfreundschaft. Es gibt Kartoffeln, saure Sahne, Fisch, Tee, Wodka, alles, was es zu kaufen gibt, ist auf den Tisch gekommen. Irgendwo in der Wohnung schreit ein Kind und wird beruhigt.

Helena raucht Kette während des Essens. Nur die Dichter, denkt sie, könnten die Welt erlösen, und scheint sehr nervös, weil es ihnen vielleicht doch nicht mehr gelingen mag. Helena, kein einziges Lächeln kommt über ihr Gesicht. Nach den Strömen von Blut in diesem Jahrhundert mag sie sich keine Freude mehr erlauben.

Ihr Freund Michael, ein jüdischer Journalist mit persischen Gesichtszügen, hat den Kopf in die Hände gestützt und schaut sie von der Seite an. Woran sie glauben, habe ich nicht herausgefunden. Ich weiß überhaupt nicht, wer hier an welche Verheißung glaubt, aber an der Apokalypse halten sich so gut wie alle fest. Auch für Helena steht die Endzeit unmittelbar bevor. Jedenfalls sagt ihr allein der Blutschwamm auf der Stirn Gorbatschows mehr als genug. Jetzt ist eine alte Ikone entdeckt worden, wo der Antichrist als Kleinkind auf dem Schoß der großen Hure Babylon dem Generalsekretär der KPdSU wie aus dem Gesicht geschnitten gleicht.

Ein rostiger alter Reaktor tickt vor den Toren der Stadt. Alle warten auf irgendeine Katastrophe. Andere warten darauf, dass Lenin endlich aus dem Mausoleum geholt und ordentlich begraben wird, am besten mit einem Pflock durchs Herz. Die Stadt fiebert. Jetzt löst sie sich an vielen Winkeln in ihre Bestandteile auf. Sie zerfällt in Schutt. Hinterhöfe quillen durch Torbögen auf die Straße. Riesige Pfützen versperren den Weg.

Doch wo sonst sind die Tage und Nächte im Sommer so ungeschieden wie angehaltener Atem, die Stunden in einer solchen Endloserwartung? Ich werfe Steinchen gegen Ellens Fenster, aber sie öffnet nicht. Von der gegenüberliegenden Straßenseite sehe ich einen Mann hinter den gelben Vorhängen auf und ab gehen und werde augenblicklich lächerlich eifersüchtig. Hab ich sie da nicht gerade leise lachen gehört? Hinter mir?

Da steht sie und spielt mit ihrem Zopf, den Kopf auf die Seite gelegt. Ich habe mich im Fenster geirrt. „Kommst du mit?", fragt sie. Beim Gehen fühle ich ein Parfümfläschchen zwischen meinen Fingern in der Manteltasche, eine alte Gratisprobe aus meiner Drogerie, und reiche sie galant meiner jungen Begleiterin. Ellen schaut hin, öffnet das Fläschchen, riecht einmal daran und gibt mir die Glasperle zurück: „Danke, ich nehme nur Armani". Sie kneift die Augen noch nicht einmal spöttisch zusammen. Ich darf sie aber zu einem Kaffee einladen.

In dem Café auf dem Newski Prospekt, Hausnummer achtzehn, wechselt am Nebentisch ein leichenblasser Mann mit Kraushaar ein paar wortkarge Sätze mit einem Franzosen. Seine vollen Lippen sind fast weiß, so hält er sie zusammengekniffen. „Sie brauchen eine Reise für ihre Gesundheit", sagt ihm gerade der Franzose kalt. Ihr Leben, sagt Ellen, kommt ihr vor wie ein Buch, in dem sie immer wieder in den letzten Seiten zu blättern versucht. Wir verabreden uns für später, Ecke Newski Gribojedova; Ellen wird ihre weiße Bluse tragen, damit ich sie leichter entdecken kann. Ich werde ihr von dem Dichter Kriwulin erzählen, den ich heute endlich treffe.

Wictor Kriwulin wohnt an der Peripherie der Stadt, etwa da, wo im Krieg der Zangenangriff der deutschen Front verlief, aber ich sehe ihn erstmals im Haus des Schriftstellerverbandes in der Voinova Ulica neben dem KGB-Hauptquartier, wo er so oft verhört worden ist. Vielleicht hat man ihn immer wieder laufen lassen, weil er kaum gehen kann; eine frühe Kinderlähmung hat ihn als Krüppel ins Leben entlassen. Jedenfalls ist er geblieben, von wo Brodsky verjagt wurde, in ihrer gemeinsamen Stadt, in ihrer Sprache, in ihrer Poesie.

„Wen mögen sie lieber, Kriwulin oder Brodsky", werde ich wie nach einem Passwort an der Tür von einer jungen blonden Frau gefragt. „Kriwulin", sage ich selbstverständlich über den Mann, von dem ich kaum eine Zeile und auch kein Foto kenne und doch schon so oft habe erzählen hören.

Die Losung öffnet alle Türen. „Als ich das erste Mal hier ankam, sah ich um alle Häuserecken Engel am Himmel fliegen", sagt meine Begleiterin, als sie mich die Treppen hochführt. Ich sehe von jetzt an aber vor allem Frauen den Dichter mit glühenden Blicken anhimmeln und umflattern, der vor Jahren einmal als lyrischer Protagonist einer russisch-christlichen Renaissance im Westen bekannt geworden ist, vor allem in Frankreich.

Er ist eine bezaubernde Gestalt. Sein pechschwarzer Bart, das Ungekämmte seines Wesens, seine hellwachen Augen, das Flügelschlagende seiner Bewegungen nehmen auch mich vom ersten Moment an in Bann, als ich ihn am Billardtisch erblicke.

Im Haus des Schriftstellerverbandes ist jeder Raum einem anderen vergessenen Palast entliehen, mit den vorrevolutionären Seidentapeten an allen Wänden und einem märchenhaften Blick auf die Newa vom Salon aus, wo sich gerade fünf Literaten betrinken. Sogar ein komplettes Rokoko-Theater hatte der adlige Vorbesitzer in dieses Stadtpalais einbauen lassen, in dem es jetzt nach einer erkalteten Kantine riecht. Wie viele Seelen mögen hier wohl am Spieltisch verschachert worden sein?

Jetzt zeigt mir die Nachkommin einer alten Petersburger Familie das Haus, als würde es ihr gehören. Sie ist Malerin und kichert in einem fort, auf Französisch natürlich, weil die Revolution ihr erlaubt hat, hier weiter im letzten Jahrhundert zu leben.

Ich erzähle Wictor meinen Eindruck von dem Theaterhaften der Stadt und den Kulissen unzähliger Dramen, die ich auf dieser Bühne finde. „Ja", sagt er sanft und reibt die Spitze seines Queues mit frischer Kreide ein, „in diesem Raum zum Beispiel wurde Anna Achmatowa aus dem Schriftstellerverband ausgestoßen." Danach durfte die größte Dichterin der Sowjetunion als "Nonne und Hure" geschmäht werden.

Victors Vater war General. Seinen Bruder schickte die Mutter vierzehnjährig zu den Soldaten an die Front, damit er nicht in der Leningrader Blockade verhungerte. Er selbst wurde bei Kriegsende geboren. „Jetzt ist die christliche Renaissance in Russland schon wieder zu Ende", erzählt er nüchtern im Taxi. „Das alte Regime war gut für uns. Aber jetzt? Jetzt schmücken sich unsere Nazis mit dem, wofür wir uns haben verprügeln lassen. Denn wir sind die Freiheit nicht gewohnt, wir hatten sie noch nie. Auch die Kirche ist die Freiheit nicht gewohnt, sie ist jetzt so ratlos wie noch nie." Er verzieht die Lippen: „Niemand ist der Freiheit gewachsen."

Er lacht auf die Frage, ob die manchmal so schlackenlose Reinheit der russischen Literatur nicht vor allem als eine Antwort auf die sagenhafte Schlampigkeit der russischen Seele begriffen werden müsste. Er ist auch von der Reinheit der russischen Literatur nicht so überzeugt. „Für Kundera zum Beispiel gibt es eine Linie von Dostojewskij bis zu den Panzern auf dem Wenzelsplatz."

Seine winzige Wohnung aber gibt meiner These dennoch recht. Sie ist aufgeräumt wie ein umgekippter Aschenbecher und vollgestellt wie ein Möbellager. Hierhin haben sich heute Abend zwei weitere Dichter aus Moskau eingeladen, in die Küche besonders, den winzigsten Raum. Neue Frauen sind dazu gekommen, von denen eine mit einem schmutzigen nassen Lappen kurz über den Tisch wischt, um Cognac, Fisch, Tee und Kuchen in die Mitte zu stellen. Der Fernseher läuft, das Telefon läutet ununterbrochen, keiner stellt im Nebenzimmer die Opernarien im Radio ab. Eine Dichterlesung in Dostojewskigrad. Die Dissidenten-Dichter aus der Hauptstadt übertreffen sich in ihrem Ernst. Sie haben sich in ihre Vergangenheit wie in eine Toga gehüllt; Slawa hat als „Parasit" eine psychiatrische Spezialbehandlung und Igor als „Drohne" den normalen GULag hinter sich. Was mögen sie nicht alles durchgemacht haben! Ihre Elegien wollen jedenfalls kein Ende nehmen, ihr Pathos könnte einem die Tränen in die Augen treiben.

Victor hat nichts Vergleichbares hinter sich – von den wahrscheinlich haarsträubenden Abenteuern mit dem unüberschaubaren Kreis seiner Verehrerinnen einmal abgesehen. Dennoch drängen nun alle auch ihn zu einem Vortrag, besonders ihn. Schließlich setzt er sich auf die Armlehne der Couch und leiert in einer Minute eins seiner kleinen Meisterwerke herunter. Da erkenne endgültig auch ich den wahren Dichter in ihm, den größten unter ihnen, der sich so sehr schämt, wo alle anderen schamlos sind. Er ist noch ganz rot, als er schon wieder ein Glas in der Hand hat. – Und dann holt der Dichterfürst schnell die Karten aus der Schublade, mischt sie, gießt die Gläser nach und teilt aus. Das war's. Die Nacht geht unter im Kartenspiel. Victor gewinnt in einem fort.

Das letzte Mal sehe ich ihn, als er mich zu der Brücke bringt, wo ich verabredet bin. – *Tempi passati.* Jetzt sind seine Untergrundgedichte längst verramscht worden, zusammen mit denen der Achmatowa; keiner ist mehr an Lyrik interessiert. Das Schriftstellerhaus ist abgebrannt. Fahrlässigkeit, Brandstiftung? Keiner weiß es. Am Schluss war es ein Zentrum der äußersten Rechten geworden, ein Verschwörungswinkel der Brandstifter. In Zeitungsannoncen bieten Veteranen aus Afghanistan ganz offen ihre mörderischen Dienste an. Auf diesem Sektor funktioniert die Marktwirtschaft schon tadellos.

Gestern gab es in der Innenstadt ein kleines Massaker mit Maschinenpistolen und zehn Toten – anlässlich eines Auffahrunfalls. Mafiosi aus dem Kaukasus lümmeln um das frisch renovierte und schon wieder frisch heruntergekommene Hotel „Astoria". In diesem Haus wollte Hitler einmal die Eroberung der Stadt feiern; die Einladungskarten hatte er schon drucken lassen. Hierhin kam er nie, über den Stadtrand kam er nicht hinaus.

Und nun haben die alten Adligen plötzlich Fax- und Internet-Anschlüsse (wo man vor fünf Jahren für normale Photokopien noch amtliche Genehmigungen mit vier, fünf Stempeln brauchte) und fordern sich wieder zu Duellen auf. Sowjetistan ist zerbrochen. Aus einem siebzig Jahre langen Tunnel ist darunter das alte russische Imperium wieder hervorgekrochen und blinzelt in die Sonne wie ein Bär nach dem Winterschlaf. Himmel und Erde – und auch die Hölle! – haben sich wieder aufgetan. Darüber hat auch die Stadt ihren Namen abgestreift wie eine alte Haut. Aufnimmerwiedersehn Petrograd, Leningrad – adieu, Dostojewskigrad! Guten Morgen, St. Petersburg! Jetzt schieben sich die Welten, die hier einmal auseinander gebrochen waren, ächzend und krachend in- und übereinander. Alles hat sich geändert.

Und doch: Auch in diesem Frühjahr macht das Kirow-Theater wieder mit Aufsehen erregenden Produktionen von sich reden. Und auch jetzt warten in der herrlichen Stadt im Newa-Delta wieder alle auf den letzten großen Bürgerkrieg – bald, bald! – wie damals, und lauschen weiter dem Ticken des Reaktors und dem Wiehern der Pferde der apokalyptischen Reiter vor der Stadt.

Mir aber geht die Stadt jetzt vor allem mit den blitzenden Augen Victors nicht mehr aus dem Sinn – und mit dem Gesichtchen Ellens. Doch Ellen? In der Ulica Gogola hat kein

Mensch sie heute je gesehen. Nein, tut mir leid, auch nie gehört. Wie soll sie ausgesehen haben? Ein Gesichtchen; was meinen Sie damit? – Und Victor? Er soll schwer krank sein, erzählt mir einer seiner Freunde. Wo er ist, weiß er nicht. Unter seinen immer wechselnden Adressen ist er nur schwer zu erreichen, eigentlich gar nicht. Einmal habe ich ihn jetzt noch im Fernsehen gesehen, aber nicht verstanden, was er da sagt.

Damals, als er mich zu der Brücke bringt, an der ich verabredet bin, lacht Victor in meiner Erinnerung, aber auch jetzt noch einmal nur mit den Augen, bevor er sich umdreht und in den abendlichen Menschenmassen des Newskij Prospekts verschwindet: ein tanzendes, taumelndes Bündel, mit wirbelndem Stock und Scherenschnittbewegungen, der immer stürzt und doch nie fällt.

„Gehört mir die erinnerung?", endet eins seiner Stücke, „gehört sie einem skythen / der an meiner stelle all dies sah / und es zum größten teil vergaß / als er die schwarzen hände vom geländer löste?"

Ich lehne am Geländer und warte auf Ellen. Jetzt steht die Sonne über dem Horizont fast im Norden und blendet ungeheuerlich. Die Stadt ist schwarz vor Menschen. Ein Gedränge wie auf der Fifth Avenue schiebt sich über die Bürgersteige der Boulevards. Ich schaue den Frauen nach und studiere ihre rasierten Achselhöhlen; ich warte auf Ellen und sehe zehn, zwanzig, hundert, tausend weiße Blusen.

Valeriu

(München / New York 1992)

„Aschkenas“ hieß Deutschland im Mittelalter auf Hebräisch. Spanien hieß „Sefarad“. Es waren die neuen gelobten Länder der Juden, nachdem Jerusalem an Rom gefallen war. Davor und danach hatten sie – seit Abraham schon – auf ihrer Wanderung durch die Geschichte die Sprachen aller Völker gelernt, unter denen sie sich jemals niederließen. Aus diesen beiden Ländern aber haben sie – wie aus Israel – später auch die fremde Sprache selbst mitgenommen, als sie von dort wieder aufbrachen oder erneut vertrieben wurden.

Seitdem hat das Judentum vier eigene Sprachen: aus Israel und Palästina Hebräisch und Aramäisch, in denen zum Beispiel die Bibel und der Talmud verfasst wurden, aus dem hochmittelalterlichen Deutschland das Jiddisch, in dem etwa Isaac B. Singer aus Warschau sein Meisterwerk schuf, und aus dem spätmittelalterlichen Spanien das Ladino, wie es Spinoza in Amsterdam oder die Canettis in der Bukowina sprachen – oder wie es in den sephardischen Gemeinden Istanbuls oder Salonikis noch heute gesprochen wird.

Bukarest, das ehemalige „Paris des Balkans“, lag auf einer innerjüdischen Kulturscheide der aschkenasischen und sephardischen Emigranten- und Vertriebenenströme Alteuropas. Hier gab es die im Mittelmeerraum nördlichste sephardische Gemeinde. Doch die meisten Juden Bukarests waren Aschkenasen, die es irgendwann einmal aus den Gebieten Polens, Russlands oder Litauens hierhin verschlagen hatte.

Auch die Marcus waren Aschkenasen. Die Familie war aus Galizien auf einem allmählichen Weg in die Assimilation hierhin eingewandert. Über drei Generationen lässt sich dieser Weg bei den Marcus allein schon an den männlichen Vornamen und

Berufen ablesen. Der Großvater Baruch hatte sich, nachdem er aus Galizien ausgewandert war, noch als Schneider in Issy in Moldawien niedergelassen. Der Vater Samuel arbeitete schon als Diplomingenieur für eine deutsche Firma in Bukarest und gab seinem ersten Sohn den ganz und gar rumänischen Vornamen Valeriu. Damals, um die Jahrhundertwende, hatte gerade eine gegen die slawischen und griechischen Nachbarn gerichtete nationalistische Re-Romanisierung das Land erfasst.

Die Eltern erziehen Valeriu schon von Kind an zweisprachig: rumänisch-deutsch, nicht rumänisch-jiddisch. Und sein Judentum? – „Mich bindet", schreibt er später, „nur das Beschneidungsmesser an den ewigen Wanderer. Ich hätte es aus der Hand schlagen sollen!"

Aber wir greifen vor – wozu seine Biographie jedoch immer wieder verleitet. Sein Leben huscht durch die Seiten unseres Jahrhunderts wie der Stift eines Stenogramms. Jung und ruhelos wie Rimbaud durchkreuzt er Europa, aber in unvergleichlich gefährlicherer Mission. Mit zehn Jahren wird er in ein Wiener Internat gesteckt. Sechs Jahre später schickt ihn die Polizei zurück zu seinen Eltern, weil er städtische Wände mit Losungen des Kriegsgegners bemalt hat. Da hat er aber zuvor schon – mit vierzehn Jahren! – den vierunddreißigjährigen Leo Trotzki kennen gelernt und auf sich aufmerksam gemacht.

Nun schickt ihn die Familie nach Zürich, dort soll er das Abitur machen. Doch Marcu macht in Zürich nicht das Abitur, sondern eine revolutionäre Karriere. Mit siebzehn Jahren veröffentlicht er seinen ersten Aufsatz und freundet sich an der Limmat nicht nur mit den exilierten Revolutionären aller Welt an, sondern vor allem mit Lenin, der an dem unsteten Gymnasiasten einen wahren Narren gefressen hat.

Der Junge, „von dem niemand genau wusste, woher er kam und wer ihn zu uns gebracht hatte", verblüfft und bezaubert jeden, dem er begegnet. „Wir glaubten schon fixe Kerle zu sein", erinnert sich später Willi Münzenberg, „aber Marcu überraschte uns alle durch seine Lebendigkeit und durch die Schnelligkeit, mit der er Probleme erfasste und löste."

Lenin schickte ihn mit geheimen Botschaften als Kurier zu Trotzki nach Paris und über Skandinavien nach Petersburg. Dort wird er verhaftet und wieder nach Bukarest – in die nächste Haft – abgeschoben. So geht es weiter. Das Abitur muss warten. Stattdessen sehen wir ihn weiter schreiben, immer wieder in Haft und – immer noch im Ersten Weltkrieg – an fast allen explosiven Brennpunkten des Kontinents: mit neunzehn Jahren in Bukarest an der Abfassung eines revolutionären Manifests, danach in einem deutschen Straflager in Rastatt, 1919 mit zwanzig an der Seite Belá Kuns in den Kämpfen in Ungarn, im November des gleichen Jahres bei einem Geheimtreffen des Komintern-Sekretariats in Frankfurt am Main, 1920 in Haft in Berlin-Moabit. Er fährt durch Europa wie andere Leute mit dem Finger über die Landkarte.

Im März 1921 – mit 22 Jahren – bricht er mit der Komintern, als ihm gewahr wird, wohin die Revolution steuert, und reist gleichwohl in die junge Sowjetunion, wo er noch einmal Lenin und Trotzki trifft. Im gleichen Sommer wird er vom Exekutivkomitee der Internationale ausgeschlossen. Mit zweiundzwanzig Jahren steht er also plötzlich ohne Beruf, ohne Mittel, ohne Genossen und ohne politische und geographische Heimat da; eine Rückkehr nach Rumänien ist dem notorischen Kommunisten und Aufrührer versperrt. Er hat nur das Denken, das Reisen und Schreiben gelernt.

Mit 24 Jahren beschreibt er 1923 den Münchener Putsch Hitlers als „düstere Perspektive einer kommenden, ungeheuren, blutigen Zeit". Stalin kann ihm da erst recht nichts mehr vormachen. So wird der „Trotzkist" schon bald von seinen alten linken Freunden noch heftiger befehdet als von seinen rechten Feinden. Daran soll sich nie mehr etwas ändern, wie wir noch sehen werden. – Ihm sind die Augen aufgegangen. Aber auch mit offenen Augen träumt er noch weiter: jetzt von einer

„konservativen Revolution“ gegen die Faschisten von links und rechts. „Freiheit ist ein aristokratischer Begriff“, notiert er 1934, „er kann nur von einer Minderheit verteidigt werden“, da die große Menge sich immer „mit der Sklaverei versöhnen wird.“ Wenn einer jedenfalls keiner jener zahllosen Intellektuellen war, die am Ende dieses Jahrhunderts alle miteinander wie blöd dastehen, dann war es Marcu.

Damals schreibt er sich vollends frei. Die Kritik feiert, die alten Genossen schmähen ihn. Doch sein Talent zur Freundschaft umgibt ihn weiter wie eine strahlende Aura. Sein Charme und sein Witz sind unwiderstehlich. In Berlin heiratet der lebensverliebte Lebemann Eva Gerson, die Tochter eines Bankiers.

Er ist bald ein Erfolgsautor, der in den besten Häusern Berlins verkehrt, dem Männer wie der Reichskanzler Brüning und der Dichter Ernst Jünger – dem er erstmals in einem Kreis um einen gewissen Dr. Goebbels in der Heilbronner Straße begegnet – ihre Aufwartung machen, und von dem Klaus Mann sagt, dass er „der einzige Literat meiner Bekanntschaft ist, der Umgang mit so un-, ja anti-literarischen Herren pflegt.“

Mit 28 Jahren erwirbt er die preußische Staatsbürgerschaft und nennt bald eine riesige Bibliothek und eine schöne Villa am Wannsee sein eigen. „Wissen möchte ich“, sagt er allerdings damals schon auf einem Spaziergang zu Ernst Jünger, während er mit seiner Hand auf einige Villen entlang ihres Weges deutet, „wer in zehn Jahren darin wohnt. Andere als heut bestimmt.“

Nach der Machtergreifung Hitlers zögert er nicht, mit Frau und Kind die Metropole Berlin und Deutschland sofort zu verlassen. Im August 1933 schreibt er in einem Brief aus Südfrankreich, dass er gerade eine kurze Arbeit über Spanien verfertige. Das Material dazu habe er „in der Nachbarschaft gefunden. Ich projektiere eine gegenwärtige Angelegenheit in das XV. Jahrhundert. Bis Ende Oktober bleibe ich da und bin bis dahin fertig.“ Er ist jetzt vierunddreißig und lebt in dem Flecken Franqui Plage vor der spanischen Grenze. – Seine zwölf Bücher sowie die zahllosen Artikel, mit denen er den Lauf der Zeit kommentierte, sollen hier nicht mehr aufgezählt werden.

Dieses „Judenbuch“ indes, wie er es nennt, müssen wir heute noch einmal lesen. Die knapp hundertdreißig Typoskriptseiten haben den Titel „Die Vertreibung der Juden aus Spanien“ und erzählen genau diese Geschichte: nämlich die Vertreibung der Hebräer aus Sefarad vor fünfhundert Jahren. Das Buch ist ein Meisterwerk aus dem Koffer, in dem damals der Aschkenase auf der Flucht – der selbst vergessen wollte, dass er einer war – zum Chronisten der älteren Vertreibung der Sepharden wurde, die lieber alles verlassen wollten, als ihr Judentum preiszugeben. Nacherzählen lässt sich das leidenschaftliche Buch nicht. Aber vielleicht lassen sich einige Sätze und Absätze daraus hier noch einmal neu zu einem gröberen Mosaik anordnen. Vielleicht so[1]:

Judäa war eine unbedeutende Provinz. Eigene, staatliche Unabhängigkeit genoss das Land nicht länger als ein halbes Jahrhundert unter David und Salomo. Doch will man von weltgeschichtlicher Tragweite sprechen, dann ist bis zur Moderne nichts bedeutender als die religiöse Genialität der Juden gewesen, die den Kontinenten die Gerichts-, Lehr- und Prophetenbücher geschenkt hat. Nachdem aber ihre staatliche Existenz durch das Ringen gegen Rom zertrümmert war, verschließen sie sich aller Neugier und schreiben zehn Jahrhunderte lang, seit ihrer Vertreibung aus Palästina, keine Chronik. Überall auf der Welt zu finden, nehmen die Juden von der Welt keine Notiz.

[1] Der folgende Abschnitt ist bis zur Seite 229 einschließlich eine exzerpierte Zusammenfassung des Buches „Die Vertreibung der Juden aus Spanien“ von Valeriu Marcu aus dem Jahr 1934 aus dem Querido-Verlag in Amsterdam, wie es im Jahr 1991 noch einmal als Reprint bei Matthes und Seitz in München erschienen ist.

Während dieser Zeit bauen sie sich eine eigene Realität auf. Die geistigen Fundamente des Judentums wurden nicht in der Heimat, sondern in der Emigration gelegt. Auf den Bänken der Synagogen häkeln sie, Gedanken mit Gedanken verbindend, den Talmud. Wie eine Totenmaske das Gesicht, so gibt der Talmud Geist und Gestalt der Juden wieder. Aus dem Talmud spricht keine Jenseitigkeit. Der Talmud forscht nicht nach dem Kampf zwischen Materie und Idee. Er ist nie berauscht und nie verzagt. Ursprünglich nur als Stoffsammlung der Schulen gedacht, regelt er schließlich das Leben der Frommen und Halbfrommen, von Mitternacht zu Mitternacht, von der Geburt bis zum Tod. Im Talmud ist der Abguss jeder wirtschaftlichen Phase aus der Diaspora zu finden.

Die Rabbiner können aus Belesenheit jedes Geldleihproblem lösen. Aus dem Talmud spricht eine genaue Kenntnis der Edelmetalle, eine genaue Kenntnis der Kreditarten, eine genaue Kenntnis der Darlehensverträge und eine große rechnerische Begabung. Nach dem Talmud ist Unwissenheit eine Todsünde. Kein Gebet kann von ihr befreien, kein Gebet ersetzt das Alphabet. – Es war ein strenger Gott, dem die Juden die Treue hielten. Ein Gott, der sie in der ganzen Welt schutzlos verstreute, der sie im dreizehnten Jahrhundert aus England, im vierzehnten aus Frankreich, im fünfzehnten aus Spanien und während dieser ganzen Zeit aus Deutschland herauspeitschen ließ. Ein Gott mit sechzehn dicken Büchern voller strenger Vorschriften.

Als die Juden Mitteleuropas beschuldigt wurden, nach Talmudrezepten den Rhein und die Donau samt allen Nebenflüssen verpestet zu haben, und man sie vor die Frage stellte: Taufe oder Tod, warteten sie gar nicht erst ab, gerichtet zu werden, sondern verübten tausendfach Selbstmord. – Die Hebräer Mittel- und Westeuropas waren vom Leben außerhalb des Judentums so abgeschlossen, dass ihnen der Versuch einer Existenz ohne ihr Ritual unmöglich erschien.

Anders in Spanien. Hier fand sich das älteste sicherste und

größte Judentum Europas. Im Ringen gegen die Muselmanen hatten sich die christlichen Könige stets ihrer bedient. Die Sehnsucht dieses Nomadenvolkes, die Sesshaftigkeit, schien hier verwirklicht. Gerade als in Mittel- und Westeuropa die Ghettos dem Erdboden gleichgemacht wurden, lud König Jakob von Aragón die Juden ein, sich in Mallorca, Katalonien und Valencia niederzulassen. Der König besiedelte sogar die den Mauren entrissenen Gebiete mit Juden und schenkte ihnen deren Obstgärten, Weinberge und Häuser. Im fünfzehnten Jahrhundert lebte in Spanien die damals zahlreichste Judenschaft Europas.

In Spanien vermag sich auch am konkretesten der Geist ihrer Religiosität zu offenbaren. Die Blüte der katholischen Orthodoxie geht in die Wüste, um Gott zu dienen, während die jüdische zum selben Zweck die Staatsrenten verwaltet. Die Juderien verwandelten sich mit der Zeit förmlich in Bankinstitute der Monarchen. So vergaßen die Juden in Spanien ihre Tage der Bedrängnis.

Auch die glänzenden Universitäten der Kalifen von Cordoba und Toledo wirkten unter christlicher Herrschaft – von Juden geleitet – weiter. Sie sind auch unter den ersten, die kastilisch dichten; sie stehen an der Wiege des Spanischen, sie gestalten es aus einer Mundart zu einer Sprache. Die Wissenschaft ist förmlich ihr Monopol. Ihnen gehört in ganz Spanien die ärztliche Kunst. Alle Hausärzte der Granden, Könige und Erzbischöfe sind Juden.

Unter dieser Schicht, teils begüterter, teils weltlich gebildeter Juden, hatte sich unter arabischer Herrschaft eine Bewegung gegen den Talmud geltend gemacht. Denn es konnte immer noch geschehen, dass Juden, denen alle Staatsstellen offen standen, nicht in denselben Badehäusern oder nicht als Zeugen vor christlichen Gerichten erscheinen durften. Machten Reichtum und gelehrter Zweifel viele Juden zur Assimilation geneigt, so beschleunigten solche täglichen Drangsale den Abfall vieler. Diese Gelockerten des Judentums sahen im Christentum eine

Konvention, der sie sich wie allen anderen gesellschaftlichen Formen fügen wollten.

Es war eine gefährliche Liebe. Die Getauften, von ihren mosaischen Brüdern „Fronknechte des Christentums" genannt, hießen in der spanischen Gesellschaft *Conversos* – Bekehrte. Die Conversos wurden Mode. – Einer Gesellschaft ohne Bekehrten fehlte der Glanz der Neuheit. Eine Zeit der großen Verschmelzung brach an. Die spanische Gesellschaft, die nicht immer reichen aragonesischen und kastilischen Granden vermengten sich aufs innigste mit Konvertiten, denen bald kein Adelsnest mehr zu hoch im Gebirge lag.

Nach vier Jahrzehnten schon hatte fast jeder Aristokrat jüdische Verwandte. Die Getauften, aller Fesseln bar, im Besitz des Vollbürgerrechts, drangen nun mit Windeseile in alle Stellen ein. Zu Beginn der Inquisition beherrschen diese Hebräer die spanische Wirtschaft. Und gerade ihre ökonomische Stärke verleiht ihnen den Geruch des Fremden.

Denn das Entscheidende ist nicht die Wirtschaft, sondern wie der Mensch sich zur Wirtschaft stellt. Der Grande glaubte an die heiteren Tage des Lebens. Um diese Tage zu bestreiten, hatte er nebst anderen Privilegien das des Schlendrians. Anders der getaufte und der ungetaufte Jude. Für ihn war das Gegenteil selbstverständlich: Die Ausgaben hatten sich nach den Einnahmen zu richten! Er verachtete den Schlendrian und sah darin den gewissenlos herbeigeführten Ruin. Auch er hatte seinen Idealismus: Er wollte das Geld nicht für sich allein. Er sah, wie mit dem Geld das Land erblühte; er sah den Optimismus des Lebens im fruchtbringenden geordneten Geschäft.

Der Spanier, der von der Hand in den Mund lebte, liebte das Gold mehr als der Jude. So entsteht erst langsam, dann schneller und dann mit brausender Gewalt die Reaktion auf die neue Liebe der Hebräer zur Taufe. Denn die Neuchristen haben nicht nur neue Ämter erobert, sie haben auch ihre alten behalten. Sie bleiben weiter Armeelieferanten, Steuerpächter und Bankiers.

Konnte früher der Ritter seinen Wucherer durchprügeln, wenn der zu dringend wurde, so ist heute der Leiher selbst Grande und antwortet mit gezücktem Degen. Die Bekehrten werden plötzlich nicht mehr Conversos genannt, sondern *Marranen*, was unverblümt Niederträchtige, Verdammte heißt, „Schweine!".

Von diesen Marranen sah sich nun auch die spanische Kirche vor eine neue, unfassbare Aufgabe gestellt. In allen Ländern der Erde hatte sie Ungläubige zu Katholiken gemacht. Und durch nichts unterschieden sich diese Neubekehrten von den anderen. Die Juden aber gingen nun in der großen Gemeinschaft nicht auf. In drei Fällen sei das Wasser umsonst vergossen, konnte deshalb ein spanischer Hebräer sagen: das Flusswasser im Meer, das Wasser im Wein und das Wasser bei einer Judentaufe. – Die Juden saßen an der Tafel des Herrn, und die Speise ekelte sie.

Die römische Kirche aber hat stets auch die Juden beschützt – damit die Menschen einen heiligen Faden der Erinnerung behalten in Zeiten der immer wiederkehrenden Barbarismen, die verkünden, die Geschichte fange mit ihnen an. In den Bullen der meisten Päpste finden sich Ermahnungen und Drohungen zugunsten jenes Volkes, das seit den Tagen, an denen es am Nil hieß: „und es graute den Ägyptern vor den Kindern Israel", von allen Arten der Bitternis hat kosten müssen. – Viele Päpste waren als Judenfreunde bekannt. Die ewige Stadt war der einzige Schutzgeist der Juden im Mittelalter. Es gäbe kein Abendland mehr, wenn sie nicht auch kämpferisch gewesen wäre.

Doch in Spanien war die Kirche vom Papst und von seiner Universalität am unabhängigsten. Hier lebte sie schon im achthundertsten Jahr des Kampfes gegen die Mauren; hier hatte sie schon in dreitausendsiebenhundert Schlachten die Fahnen gegen die Ungläubigen gesegnet. Bewusste Träger der iberischen Einheit waren nicht die Ritter, sondern seit acht Jahrhunderten die Kleriker gewesen. Und Ferdinand von Aragón und Isabella von Kastilien hatten nicht nur die Granden diszipliniert, sondern auch die Kirche. Die Könige knieten vor dem Bischof, aber sie und nicht der Papst ernannten ihn zuvor. – Und nun verirrte diese spanische Kirche sich in ihre Seelenangst; sie brachte sich selbst zur Raserei. Sie zog ihr feierlichstes Gewand an und machte aus ihrer unchristlichen Wut die heiligen Gesetze des Glaubenstribunals. – Der Beichtvater der Könige war Tomàs de Torquemada. Keiner wusste besser als der Großinquisitor, wie sehr Ferdinands Herz stets nach Gold dürstete. Und die Marranen gehörten zu den Reichsten des Landes.

Der erste Ort, in dem die Inquisition erschien, war Sevilla. Beherrschte diese Stadt den ganzen Handel und Verkehr nach Portugal, der Berberei, nach Italien und nach Ägypten, so wurde sie ihrerseits ganz von getauften und ungetauften Juden beherrscht. Und nun pilgerte das Volk von Sevilla, das noch nie gesehen hatte, dass Große und Mächtige bestraft werden, in langen Prozessionen durch die Straßen, überfüllte zur Feier alle Kirchen und bekreuzigte sich in dankbarer Ergriffenheit vor der Inquisition. Binnen zwei Wochen zogen tausende Marranen fort.

Viele kamen zum Herzog von Cadiz. Er lebte als Held der Nation. Er galt als der neue Cid. Sein Name war der größte Schreck der Muselmänner; er wäre in eine Schlacht eher ohne Schwert als ohne Gebet gezogen; er stiftete der Jungfrau Maria ungezählte Altäre, er errichtete auf all seinen Gütern Kirchen, er ließ für zwanzig Millionen Maravedis Festungen bauen, die er der Königin schenkte, er hatte mit einer Handvoll Ritter eine große maurische Stadt im Gebirge erobert, er hatte nie einem Priester eine Bitte für die Armen abgeschlagen, er hatte zweiundzwanzig feindliche Fahnen erobert, er war von allen Damen geliebt, er hatte viele uneheliche Kinder und eine Jüdin zur Frau. – Die Flucht zu ihm war vergeblich. – Weitere Tausende von Marranen, vor wenigen Wochen noch die ersten Männer Sevillas, lagen bald aller Mittel beraubt in den Kellern der Klöster. Zehntausende sollen in den Verliesen der Stadt eingepfercht gewesen sein. – Schließlich erhielten die Scheinchristen Pässe und die Erlaubnis, aus Andalusien für immer auszuziehen. In den nächsten zwei Tagen schon verließen an die achttausend Bettler die Stadt am Guadalquivir. Das war der Rest der Marranen aus Sevilla.

Der Adel Aragóns war bei weitem nicht so reich wie der Andalusiens, aber hier im Norden herrschte eine von Kindheit an gebildete Liebe zur Freiheit. Dieser stolzeste, freieste, kämpferischste Adel Spaniens war ganz verjudet. Hier aber hatte sich nicht nur das Blut der Aragonesen vermengt, sondern auch der Charakter der Juden verändert. Sie waren zu allem Kampf entschlossene Ritter. Sie hatten wie die übrigen Granden dreihundert Jahre lang gegen die Mauren gefochten und schwärmten wie die Christen für abgeschlagene Mohrenköpfe.

Als in Sevilla die Inquisition zu amtieren begann, erklärten alle Würdenträger des Hofes und die Mehrheit des aragonesischen Adels mit ihnen, sie würden in Zaragoza ein ähnliches Gericht wie in Sevilla nicht zulassen. Es blieb in ganz Zaragoza nicht eine vornehme Familie, die für diesen Widerstand nicht mit Blut gezahlt hätte. Zweihundert von ihnen büßten auf dem Scheiterhaufen. Nach dem Sieg in Sevilla und Zaragoza hatte die Inquisition freie Bahn.

Der Papst wandte sich an Ferdinand und Isabella mit einer schweren Remonstration. Er erinnerte daran, dass Mitleid mit Sündern Gott wohlgefälliger sei als Strenge. Der Heilige Vater erklärte, er kenne selbst Menschen, die in Spanien verurteilt waren, die er als Märtyrer betrachtete und denen er deshalb die Absolution gegeben hätte. Die Inquisition bestritt dem Papst ganz entschieden das Recht, ihre Angeklagten von der Sünde loszusprechen und hätte ihre Richter gern gegen Rom selbst losgelassen. – Torquemada blieb noch Großinquisitor, als ihn Rom – empört über seine Verurteilungen – aus der katholischen Gemeinschaft exkommunizierte.

Inzwischen hatte der letzte Feldzug Spaniens gegen das maurische Königreich Granada im Jahr 1481 begonnen und war zu einem langsam dahin schleichenden Belagerungskrieg geworden. Dieser Krieg brachte nicht nur nichts ein, er verschlang auch alle Einnahmen des Königreiches. Isabella besteuerte nun die Kirche sehr hoch und übergab die gesamten Staatsfinanzen und Geldsorgen des Feldzuges dem jüdischen Schriftgelehrten Isaak Abravanel.

Abravanel wurde Isabellas Intimus. Er verschaffte ihr wie ein Zauberer immer wieder Geld, und in seinen Mußestunden kommentierte er weiter Thora und Talmud. So eigenartig gestaltete sich das Verhältnis der Juden zu Iberien und Iberiens zu den Juden: Am Beratungstisch ihrer Majestäten nahmen Tomàs de Torquemada und Isaak Abravanel Platz, das jüdische Geld und sein Scheiterhaufen feierlich nebeneinander. Beide waren die Seelen des Kreuzzuges, der eine mit dem Odem des Glaubens, der andere mit dem des Geldes.

Die Juden glauben immer, es könne nicht gar zu schlimm kommen. Das Volk schrie jetzt aber gegen die Juden nicht weniger als gegen die Marranen. Denn das Wort: Juden herrschen über Christen war stärker als die Beschwörungen des Papstes oder die neuen Schutzmaßnahmen der Könige. Die Mauern der Juderien grenzten ja nicht an die königlichen Paläste, die tägliche Berührung geschah mit den hassbeseelten Untertanen. Antijüdische Gesetze waren deshalb stets auch eine Konzession an die Demokratie gewesen.

Der Judenhass war vor allem ein Gefühl von unten, das die Oberen zu ihren Gunsten ins Politische übersetzten. Alles, was nach Masse riecht, hasst das ihr Ungleiche, besonders wenn es unbewaffnet ist. Duldsamkeit ist nie das Ursprüngliche; das Gegebene ist Grausamkeit auf der ganzen Front der kollektiven Gefühle. Abravanels Kollege, Tomàs de Torquemada, sorgte dafür, dass das Feuer dieses Hasses lebendig blieb.

Am frühen Morgen des 2. Januar 1492 waren endlich alle tausend Festungstürme der viel besungenen Stadt Granada von der spanischen Armee besetzt. Dieser Sieg war umso bedeutender, als die Fahne des Propheten von Byzanz her Italien bedrohte; man empfand den Einzug in Granada als Revanche für den Fall Konstantinopels.

Einen Makel indes hatte dieser Sieg für Spanien. Eine rein taktische Maßnahme der Kriegsführung störte jetzt die Begeisterung der Iberer: die Kapitulationsbedingungen! Die Stadt der Kalifen existierte nicht mehr, aber seine Einwohner wurden zu „bevorzugten Untertanen der kastilischen Krone" gemacht. Und im eroberten Granada wohnten besonders viele Juden. Granada wird seit Jahrhunderten schon in den Chroniken „Judenstadt" genannt. Dennoch: Über die Ausweisung der Juden waren sich die Sieger gegen all ihre Eide schnell einig.

Davon erfuhren die Juden und sammelten Urkunden und Geld. Die Urkunden sollten ihre tiefen Wurzeln auf iberischem Boden beweisen, das Geld das Feuer des Hasses löschen helfen. Kniend hielt Abravanel seiner Gönnerin Isabella biblisch-philologische Vorträge. Aber er hatte nicht nur die Naivität der Gelehrsamkeit, er ermaß auch, wie hoch das Geld über Hindernisse zu springen vermag. Und so brachte er Ferdinand gleich dreißigtausend Dukaten und sagte, dass diese nur ein Vorschuss seien. Ferdinand legte die Dukaten auf die Waage der Gerechtigkeit, und die Schalen schwankten; die jüdischen Sünden verloren viel von ihrer Schwere, und der König zweifelte, ob die Ausweisung der Hebräer auch weise sei.

Aber Torquemada war zur Stelle. Er öffnete die Tür des Beratungszimmers, trat mit dem Kreuz in der Hand ein und schrie mit bebender Stimme: „Judas Iskariot hat Christus für dreißig Silberlinge verraten, ihr wollt es für dreißigtausend tun. Hier, verkauft auch das Kruzifix!" Und warf das Kreuz auf den Tisch und verließ die Alhambra. Isabella – Zeugin der Szene – verfluchte ihr Schwanken. Ihr Herz lief dem zornigen Torquemada nach. Eilends wurde das bereitliegende Ausweisungsdekret unterschrieben, zwei Monate nach der Einnahme Granadas, am 31. März 1492 in der Alhambra.

Das Dekret war eine radikale Enteignungsmaßnahme. Die Juden bildeten den spanischen Mittelstand. Und binnen drei Monaten wurde er radikal vernichtet. Seine ganze Habe verschwand in räuberischen Händen, die nichts damit anzufangen wussten. – Die Juden überfluteten zum Abschied ihre Synagogen; weinten gemeinsam, klagten gemeinsam. Von dreihunderttausend ließen sich nicht mehr als eine Handvoll taufen.

Die Rabbiner und ihre Gemeinden glaubten, gerade an ihrem Leid sei die Stärke ihres Gottes zu ermessen: Sie werden bedroht, weil sie die Lieblinge des Himmels sind. Wer ist Torquemada? Was ist die Inquisition? Was waren Ägypten und Babylon? Doch nur Ruten, blinde Werkzeuge in den Händen Jahwes zur Züchtigung seines geliebten Zion. In diesem Bewusstsein haben sie jetzt einen neuen Vertrag in der Tasche. Und auf dem Siegel dieser unzerreißbaren Urkunde steht: Auserwähltes Volk.

Überfüllt fuhren die Judenschiffe ab; und jedes einzelne sollte die tiefen Abgründe der gleichgültigen oder beutegierigen Welt sehen. Papst Alexander VI. öffnete ihnen schließlich als erster Souverän die Häfen des Kirchenstaates. Erst sein Beispiel hat dann den eisernen Ring der Küsten gesprengt: Neapel, Venedig gewährten nun auch Asyl. Die Türkei öffnet ihnen weit die Tore. Bald hat Konstantinopel fünfzigtausend spanische Juden. In Holland und England ist die wandernde Judenschaft in den kommenden zwei Jahrhunderten ein Ferment des werdenden Kapitalismus. In der Neuen Welt, die im Jahr ihrer Ausweisung entdeckt wird, werden die Juden bedeutende Pionierarbeit leisten. Es scheint, als ob die Welt sich nur vergrößert hat, um ihnen Platz zu schaffen.

Doch das letzte, beneidete Refugium der Juden war nun zerstört. Das Tribunal hatte Spanien wirtschaftlich ruiniert. Denn durch ihre Entjudung hatte die Inquisition die Wirtschaft auch entnationalisiert. Bald hatte das Glaubensgericht Mauren, Hebräer, Morisken und Mohammedaner – an die eineinhalb Millionen – des Landes verwiesen: Menschen, die eine Jahrhunderte alte Bodenständigkeit hatten, um sie durch etwa dreihunderttausend Glücksritter aus den verschiedensten Ländern zu ersetzen.

Diese Fremden bauten jetzt nicht mehr wie zuvor die Juden ihre Villen in Sevilla und Barcelona, sondern in Genua. Mit Krallen raubten sie das Land aus. In diesem nun judenreinsten Land Europas feierte der Wucher Orgien. Wie die Provinz verlassen wird, wie das flache Land die Hälfte seiner Bewohner verliert, wie das Vieh ausstirbt, wie die maurischen Kanäle eintrocknen, wie die Häfen von Barcelona und Malaga einschlafen – das ist in den Berichten des nächsten Jahrhunderts nachzulesen.

Parallel zu diesem Ruin aber, vom Geist und der Frömmigkeit Torquemadas und Ximenes' getrieben, überstrahlt Spanien damals mit seinem Ruhm die Welt. Spaniens Ritter machen aus dem Globus ein iberisches Gefilde. Indien, Amerika und Afrika stecken in den spanischen Staatstaschen. Die Halbinsel besitzt alle Voraussetzungen zu einer Entwicklung ins Kapitalistische. Der spanische Mensch will aber davon nichts wissen, nicht einmal um der Weltherrschaft willen. Der Spanier geht eher betteln, als Kontorist der neuen Kontinente zu werden. Jetzt müsste er aber, um die Weltherrschaft zu behalten, in Holland, in Mexiko und am Rhein hinter dem Kontor sitzen, Frachtbriefe schreiben, Waren sortieren.

Doch vor hundertundfünfzig Jahren hat er den Teil seiner Einwohner ausgewiesen, der von Elementen dieses Geistes beseelt war. Jetzt weist er sich darum selber aus Indien, aus Holland, aus Norditalien, aus Amerika und aus dem Veltin aus. In den Kolonien trifft der Iberer seine Vertriebenen wieder und muss vor ihrem Geist kapitulieren. Zuhause zieht er das Mönchskleid an. Fünfundfünfzigtausend Dominikaner und Franziskaner füllen die Klöster von nur drei Provinzen. Die anderen Spanier, die nicht in Klöstern wohnen, tun nichts als atmen...

Das ist, in etwa, in Valeriu Marcus Worten, das Gerippe der Geschichte, der hier allerdings noch jegliches literarisches Fleisch fehlt, mit dem er im Original diese Ereignisse erst wirklich farbig und lebendig werden lässt. Im Amsterdamer Querido-Verlag, in dem es 1934 erscheint, wird das Buch nicht sehr geschätzt. Es gilt als reaktionär, auch bei den Kritikern. Trotzdem wird es wieder in mehrere Sprachen übersetzt und verkauft sich gut. Und anders als die Armenier, die Franz Werfels Buch über den türkischen Genozid an den Armeniern enthusiastisch begrüßt haben, sind auch die „Juden im allgemeinen gegen das Buch", wie Marcu im November 1934 notiert, „sie können momentan nur begeistertes Mitleid ertragen."

Nach diesem Buch schreibt er noch eins über Machiavelli, dann keins mehr, nur noch Artikel und Briefe. „Hitlers Gegner sind so verschlafen wie er lebendig", lesen wir da im Mai 1935. „Ich bin manchmal fleißig, manchmal faul. Von Traurigkeit unterbrochen", Anfang 1937 – und im Sommer des gleichen Jahres: „Wie Blätter zur Erde fallen – so gerne würde ich sterben." Der fröhliche, heitere Marcu! Nach wie vor reißt in jedem Zimmer, in dem er sich aufhält, die Unterhaltung nicht ab.

Doch in Deutschland vergeht der Spuk nicht, wie er nicht aufhört zu hoffen. „Ich versuche, trotz der Ereignisse zu arbeiten, werde aber geschüttelt, wenn ich den Radiokasten öffne", lesen wir Anfang 1939 in zwei Briefen, in denen er auch schon den „begonnenen Weltkrieg" erkennt: „Die alte Mutter Erde wird in unendlicher Schlachtenglut flammen." Er schreibt hunderte von Briefen, nur wenige sind erhalten. Nach seiner ersten Flucht aus Berlin muss er 1941 in Nizza noch einmal vor den Nazis fliehen.

„Marcu war klein, dunkel, hager, aber was die Einsicht in die Lage anging, ein Gigant", erinnert Ernst Jünger sich seiner im apokalyptischen Frühjahr 1945, bei der Lektüre des Wehgeschreis des Propheten Jesaia, während marodierende Kriegsgefangene sein Haus umstreifen. „Er pflegte bis in die Morgenstunden zu arbeiten und klagte zuweilen darüber, dass sein Gehirn dann noch zwei, drei Stunden ‚gratis weiterlaufe' wie ein Zähler, den man nicht abstellen kann. In seiner historischen Arbeit und Wertung hatte man überhaupt den Eindruck eines Messers oder einer Zähluhr, die feinste Ströme registriert. Eine Person, ein Ereignis, eine Einrichtung wird angeschlossen, und ein leichter, präziser Ausschlag verzeichnet das Maß der ihr innewohnenden Kraft."

„Es freut mich, dass sie Valeriu Marcus gedenken wollen", schrieb mir Ernst Jünger am 20. Januar 1992. Am gleichen Tag schnitten in der neuen Bundeshauptstadt drei Glatzköpfe einem jungen Polen die Zunge ab. Fünfzig Jahre vorher machte in der gleichen Stadt am gleichen Tag – nur einen Spaziergang von der alten Wohnung Marcus am Wannsee entfernt – der siebenunddreißigjährige SS-Obergruppenführer Reinhard Heydrich vierzehn eingeladenen Nazigrößen bei einem gemütlichen Cognac-Frühstück seine Pläne zur industriellen Vernichtung der elf Millionen Juden Europas bekannt. Danach wurden nach diesen Plänen in nur drei Jahren zwanzig Mal mehr Menschen von den Deutschen ermordet als die Spanier 1492 vertrieben hatten. War es das Ende der Neuzeit, die damals begonnen hatte?

Damals war von dem geraubten Geld der vertriebenen Juden immerhin die Flotte ausgerüstet worden, die jenen Erdteil entdeckte, der später den Juden aller Welt endlich einen geschützten Platz zum Leben und Sterben sicherte – unter denen Valeriu Marcu nun einer unter vielen Zehntausenden war. Diesmal ermöglichte der Holocaust die Neugründung des Staates Israel, von dem sich viele Juden bis heute noch fragen, ob er eine geschützte Heimat oder eine letzte Falle ist.

So hellsichtig war aber jedenfalls auch ein Valeriu Marcu nicht, dass er hätte ahnen können, welcher Fortschritt in seinem Leben die Geschichte noch erfassen sollte, von der er nicht glaubte, „dass es in ihr ein Vorwärts oder ein Zurück gibt." Am 8. März des gleichen Jahres 1942 feierte er in New York seinen dreiundvierzigsten Geburtstag. Ein Jahr vorher war er über Lissabon endgültig aus Europa geflohen. Jetzt begann er auf Englisch zu schreiben, nachdem er in Frankreich auch schon auf Französisch geschrieben hatte. „Ich lebe bedürftig“, schrieb er im Januar 1942 an Heinrich Mann, „sehe nur Papier, Tinte und die Wand. Ich muss in drei Monaten ein Buch beenden. Ich müsste für dieses Buch mindestens zehn Monate haben.“ Er hatte noch elf Monate. Am 4. Dezember 1942 starb er plötzlich an einem Herzinfarkt.

Im Dezember 1968 wurde das Vertreibungsedikt der katholischen Könige in Spanien offiziell von General Franco aufgehoben. – Jetzt blättere ich fünfzig Jahre nach dem Tod Marcus noch einmal in dem Buch aus dem Jahr 1934 und lese mit wachsender Verwunderung die Aufzeichnungen Andrei Corbeas, eines rumänischen Germanistik-Gelehrten, der in zehnjähriger Forschungsarbeit die spärlichen Fakten gesammelt hat, die wir heute noch über das Leben Marcus haben. Ich hatte noch nie von dem Mann gehört! Er war nicht nur aus Deutschland und Europa, sondern schließlich auch noch aus unserer Erinnerung vertrieben worden.

Am Schluss hatte er trotz seines märchenhaften Talents zur Freundschaft nicht genug Freunde, die sein Andenken lebendig zu halten vermochten. Nach dem Krieg tat die „Damnatio Memoriae“ der linken Intellektuellen das übrige dazu, dass wir uns nicht wieder an ihn erinnerten. – Jetzt schaue ich mir noch einmal sein Foto an: die hohe Stirn, die schmale Nase, sein dünnes Haar, den leicht spöttischen sinnlichen Mund, das in die Hand gestützte Kinn, die Augen, klug und aufmerksam, als würde er uns über eine Kaffeetasse hinweg bei einer Erzählung lauschen – und streiche den Brief noch einmal glatt, in dem mir seine Witwe Eva aus New York auf einer alten Schreibmaschine in diesem Februar nach fünfzig Jahren noch einmal ganz allein sein Andenken rühmt.

Evas Kopf, hatte ich gelesen, soll einmal an die Statuette der

Königin Teje im ägyptischen Museum erinnert haben. „Ich bin alt, es ist alles lange her", schreibt sie jetzt, „ich habe viel vergessen, und niemand ist mehr da, der mich an dies oder das noch erinnern könnte", und erinnert sich dann doch noch einmal an ihre Jugend, an ihr erstes Treffen mit Valeriu in einem Café unter den Linden. „Es war eine Freude, mit meinem neuen Bekannten zu spazieren. Marcu war klein und nicht hübsch. Aber er hatte Grazie in allen Bewegungen und in seinem Sprechen."

Sie erinnert sich noch einmal an seine Tugenden und Untugenden, an „seine Schwierigkeiten mit dem deutschen Casus und seine Leidenschaft zu singen, oft, gern, falsch, aber mit viel Tremolo. Er hatte in früheren Jahren viel unter Operetten- und Kabarettsängern oder, sagen wir, eher unter Sängerinnen gelebt und hatte ein gewaltiges Repertoire an Liedchen."

In Erinnerung kommen ihr „ein paar Gewohnheiten, gegen die ich zuerst protestierte. Seine obszönen Ausdrücke, zum Beispiel. Aber bald sah ich, dass das allen, auch den Damen, Freude machte und ließ es gehen. Das andere, was mich störte war, dass er alle unterbrach, ihnen das Wort wegnahm. Dann bemerkte ich, dass das, was er sagte, doch interessanter war als das, was er unterbrach und machte meinen Frieden auch damit. Denn unter allen originellen Menschen, die ich getroffen habe, war Marcu bei weitem der witzigste, anregendste, oft auch der bissigste, gewiss der belesenste und umfangreich interessierteste."

Und dann erinnert sie sich an das Jahrhundert, das nun zu Ende geht, an Berlin und Paris, an Nizza und New York. Der Central Park im Winterlicht liegt unter ihrem Fenster. „Hier hatten wir noch einmal eine schöne Wohnung", erinnert sich Eva Marcu, „und damals noch Freunde aus der Vorzeit. Eine witzige Bekannte nannte die Jahre vor Hitler: bei Lebzeiten. Eines Tages ging Marcu auf Besuch zu einem jener aus Lebzeiten und kam nicht mehr zurück. Er hatte sich einen Moment lang hingelegt, weil ihm nicht wohl war. Und war tot. Er hat, glaube ich, ein gutes Leben und einen leichten Tod gehabt."

Eugenio

(Rom 2002)

Ein Schmetterling tanzt verirrt im Raum. Kein Mensch da. Doch ganz und gar vergessen scheint das Grab Professor Zollis nicht. Drei Blumentöpfe verstauben vor ihm auf dem Steinregal. Davor einige Kiesel. Dazwischen eine Kerze mit hebräischen Schriftzeichen neben einer größeren Kerze mit einem eingeritzten Lamm Gottes. Batteriebetriebene kleine Lämpchen flackern auf den Regalen darüber und darunter. Rechts auf der Wand zeigen Emailfotos die Gesichter seiner Mitbewohner. Bei ihm und seiner Frau gibt es kein Bild, bis auf ein Foto ihrer Tochter vor dem rechten Topf. Zwischen verbleichten Papierblumen steckt unter seinem Namen nur noch verborgen ein handgeschriebenes Zettelchen auf Hebärisch und Italienisch: „*Avinu Malkenu* – Unser Vater, unser König! Herr Jesus, Sohn Abrahams, erbarme dich unser! ...“ Mattes Licht fällt durch eine Milchglaswand in dieses Mietshaus der Gebeine auf dem Campo Verano, der riesigen Totenstadt im Westen Roms. Ich zünde die Kerzen an.

Denn Israel Eugenio Zolli ist ein verschollener Kronzeuge. Der Oberrabbiner Roms in der Zeit des Krieges kannte Pius XII. aus nächster Nähe. Daniel Goldhagen, der kürzlich entdeckt haben will, dass dieser Papst ein „Nazi-Kollaborateur“ war, müssen wir deshalb dankbar für diesen Anlass und diese Anregung sein, Israel Zollis vergessene Geschichte noch einmal kurz nachzuerzählen.

Der Mann wurde 1881 in Brody in Galizien geboren, studierte in Wien und Florenz, wurde Professor an der Universität von Padua und 1918 Oberrabbiner von Triest, als die alte Hafenstadt Habsburgs gerade italienisch wurde. Nach der faschistischen Machtergreifung von 1922 half er sowohl jenen Zionisten seiner Gemeinde, die eine lebenswerte Zukunft nur noch von der Errichtung eines eigenen Staates erwarteten, mit Pässen und Geld, um nach Palästina auszuwandern, als auch jenen, die mit den Faschisten zusammenarbeiteten, weil sie sich von ihnen keine Gefahr vorstellen konnten. Bis zu den Nürnberger Rassengesetzen von 1938 ließ sich Mussolinis Politik ja tatsächlich in nichts mit dem Vernichtungswillen der Nazis gegen die Juden vergleichen. Doch Zolli verstand und sprach deutsch wie polnisch und hebräisch und italienisch. Er sah, was von Deutschland aus auf ganz Europa zukam.

Als er aber zu Beginn des Krieges als Oberrabbiner nach Rom berufen wurde und dort die Juden vor einer dramatischen Verschärfung der Lage warnte, wurde ihm schlicht nicht geglaubt. Hatte die älteste Diaspora-Gemeinde der Judenheit nicht seit 2000 Jahren schon ganz andere Gefahren überstanden? Er beschwor die Ältesten vergeblich, die Archive mit den Mitgliederlisten zu zerstören.

Auch als die Deutschen im September 1943 Rom besetzten, konnte Zolli die Leiter der Gemeinde nicht von der Gefahr überzeugen. Verstecken? Um Himmels Willen! Nur kein falscher Alarm! Bloß nicht die Nazis reizen, dann würde die Plage gewiss bald wieder vorüber gehen! Schon Tage später verlangte Obersturmbannführer Kappler von den Juden Roms 50 Kilo Gold oder 300 Geiseln. Zolli bot sich der SS selbst als Geisel an. Wieder vergeblich. Fieberhaft bekamen die Juden 35 Kilo zusammen. Da machte sich der Oberrabbiner erstmals in den Vatikan auf. „Das Neue Testament darf das Alte nicht im Stich lassen!“, beschwor er den Papst. Pius XII. stimmte ihm sofort zu und bestellte ihn schon für den Nachmittag wieder ein. Bis dahin hatten die römischen Pfarreien die fehlenden 15 Kilo Gold für die Synagoge eingesammelt.

Kappler aber wollte und nahm das Gold und die Juden. Auf Weisung Himmlers hatte er den Termin ihrer Deportation auf den 16. Oktober 1943 festgelegt. Fünf Tage vor der Verschleppung der Menschen ließ der SS-Kommandant noch schnell ihre wertvollsten Bücher, Palimpseste, Handschriften, Pergamente und Papyri aus dem Archiv und der Bibliothek plündern und nach München bringen. Um die Massenverhaftung am Sabbat strikt geheim zu halten, hatte er für die Aktion eigens Sondereinheiten aus dem Norden angefordert, die Rom noch nie gesehen hatten. – Die Razzia begann im Morgengrauen, um 13 Uhr war sie abgeschlossen.

Von den rund 8000 Juden, die sie suchten, hatte die SS 1022 einfangen können, unter ihnen 200 Kinder. „Als alles vorbei war, war auf den Straßen des Ghettos keine Menschenseele mehr zu sehen, es herrschte Öde wie in Jeremias Jerusalem." Gegen elf hatte sich das trübe Wetter aufgeheitert, das bis dahin den Vormittag beherrscht hatte. Die SS-Truppen wollten sich deshalb nach getaner Arbeit auch noch einmal die Stadt ansehen wie jeder andere Tourist. Und das begehrteste Ziel war natürlich auch für sie der Petersplatz, auf dem viele der Lastwagen lange hielten, damit die Häscher die Kolonnaden Berninis und die Kuppel von St. Peter bestaunen konnten – mit den schreienden Gefangenen hinter sich unter den Planen der LKW, die sie erst am Montag in der Früh auf dem Bahnhof Tiburtina in 18 versiegelte Eisenbahnwaggons pferchten. Nur 15 von ihnen kamen jemals zurück.

Auf Rabbi Zollis Kopf wurde ein Lösegeld ausgesetzt. Er musste alles machtlos mit ansehen – wie der Bischof von Rom, mit dem er von diesem Tag an in Freundschaft und engem Kontakt verbunden blieb. So sah und las er auch alle 40 Demarchen und offiziellen Noten, in denen der „schweigende Papst" so vergeblich wie er selbst gegen das Unheil der Nazis protestierte. Er sah die 4447 Juden einzeln, die auf Weisung des Papstes in über 150 Klöstern und kirchlichen Häusern unter Androhung schwerster Strafen durch die SS versteckt und ernährt wurden: in Rom, im Vatikan oder in Castel Gandolfo, dem Sommersitz der Päpste, wo zeitweise bis zu 8000 Flüchtlinge Unterschlupf fanden.

In seinem Tagebuch hielt er fest: „Kein Held der Geschichte hat ein tapfereres und stärker bekämpftes Heer angeführt, als Pius XII. im Namen der christlichen Nächstenliebe. Bände könnten über seine vielfältige Hilfe geschrieben werden. Doch wer wird jemals erzählen, was er alles tat? Er steht wie ein Wächter vor dem heiligen Erbe des menschlichen Leids. Er hat in den Abgrund des Unheils geblickt, auf das sich die Menschheit zubewegt. Die Größe der Tragödie hat er ermessen und vorausgesagt: als klare Stimme der Gerechtigkeit und Verteidiger des wahren Friedens."

Im Juni 1944 befreiten endlich die Amerikaner Rom, im Januar 1945 die Russen Auschwitz. Da trat drei Wochen später der hochgelehrte Rabbi Zolli am 17. Februar 1945 in der Kirche „S. Maria degli Angeli e dei Martiri" nach vierzig Jahren rabbinischen Studiums feierlich in die katholische Kirche über, „in unveränderter Liebe zum Volk Israel in all dem Leid, das über es gekommen ist."

Als neuen Namen nahm er in der Taufe aus Dankbarkeit den Taufnamen des Papstes an: „Eugenio". Wenige Tage vorher hatten er, seine Frau und seine Tochter unabhängig voneinander Christusvisionen gehabt. Es war kein billiger Übertritt. Er musste sein ganzes altes Leben dafür hingeben. Denn einen größeren Skandal hatte es in der Judenheit vielleicht seit der Verstoßung des Baruch Spinozas aus der Synagoge von Amsterdam nicht mehr gegeben. Die römische Synagoge rief ein mehrtägiges Bußfasten aus, betrauerte ihren Oberrabbiner wie einen Verstorbenen, und stieß ihn als Verräter aus der Gemeinde aus. Nicht nur für die Juden Roms war er von da an ein toter Mann.

Doch natürlich lebte er noch. Mit Hebräisch-Unterricht und zwei weiteren Büchern hielt er sich über Wasser, freilich in immer größerer Armut. Erst am Freitag, dem 2. März 1956, hörte sein Herz zu schlagen auf, nachdem er einer Krankenschwester einer Woche zuvor schon anvertraut hatte: „Am nächsten Freitag werde ich zur Todesstunde meines Herrn Jesus sterben." So war es, um 3 Uhr am Nachmittag hörte sein Herz zu schlagen auf, nachdem er gegen Mittag ins Koma gefallen war. Die letzten Worte von ihm waren nicht mehr verständlich.

Zwei Jahre später starb Pius XII. Zu seinem Tod schrieb Golda Meir noch an den Vatikan: „Als für unser Volk im Nazi-Terror das furchtbare Martyrium anbrach, erhob der Papst seine Stimme zur Verurteilung der Verfolger und in Barmherzigkeit für die Opfer." Noch einmal vier Jahre später schrieb sich dann Rolf Hochhuth im „Stellvertreter" das Trauma seiner eigenen Erziehung im Schatten Hitlers vom Leib. Und erst letzte Woche ist im Ghetto Roms vom Oberrabbiner, dem Bürgermeister und einem Kardinal eine Straße in „Largo 16. Ottobre 1943" umbenannt worden.

Nur an den Oberrabbiner in der Zeit des Krieges erinnert hier immer noch kein Wort. Es kann und wird ihn nicht mehr schmerzen. Denn es war ja eine Liebesgeschichte, für die er in Armut, verlassen und verstoßen starb. „*Avinu Malkenu*, unser Vater, unser König! Herr Jesus, Sohn Abrahams, erbarme dich unser! *Signore Gesù, figlio di Abramo, abbi pietà di noi!*"

Franz

(Prag 1999)

„Jemand musste Josef K. verleumdet haben, denn ohne dass er etwas Böses getan hätte, wurde er eines Morgens verhaftet." Ein Verfahren war gegen ihn eingeleitet worden, vielleicht sogar von ganz oben her, von der Burg, dem Schloss, dem Hradschin, der wie eine Krone auf der Kleinseite der Moldau die Stadtkulisse Prags beherrscht. Die umfangreiche Klageschrift betraf eine von ihm geäußerte Beobachtung, die zum allergrößten Teil der Wirklichkeit entsprach. Er hatte nur gesagt, was er wusste und gesehen hatte. Nun sollte die Causa endlich entschieden und K. rasch dem verdienten Urteil und Strafmaß zugeführt werden.

In jenen Nächten, als Franz Kafka sich über seine Aufzeichnungen in diesen merkwürdig zwielichtigen „Proceß" hineintastete, war die Welt gerade – ohne es zu wissen – in den Ersten Weltkrieg eingetreten. Knapp zwei Wochen vorher war in Sarajevo der Thronfolger erschossen worden. Das Morgengrauen unseres Jahrhunderts war angebrochen. Damals lebte Franz K. gerade zehn Minuten von hier, in der Bilekgasse 10.

Doch wo auch immer er wohnte, überall ließen sich Albträume vor seinem Fenster wie schwarze Dohlen nieder. Die Schönheit der Stadt war kein Schutz dagegen. „Er hat viele Richter", entdeckte er da drüben, „sie sind ein Heer von Vögeln, das in einem Baum sitzt. Ihre Stimmen gehen durcheinander, die Rang- und Zuständigkeitsfragen sind nicht zu entwirren, auch werden die Plätze fortwährend gewechselt. Einzelne erkennt man aber doch wieder heraus."

Es ist früh, erste Fußgänger hasten durch das Karlstor über die Steinerne Brücke. Die Stadt eilt in den neuen Tag zurück, immer noch mit den Schatten vierzigjähriger Zwangsherrschaft im Gesicht. Die Mitte der Stadt, die wir eine Generation lang fast bei Moskau auf der Landkarte vermuteten, liegt in Wirklichkeit im Herzen Europas. Kafkas Prag aber ist eine wirkliche und eine imaginäre Stadt. Abermillionen haben diesen Ort schon selbst und leibhaftig bewohnt und bis in die Hinterhöfe kennengelernt, doch meistens nicht aus Büchern. Kafkas Prag ist eigentlich kein Ort der Literatur, sondern eine Stadt der Aktenberge, eine Metropole der Ängste und Phobien der Moderne, eine Hauptstadt der Denunziation des zwanzigsten Jahrhunderts, ein beklemmend minutiös beschriebener Brückenkopf des Totalitären in der bürgerlichen Welt. Kafkas Prag ist eine gespenstische Vorahnung.

„Als ich 1956 das erste Mal nach Prag kam", schrieb Klaus Wagenbach schon vor vielen Jahren, „bot sich ein trauriges und zugleich tröstliches Bild. Das Bild einer unzerstörten Stadt, einer der schönsten in Europa, und jenes andere. Auf der einen Seite sind fast alle Häuser, in denen Kafka wohnte oder arbeitete, erhalten: Das Kinsky- und das Schönborn-Palais, das Haus Minutá und das Oppelt-Haus, die Häuser Bilková zehn, Zeltnergasse drei und Lange Gasse achtzehn, das Bürohaus am Poric sieben und das Haus in der Alchimistengasse. ... Auf der anderen Seite endete die Suche nach Dokumenten immer wieder in ausgeplünderten Archiven, die Suche nach noch lebenden Zeugen immer wieder in einem Raum des jüdischen Rathauses in der Maiselgasse, dessen Wände Gestelle füllen mit Hunderten von Karteikästen, deren einzelne rote Blätter unter dem Namen, Vornamen und Herkunftsort immer wieder den gleichen Stempel tragen: Oswiecim – Auschwitz."

Franz Kafka selbst war ein Luftmensch, wie man im Jiddischen sagen würde, als er am 3. Juni 1924 starb und auf dem Straschnitzer Friedhof in Prag beerdigt wurde – „in der Stadt, die er hasste und liebte, die er immer verlassen wollte und die ihn doch festhielt." Viel erdverbundener waren dagegen seine Schwestern Gabriele, Valerie und Ottilie, die 1941, 1942 und 1943 ermordet wurden und ein Grab in den Lüften erhielten.

Nie hätte die jüdische Gemeinde mehr Beistand gebrauchen können, nie so sehr einen neuen Golem, wie ihn hinter der Maiselgasse Rabbi Löw einmal aus Lehm und hebräischen Lettern auf dem Speicher der Altneu-Synagoge geschaffen hatte als starken Retter in großer Not.

Eine solche Figur ist Franz Kafka mit seinen Papieren und „Kritzeleien" nicht gelungen. Sein Geschöpf, Josef K., ist kein Retter. Es war wie er selbst, zart, lungenkrank, todgeweiht, ein Prager Stadtneurotiker des *fin de siècle.* Wie ein Psalmist erahnt er großes Unheil durch übermächtige Gegner, er erfühlt das unbestimmt und unheimlich Drohende und beschreibt schon vorweg das unerwartet Gefährliche, doch meist mit einer Stimme in der dritten und nicht in der ersten Person: „Er hat zwei Gegner, der Erste bedrängt ihn von rückwärts vom Ursprung her, der Zweite verwehrt ihm den Weg nach vorne. Er kämpft mit beiden. Eigentlich unterstützt ihn der Erste im Kampf mit dem Zweiten, denn er will ihn nach vorne drängen und ebenso unterstützt ihn der Zweite im Kampf mit dem Ersten, denn er treibt ihn doch zurück. So ist es aber nur theoretisch."

Er sieht keinen Engel, der ihm zu Hilfe kommt, und keinen Messias. In diesem aussichtslosen Ringen hat er hier in diesen Gassen und Winkeln ein Werk zusammengetragen, dessen Titel schon in sich und hintereinander einen sprechenden Text ergeben: Der Proceß. Das Urteil. In der Strafkolonie. Die Verwandlung. Der Verschollene. Der Bau. Das Schloß.

Er schrieb den Vorspann zum Zeitalter der Menschenjagd. In Kafkas angstscheu visionärem Blick hat sich Prag als Labyrinth gespiegelt und erhalten, mit einer Burg als innerstem Raum und unzähligen Türwächtern, vor jeder Tür einen, die jeden Eindringling und Besucher zurückhalten und auf den jeweils noch mächtigeren Türwächter vor dem nächsten Tor in ihren Rücken verweisen. Wahn ist hier keine krankhafte Verdrehung der Wahrnehmung, sondern ein Treppenhaus, in das wir uns bei freiem Willen und gesundem Verstand selbst hinein begeben und Schritt für Schritt über ächzende Stiegen immer höher versteigen.

Im Labyrinth eines riesigen Lügengebäudes finden wir uns hier in düsteren Gängen wieder, über die schon Josef K. zur Verhandlung geführt wurde. Das muss man sich richtig vorstellen. Trotz des diskreditierenden Namens lässt sich ein solches Gebäude, damit es hält, natürlich nicht aus Lügen bauen, die das plumpe Gegenteil sicherer Gewissheiten sind, sondern nur mit der Lüge als einem Gewebe, einem einzigen Geflecht von Umschattierungen, Halblügen, Verdrehungen, Legenden, Verleumdungen, Komprimittierungen, Gaukeleien und schleichendem Rufmord. Peinigender als jede Lüge ist der Raum unzähliger Halbwahrheiten, in dem sich die Lüge am liebsten verbirgt. Trauer, Misstrauen und Angst vergiften dort die Menschen.

Hier gehen Freundschaften verloren, Brüder gegen Schwestern und Söhne gegen ihre Väter vor Gericht. Die wichtigsten Entlastungszeugen verweigern über Nacht ihre Aussage. Das ist der Gerichtsraum in diesem „Proceß", wo sich der Angeklagte plötzlich selbst fragt, ob er den Verstand verloren habe, wie es seine vielen Ankläger durcheinander rufen. Den Vorsitz hat kein Richter; das Urteil spricht einstimmig eine Gerichtsgemeinde – oder gleich ein „VOLKSGERICHTshof", wie die genialen Sprachverdreher der Nazis die Sache auf den Punkt zu bringen wussten.

Der Herrschaftsraum dieses Lügengebäudes aber ist schließlich ein Raum, dessen Wände ganz und gar und nur noch aus Wahrheiten aufgeschichtet wurden, fugenlos wie die Mauern der Inka. Im Thronsaal ist keine Schwindelei mehr notwendig. Der Herr oder die Herrin des Hauses hat hier auf einem reich bestickten Sitzkissen auf einem verschlossenen Tresor Platz genommen. In der Mitte des Lügenschlosses ist der Herrscher selbst ein Diener: letzter Türhüter zur letzten verriegelten Tür, von deren Existenz keiner weiß: wo die Wahrheit verborgen und eingesperrt ist in lebenslanger Haft. Dieser Raum hält selbst

Raketenangriffen stand. Wahngebilde sind stabiler als stählerne Bunker. Die innerste Kammer jedes Lügengebäudes stürzt immer als letztes ein, von Berlin über Bagdad bis Belgrad.

So spannen sich Kafkas Ahnungen wie die Steinerne Brücke über die Moldau durch das 20. Jahrhundert zu uns hinüber. Die großen Katastrophen fanden in den Spiegelungen seiner Augen im Voraus einen ersten Widerschein. Seine Visionen sind den Schrecken unseres Jahrhunderts wie ein Notenschlüssel voraus auf das Papier gesetzt: den Entwürfen der Konzentrationslager, des Gulag, der Stasigefängnisse – aber auch dem ganz ordinären Mobbing, dem sublimen System atmosphärischer Anklagen, den Urteilen ohne Gericht und Richter, den Schuldsprüchen ohne Kläger und Verteidiger, dem mörderischen Druck der öffentlichen Meinung, im Großen wie im Kleinen, der Einladung zur Hexen- oder Menschenjagd oder dem erstickenden Tratsch und Klatsch, wie er jedes Büro vergiften und beherrschen kann.

Ja, Kafkas Prag ist der Vorraum des Totalitären, Rechtlosen. Sein Text wird immer von neuem fortgeschrieben: „Hier ist alles wie verwunschen – unheilverkündend, fremd, verriegelt und aussichtslos; alles erinnert an ein ungeheures, unglaubliches Missverständnis, das ihn nicht atmen lässt und an dem er gewiss ersticken wird, bevor die Dinge sich klären, bevor sein richtiges Leben mit seinen richtigen Verhältnissen und Maßen zurückkehrt."

Das sagt schon nicht mehr Kafka, sondern Ivo Andric, und dieser Ort ist nicht mehr Prag, sondern Belgrad. Auf unserer Seite der Steinernen Brücke, an deren Anfang Franz Kafka steht, zeichnet jetzt ein serbischer Dichter den Bericht des Schlosses so fein wie der Prager Versicherungsangestellte weiter. Die Zahl der Dichter und Chronisten wird immer größer, die Kafka aus unseren Tagen nach Prag hin zuwinken, von der Dämmerung her zurück zum Morgengrauen hin, aus allen Kontinenten, und natürlich auch aus Deutschland.

Vor drei Wochen hat Jürgen Fuchs in Berlin seinen Geist ausgehaucht, als bislang letztes Opfer jenes Prozesses, dessen Akte Franz Kafka einst als erster geöffnet hat. Fuchs hatte die Causa noch einmal beschrieben, doch nun als Prozess am eigenen Leib, als Protokoll und Dokumentation, und so quälend genau, dass sie schon keiner mehr lesen wollte. Ihm verdanken wir die Erkenntnis, dass Kafkas Gericht keinen Triumph erlaubt. Dieser Prozess bricht auch die, die ihn gewonnen haben: „Das Schlimme ist nicht / In einer Zelle zu sitzen / Und verhört zu werden // Erst danach / Wenn du wieder vor einem Baum stehst / Oder eine Flasche Bier trinkst / Und dich freuen willst / Richtig freuen / Wie vorher // Erst dann." – Dabei hatte alles mal so harmlos angefangen. Irgend jemand muss Jürgen F. verleumdet haben ...

Teddy

(Magal / Afula 2001)

Vierzehn Jahre lang hat Teddy Katz die Schafe des Kibbuz Magal am Fuß des Berglandes gehütet, gemolken, geschoren, und seinen Lieblingstieren sogar eigene Namen gegeben. Er erscheint viel zu sanft hinter seinem gewaltigen Schnurrbart, doch er hat einen Händedruck, als könnte er noch jetzt mit einer Hand einen Hammel hochheben – obwohl ihn im letzten Jahr ein schwerer Schlag getroffen hat. Das war gerade hier, am Strand von Tantura, als der kräftige Mann kurz zuvor erstmals in seinem Leben in die Schlagzeilen geraten war. Für die Universität in Haifa hatte er davor eine Diplomarbeit verfasst, die am 21. Januar 2000 auszugsweise in der Presse veröffentlicht worden war und augenblicklich einen Skandal auslöste. Am 26. Januar hatte ihn danach der Gehirnschlag ereilt, wie in einem Hinterhalt der Erinnerung. Ein Massaker an Zivilisten? Im Freiheitskrieg von 1948? Von einer Elite-Einheit der Armee? Unmöglich.

Eine merkwürdige Feriensiedlung schaut auf den Strand hinunter. Hier stehen wir an einem der schönsten Küstenstücke südlich von Haifa und starren ungläubig auf den Sand, als würde er ein schlagendes Herz bedecken. „Ja“, sagt Teddy Katz langsam und sucht nach Worten, „da ... und dort und da drüben ist es geschehen. Und da vorne die Ruine war das alte Zollhaus von Tantura, mit zwei Kaffeehäusern zur See hinaus, in denen die Alten ihre Wasserpfeifen rauchten.“

In seiner Arbeit hatte er Zeugen davon berichten lassen, dass die 33. Kompanie der Alexandroni-Brigade ohne jede militärische Notwendigkeit hier vom 22. zum 23. Mai 1948 140 bis 200 Zivilisten tötete, nachdem sich das Dorf schon ergeben hatte. Von der Universität war die Arbeit mit einem „sehr gut plus“ bewertet worden. Gleichwohl brachte sie ihm eine Verleumdungsklage ein, der er sich trotz der Unterstützung vieler Intellektueller im letzten Monat nur durch einen Widerruf seiner These vor einem Bezirksgericht zu entziehen wusste – um sofort danach wieder in Berufung zu gehen. „Ich weiß nicht, was mit mir geschehen war und warum ich diese Erklärung unterschrieben habe. Merkwürdige Dinge gehen in letzter Zeit mit mir vor."

1989 ist seine älteste Tochter mit 20 Jahren in der Armee bei einem Autounfall umgekommen. Danach war der kräftige Mann jahrelang vor Schmerz wie gelähmt. Nach seiner Zeit als Hirt hatte er noch einige Jahre auf den Baumwollfeldern des Kibbuz und einige Jahre in ihrer Fabrik gearbeitet, die die israelischen Sprinkler-Anlagen in die ganze Welt exportieren. „Mir war es immer gleich, wo ich hingeschickt wurde, Hauptsache, es nützte der Gemeinschaft, an der ich seit meiner Kindheit hänge."

So bat ihn das Kollektiv in einer Art Spätberufung schließlich, nach seiner Karriere auf den Hügeln und Feldern des Landes doch noch einmal eine akademische Laufbahn einzuschlagen. „Ich schrieb mich für nahöstliche Geschichte ein und hätte gern etwas über die Lokalgeschichte Haifas gemacht, wo ich 1943 geboren bin." Dort wurde ihm aber nur abgewunken und gesagt, dass davon die Schränke längst überquellen würden. Er sollte stattdessen doch einmal auf die Dörfer gehen und ein paar Interviews mit Arabern und Israelis machen. So etwas fehle ihnen.

„So fing alles an. Als ehemaliger Pfadfinder kannte ich von Tantura nur den besonders schönen Strand. Und nun hörte ich plötzlich in den Nachbardörfern immer wieder das Wort „*maschd sara*". Das heißt übersetzt Massaker. Hier war immer darüber gesprochen worden. Es hatte nur noch nie jemand danach gefragt."

Seine Entdeckung hatte er sich also wirklich nicht ausgesucht. „Denn ich bin doch nicht mal ein richtiger Historiker und kam weder im Namen des guten oder schlechten Israel hierhin, sondern allein aus akademischen Gründen. Ich habe keine Probleme mit der Rechtfertigung Israels. Ich habe kein schlechtes Gewissen wegen 1948. Es war ein langer und hässlicher Krieg, der fast 17 Monate dauerte. Und begonnen wurde er damals ja von den Arabern."

Dann erschreckte ihn aber dennoch zunehmend das jahrzehntelange Schweigen über die Geschichte, auf die er gestoßen war. Nach seinen Gesprächen mit vielen Arabern interviewte er schließlich Angehörige der Alexandroni-Brigade inklusive eines Generals, die sich in einem alle einig waren: Es war eine schreckliche Schlacht.

„Irgendetwas war hier geschehen." Warum? „Ich weiß es nicht. Einer fing immer wieder an, von den Deutschen zu sprechen, gegen die er in Europa gekämpft hatte, obwohl ich ihn überhaupt nicht danach gefragt hatte. Nicht weit von hier sollen Soldaten gefunden worden sein, denen der Schwanz in den Mund gesteckt worden war. Es war ein schmutziger Krieg. Ein anderer sagte, er habe später Monate lang schlecht geschlafen. Wieder ein anderer: ‚In jedem Regiment gibt es wilde Bestien'. Ich habe nur aufgeschrieben, was der und der und der gesagt haben. Jetzt kann ich deshalb nicht mehr sagen, dass ich es nicht gehört habe." Alle, die ihn von Kind an kennen, würden sich deshalb mit ihm wundern, wie es bloß kam, dass er sich von seiner Arbeit distanzieren konnte.

Vor Gericht ist seine These zu Fall gebracht worden, weil seine Abschrift der Tonbänder nicht überall im Maßstab 1 : 1 in die Arbeit eingegangen war. „Dabei war es mir doch nie in den Sinn gekommen, irgendjemanden zu verleumden. Ich weiß noch genau, wie ich vor den alten Männern aus der Alexandroni-Brigade saß und mich fragte: Sind das Mörder? Unmöglich, dachte ich nur immer. Das waren allesamt Männer, wie man sie hier ‚das Salz des Landes' nennt. Ohne sie und ihre Kämpfe würde Israel nicht existieren."

In dem Nachbardorf Fureidis unterhalb des Karmel-Gebirges hatten wir zuvor in der Autowerkstatt des alten Mohammed Riesek Alla Aschmawi einen Mokka getrunken und den Großvater von 22 Enkeln zu einer kleinen Reise an das Ufer seiner Kindheit eingeladen. Er ist dort geboren und war 13, als er hier Zeuge des Massakers und der Vertreibung wurde. „Tantura war so groß und schön", erzählt er noch während der Autofahrt, „es war das größte Dorf der ganzen Gegend mit 37.000 Dunam Land und etwa 2000 Einwohnern. Mein Vater, mein Großvater, meine ganze Familie ist dort geboren, soweit unsere Zeugnisse zurück reichen."

Es ist Nachmittag, ein wunderbar milder Wintertag, als wir den Wagen an einem großen freien Platz vor einer Siedlung aus iglu-ähnlichen Ferienwohnungen mit Meerblick parken. „Gerade hier stand ein Haus", sagt Mohammed Aschmawi, „und hier neben uns ist der alte Friedhof eingeebnet worden."

Ein furchtbares Durcheinander kommt ihm in Erinnerung, wenn er zurückblickt. „Alle liefen durcheinander, schrien durcheinander. Da waren Autobusse, in die die Menschen getrieben und weggefahren wurden. Da hinten bei der Palme war damals das Zentrum des Dorfes. Gewehrfeuer kam von dort her. Aus einem Versteck sah ich, dass eine Gruppe dorthin getrieben wurde, dann wurden die Frauen von den Männern getrennt und die Männer vor eine Wand gestellt. Ein liegender Soldat hinter einem Brenn-Gewehr hat sie dort erschossen."

Er stoppt und schaut zur See hinüber. „Warum ich das noch so genau weiß? Mir geht der Ruf ‚Imma' nicht aus dem Sinn, mit dem dort ein Junge nach seiner Mutter schrie. Da kam die Frau hinzu gelaufen, ein Soldat hielt sie fest und ein anderer hat dem Jungen in den Kopf geschossen. Das habe ich gesehen ..." Der alte Mann wischt sich die Nase, dreht sich ab und hustet, damit wir seine Tränen nicht sehen.

Eine staubige Straße, darüber der Blick auf die offene See, dazu eine Verleumdungsklage in Berufung: das ist Tantura.

Nach Massengräbern ist hier nie gegraben worden. Auf Israels Landkarten ist der Ort völlig verschwunden, nur nicht aus der Erinnerung der Kinder und Enkel der Getöteten und Vertriebenen. „Ich hätte früher kommen sollen", sagt Teddy Katz auf dem Beifahrersitz, „dann hätte ich noch mehr Zeugen treffen können." Denn keine Legende könne auf Dauer der Wahrheit standhalten. „Allein die Wahrheit ist außer Konkurrenz vor jeder Verdrängung. Früher oder später kommt immer ihre Stunde. Ja, wie alt eine Legende oder Lüge auch immer sein mag, die Wahrheit ist immer älter – und dauerhafter."

Shaul

(Rom 2003/2005)

Dottore Filippi schaute irritiert, als ich mir eine Fingerspitze Staub in den Mund steckte. Nicht, weil es schmeckte. Es war pure Verlegenheit. Denn was sollte ich machen? Beten? Meditieren? Nachdenken? Mich bekreuzigen? Notizen machen? Außer den Staub zu kosten, fiel mir nichts ein. Giorgio Filippi, der Archäologe des Vatikans, hatte mich gerade auf den Sarkophag-Deckel des heiligen Paulus klettern lassen. Da oben – unter dem Hauptaltar der Basilika von Sankt Paul vor den Mauern – schaute ich in den freigelegten Trichter, auf dessen Grund nur noch ein kleiner antiker Zementpropfen den Raum verschließt, in dem die Reste des Völkerapostels seit dem Jahr 394 zuverlässig verschlossen waren.

Davor hatte er mich durch den Stollen kriechen lassen mit dem das Fundament des alten steinernen Sargs gerade wieder freigelegt worden war. Auch da war ich ratlos. Er knirschte ein bisschen zwischen den Zähnen. Erde halt. Das ist jetzt gerade zwei Jahre her und näher war ich meinem Namenspatron irgendwie noch nie gekommen, dem ich das Persönlichste verdanke, was ich nach meiner Geburt mitbekommen habe und bis zum Tod gern mit mir herum trage: meinen eigenen Namen.

Doch Shaul alias Saulus alias Paulus ist zu groß für eine persönliche Beziehung. Denn Paulus ist ein Gigant. Seinen Namen verdankte er dem ersten König Israels. Im Neuen Testament haben seine Briefe in meiner Ausgabe einen Umfang von rund 90 Seiten, die vier Evangelien umfassen dagegen zusammen nur 130. Das heißt: Die vier wesentlichen Berichte über das Leben und Sterben Jesu haben im (christlichen) Schlusskommentar zur jüdischen Bibel zusammen nur etwas mehr als ein Viertel mehr Umfang als die Briefe des Paulus, der Jesus zu Lebzeiten nie begegnet ist. Die meisten Details seiner Biographie müssen wir aus seinen Briefen herausfiltern – und aus der Apostelgeschichte des Lukas, die zum größeren Teil ebenfalls ganz ihm und seinen abenteuerlichen Taten gewidmet ist (20 von 34 Seiten).

Bei allen Gründungsereignissen der Christenheit war er nicht dabei, nicht beim letzten Abendmahl, nicht bei der Kreuzigung, nicht bei der Auferstehung, nicht beim ersten Pfingstfest, und dennoch: mit Petrus gilt Paulus als einer der beiden Erzapostel, vor all den anderen, die Jesus zu seinen Lebzeiten um sich versammelte und mit denen er drei Jahre lang durch Galiläa und Judäa gezogen war: also noch vor den Lieblingsjüngern, vor Johannes, vor Jakobus oder Andreas, den er als allerersten zu sich gerufen hatte.

Und im Gegensatz zu den anderen Aposteln, die wir alle am Ufer des Sees Genezareth kennen lernen, tritt uns Paulus in der Bibel zum ersten Mal im Mob eines Lynchmordes entgegen, etwa 20 Jahre alt – und als einer der schärfsten Gegner aller Anhänger des gekreuzigten Jesus, glühend vor Wut in der aufgeheizten Judenheit der so genannten Zeitenwende.

In Jerusalem habe ich mich oft gefragt, wo er wohl gestanden haben mochte, als er die verschwitzten Oberkleider der frommen Eiferer bewachte, die Stephanus gesteinigt haben. Der junge Stephanus hatte das Gesicht eines Engels, der seinen Zuhörern freilich dennoch zugerufen hatte, dass sie erstens halsstarrig und zweitens Verräter und Mörder des Messias geworden seien. Als sie das hörten, schreibt Lukas, waren sie aufs äußerste empört und knirschten mit den Zähnen. So kam Stephanus zu Tode, und, wie es heißt: Saulus war mit dem Mord einverstanden.

Doch warum hat er nicht selbst mitgesteinigt? Mangel an Steinen kann es nicht gewesen sein; daran mangelt es Jerusalem ja bis heute am allerwenigsten. War Saulus also vielleicht zu schwächlich zum Werfen, war er zu zart? Und wo wird sich die Szene überhaupt zugetragen haben? Bei der Bude von Mohammed Ikermavi vielleicht, der ein paar Schritte vor dem Damaskustor den besten Hummus der Stadt anbietet? Die Stelle wäre mein Favorit. Oder doch auf der anderen Seite, hinter dem Marientor, wo griechische Mönche die Stelle bis heute verehren? Dort habe ich mir bei meinem letzten Besuch ein paar Kiesel aufgehoben und eingesteckt, für alle Fälle. Doch wo haben sich unsere Wege in Jerusalem wohl sonst noch gekreuzt? Sicher auf dem Tempelberg. Gewiss auch in vielen Winkeln des Zionsberges, wo er nachweislich im Jahr 48 auf dem Apostelkonzil eine entscheidende Rolle spielte. Doch sonst? Es bleibt ungewiss.

Das ist in Rom anders. Die Stadt ist voll von phantastischen Bildern und Gemälden des Paulus, die ihn fast immer neben Petrus zeigen, und immer riesengroß. Aber auch die Erinnerungen an ihn sind hier ungleich reichhaltiger. Was mag sich also bloß in dem verschlossenen Sarg in Sankt Paul vor den Mauern befinden. Ein Teil seiner Gebeine wird doch auch in Sankt Peter verwahrt, sein Schädel in einem Reliquiar über dem Altar der Lateranbasilika und ein Arm in San Paolo alla Regola, hinter dem Campo dei Fiori wo er auch gewohnt haben soll.

Das Portal der Kirche ist meistens verschlossen, Kaffeeduft streicht aus den Bars über den kleinen Platz. Unter dem Haus wurden Räume ausgegraben; in einigen von diesen mag er wohl gesessen und gegessen haben. Doch ein Andenken an Paulus, das mich in Rom am meisten beeindruckt, ist ein Stück alten Steinpflasters aus dunklem Basalt, das im Süden der Stadt neben der Laurentinischen Fernstraße vor der Barockkirche San Paolo alle Tre Fontane aus der Teerdecke einer kleinen Sackgasse hervortritt.

Dieses Stück Pflaster muss zu den letzten Metern gehört haben, über die Paulus zu seinen Lebzeiten gegangen ist: als *dead man walking*. Nur ein paar Schritte weiter, in der Kirche, steht hinter einem Gitter das Säulenstück, auf das er am 29. Juni 67 seinen Kopf legen musste. Daneben gurgeln hinter Marmor aus drei Stufen drei Quellen, die nach römischen Legenden an jenen drei Stellen aus der Erde getreten sind, über die der abgeschlagene Kopf des Paulus noch gehüpft ist, bevor er unter einer Pinie liegen blieb und ausblutete.

Keine Legende ist es, dass bei letzten Ausgrabungen an diesem alten Richtplatz Münzen aus der Zeit des Nero gefunden wurden, unter dessen Schreckensherrschaft der Erzapostel enthauptet wurde. In Erinnerung an dieses Ende – und an seinen klingenscharfen Verstand – wird er deshalb auch meist mit einem Schwert abgebildet, wie vorne rechts auf dem Petersplatz, wo er als steinerner Gigant emporragt, ein Schriftband mit hebräischen Lettern über seinem linken Unterarm, dessen Sinn jedoch weder von jüdischen noch christlichen Gelehrten zu entziffern ist.

Die Schriftrolle des Briefschreibers vor dem Petersdom ergibt keinen Sinn. Der Steinmetz hat die hebräischen Lettern im 19. Jahrhundert wohl nur noch als grafisches Element benutzt. Im 1. Jahrhundert hat Paulus hingegen wahrscheinlich mehr Griechisch als Hebräisch und Aramäisch gedacht und gesprochen.

Außerdem war er natürlich auch nicht so groß wie ein Riese, sondern glich wohl mehr meinem Freund Hannes in Berlin, wenn er auch nicht ganz so fesch gewesen sein mochte (aber mit ähnlichem Witz und ähnlicher Frechheit). Das Gesicht eines Engels hat Paulus jedenfalls noch keiner nachgesagt. Er war ein kleiner Mann mit kahlem Kopf, krummen Beinen, zusammengewachsenen Augenbrauen und ein klein wenig hervorspringender Nase, in edler Haltung, voller Freundlichkeit, heißt es in einem Text, der 100 Jahre nach seinem Tod noch einige Erinnerungen an ihn abgespeichert hat.

Von seiner Behinderung, die er oft in seinen Briefen erwähnt, erfahren wir da schon kein Wort mehr. Hat er gestottert, gelispelt, gehinkt? Wofür hat er sich so sehr geschämt? Wir wissen es nicht. Die meisten Details seiner Biographie müssen wir aus seinen Briefen herausfiltern.

In Tarsus an der heutigen türkischen Küste geboren, war er ein Jude aus dem Stamm Benjamin, doch von seinem Vater her mit den Rechten eines römischen Bürgers, denen er noch am Schluss das Privileg verdankte, nur geköpft zu werden und nicht gekreuzigt (wie die Römer gewöhnliche Juden am liebsten zu Tode brachten).

In Jerusalem war er Schüler des Rabbi Gamaliel geworden, den der Talmud als eine Leuchte der Thora rühmt. Neben dem Fischer Petrus war er der Hochgelehrte, und neben den dörflichen anderen Aposteln war er ein geborener Städter, der die Metropolen Damaskus, Antiochia, Ephesus, Thessaloniki, Athen, Korinth, Milet und Rom in seinem Lebenslauf wie auf einer Perlenschnur aufreihte und der wohl in Jerusalem Pharisäer geworden war.

Das war damals eine Bewegung des Judentums, die sich – grob vereinfacht – vielleicht mit den ostpolnischen Chassidim des vorletzten Jahrhunderts oder heute mit dem Opus Dei in der Kirche vergleichen ließe, mit Menschen also, die es sich zum Ziel gesetzt haben, das ganze Leben nicht in beschaulicher Einsamkeit oder hinter Klostermauern, sondern in der Welt und ihrer Arbeit und dem Alltag so zu heiligen, als seien sie Priester. Diesen Grundentwurf hat Paulus nie mehr aufgegeben.

Er ist immer Pharisäer geblieben – und mehr noch: Bei seinem Tod hatte er seinen Pharisäismus zur Weltreligion gemacht, wie Klaus Berger über den Apostel schreibt. Das Heidenchristentum des Paulus ist Pharisäismus minus Judentum, und eben deshalb so erfolgreich. Das heißt, es war die Verehrung des Gottes Abrahams und Jesu, doch minus der schmerzhaften Beschneidung und minus der rituellen Reinheitsgebote der Speisen, die das säkulare wie das gläubige Judentum bis heute noch immer wie mit einem Messer aus dem Reigen der

Religionen und Nationen herausschneiden. Es war eine Weltrevolution, für die Paulus verantwortlich zeichnet wie Lenin für die Oktoberrevolution. All seine Gelehrsamkeit hatte ihn jedoch nicht dazu gebracht.

Zwischen seinen Hilfsdiensten bei dem Lynchmord an Stephanus und seiner Enthauptung neben der Laurentina lag ein Leben, wie es abenteuerlicher kaum zu denken ist. Doch dies alles war ihm nur ein Dreck gegen ein Ereignis, neben dem für den wütenden Eiferer alles klein und unbedeutend wurde, was er davor erlebt hatte. Das war seine leibhaftige Begegnung mit dem lebendigen Gott auf einer Straße vor Damaskus um das Jahr 34 – in der plötzlich Jesus von Nazareth seinem schärfsten Widersacher persönlich als Auferstandener begegnete.

Licht vom Himmel umstrahlte ihn plötzlich, schreibt Lukas, er stürzte zu Boden und hörte, wie eine Stimme zu ihm sagte: Saul, Saul, warum verfolgst du mich? Paulus gibt kaum mehr von diesem Ereignis preis. Umso nachhaltiger erzählt jedoch seine Biografie davon, dass kaum ein Sturz einen Menschen je höher erhoben hat – und wie er sich danach als Duft begriff, der von Jesus Christus ausgeht.

Es war ein Aroma wie Weihrauch, das mit Paulus schon bald den ganzen bewohnten Erdkreis des Westens wie ein einziges Haus erfüllte. Das Weihrauchfass war das Judentum. Israel blieb seine erste Liebe und Petrus das anerkannte Haupt aller, die den hingerichteten Jesus als den von Israel erwarteten Messias bezeugten. Doch neben Petrus wurde jetzt Paulus zum Apostel der Auferstehung Christi vor allen Völkern, in einer vorher unvorstellbaren Überwindung kultureller Barrieren.

Von dem Heiligen Geist, der ihm begegnet war, kann er nicht aufhören zu sprechen, auf dem Aeropag in Athen ebenso wenig wie vor den römischen Wachen in seinem Gefängnis. Es war eine Begegnung mit dem Geist des Herrn, von dem schon Jesaia gesprochen hatte. Von dessen Prophezeiung sprach Paulus nun jedoch als Erfahrung: vom Geist des Rates und der Stärke, vom

Geist der Erkenntnis und der Gottesfurcht – dessen Macht im Machtverzicht er rühmt.

Paulus schreibt vom Geist nicht als Metapher. Theologie ist für ihn keine Literatur. Vielmehr verwettet er sein Leben darauf, dass er diesen Geist als jene letzte Kraft kennen gelernt hatte, die Jesus in Israel von den Toten erweckte. Es trifft darum seine Leistung nicht, wenn man ihn nur als einen Globalisierer des Judentums begreift.

Ja, ohne ihn hätte ich meinen schönen Namen nicht, der mir dennoch erst jetzt, in Rom, von Woche zu Woche immer näher kommt. Ohne Paulus hätte die Nachricht vom Eingreifen des Heiligen Geistes in die Geschichte weder meine Eltern noch je die ganze Welt erreicht. Ohne Paulus wäre das Judentum vielleicht geblieben, was es war, streng exklusiv, mit einer zusätzlichen kleinen Sekte in ihrem Innern, die glauben würde, dass ihr Erlöser schon erschienen wäre. Und das wäre es gewesen.

Der Rest der Welt aber sähe ohne dieses krummbeinige Genie auch heute noch viel antiker, härter und düsterer aus, als es die Welt (außerhalb Roms) auch heute leider noch immer in viel zu vielen Teilen geblieben ist – bis hin nach Jerusalem, von wo Shaul einmal aufbrach, um alle Christen in Ketten zu legen, wo er ihrer nur habhaft werden konnte, bevor der lebendige Gott selbst ihn umgehauen hat. Danach hat Paulus mit seiner Versöhnung von jüdischer und heidnischer Welt einen Zusammenprall der Kulturen vor 2000 Jahren schon in einem Kern überwunden, der auch heute noch heiß ist wie glühendes Uran. Für diese Versöhnung hat er gekämpft wie ein Sportler in der Arena, durch viele Todesgefahren hindurch – denen er zum Schluss zum Opfer fiel wie ein Soldat.

Maria und Joseph

(Rom / Schaag 2003)

Gestern früh wurde ich wach und war traurig. Denn gerade war ich glücklich und wieder einmal am schönsten Platz der Welt gewesen. Nur Sekunden, bevor meine Frau mich weckte, hatte ich auf den Jerusalemer Musrara-Markt vor dem Damaskustor geschaut, den ich zwei Jahre lang hunderte Male vor Tagesanbruch überquert habe. „*No good morning today?*" hatte mir gerade Mohammed Ikermawi zugerufen, als ich an seiner Hummus-Küche vorbeieilte. In der Hand hielt ich einen glühend heißen Mokka in einem doppelten Plastikbecher, den ich ein paar Schritte vorher in der Mokkabude des alten Ishak für zwei Schekel gekauft hatte. Es regnete. Zwischen den hupenden Autos und quietschenden Karren tippelte mir unter all den staubbedeckten Palästinensern ein eifriger Talmudschüler entgegen.

Ich aber hatte wieder einmal nur Augen für die Goldkuppel des Felsendoms über den Zinnen der Stadtmauer und die schwarze Wolkendecke darüber, die hinten über der Wüste wie mit einem Papiermesser abgeschnitten war, um die rosafarbenen Berge Moabs wie eine Erscheinung freizugeben. Doch noch bevor ich die Stufen hinab zum Damaskustor nahm, um mich wieder im Labyrinth der Altstadt zu verlieren, eben da, wurde ich geweckt.

„Jerusalem, der schönste Platz der Erde?", wird nun vielleicht jemand fragen. Aber natürlich! Wo sonst? Und vielleicht war es ja nie wahrer als gerade in den ersten Jahren der zweiten Intifada, als besonders die Altstadt neben aller Gewalt auch immer wieder wundervoll friedlich in sich selbst zu ruhen schien: im Auge des Hurrikan.

Für mich freilich kam noch etwas anderes hinzu. Denn Jerusalem ist ja auch meine erste Heimatstadt, ach was, meine erste Stadt überhaupt. Seit der frühesten Kindheit kenne ich den Irrgarten ihrer Gassen, lange bevor ich Mönchengladbach sah, (wo ich vor dem Hauptbahnhof an der Hand meines Vaters erstmals mit offenem Mund vor den ersten Rolltreppen meines Lebens stand), oder Krefeld, Venlo, Dülken, Aachen, Düsseldorf oder Köln. Ich kenne die heilige Stadt aus Schaag, dem allerschönsten Ort der Welt, aus dem ich zufällig selber stamme.

Dort, am linken Niederrhein, habe ich schon in der Dorfschule den Stadtplan Zions und die Landkarte des heiligen Landes vor der Tafel hängen gesehen. Hier habe ich über dem Beichtstuhl der St. Annakirche erstmals ein rätselhaftes Bild Maria Magdalenas (mit enorm langen Haaren) betrachtet, deren Wege in Jerusalem ich später so oft gekreuzt habe. Den Ölberg, den Golgatha, alle Mauern und Felsen und Hügel und Höhen Jerusalems kenne ich seit ewig von dem großen Flügelaltar der Hauptkirche Schaags, um die herum es weit und breit keinen einzigen Hügel gab.

Noch bevor das Fernsehen nach Schaag kam, habe ich hier die Hauptstadt des heiligen Landes kennen gelernt. Meine Mutter hatte mir schon davon erzählt, bevor mich mein Bruder Werner einmal mit auf den Speicher der Kirche genommen hatte, zu dem er als Messdiener Zutritt hatte, um mir von dort die Welt zu zeigen. Von da oben aus ließ sich sogar der Schaager Fußballplatz erblicken, doch kein Berg weit und breit. Später habe ich meine Heimat noch oft von den Wipfeln der Bäume beobachtet, auf denen ich einen guten Teil meiner Kindheit verbrachte. Mein erstes Gebirge, die Süchtelner Höhen in der Nähe, waren Wellen irgendwelcher Endmoränen, die sich als Berge kaum erkennen ließen, wenn man direkt davor stand. Das war mit den Kirchtürmen ganz anders, die sich von jedem Baum aus ringsum Schaag zählen ließen wie Segelboote auf dem Meer: Lobberich und Breyell (mit zwei Türmen), Boisheim, Bracht und so weiter.

Doch am schönsten und schlanksten war natürlich unsere Dorfkirche, von der ich erst viel später erfahren habe, dass sie der Wallfahrtskirche von Kevelaer nachgebildet wurde, die an die Sainte Chapelle von Paris erinnert; doch gewusst habe ich es wohl irgendwie immer. Deshalb hat mich kaum erstaunt, die Bodenkacheln der Schaager Kirche später plötzlich im flämischen Gent wieder vor mir zu sehen, auf dem berühmtesten Gemälde des Mittelalters: in der Hochzeit des Lammes, vor den Türmen des Himmlischen Jerusalem hinter den Büschen, die in der visionären Schau Jan van Eycks ganz so aussahen wie die Türme, die ich von den Bäumen meiner Kindheit so oft gesehen habe.

Dort habe ich meine Mutter einmal in der Küche gefragt, während sie Kartoffeln pellte, ob denn – wenn der Himmel das Obere sei – , ob dann der Himmel nicht gerade über dem Boden auch schon anfangen müsse. Und hier, ein wenig früher oder später, habe ich erstmals – als ich mit Freunden durch den flimmernden Wald lief – einen Satz gedacht, den man später nur noch selten so denkt: Ich bin glücklich! Ohne wenn und aber: nur glücklich.

Der allerschönste Platz des allerschönsten Ortes der Welt war aber vielleicht doch nicht in der Küche meiner Mutter oder auf den Wipfeln der Bäume, sondern auf der Fahrradstange meines Vaters. Der gemütlichere Platz war meinem jüngeren Bruder Klaus auf einem Sitzkissen auf dem Gepäckträger vorbehalten, doch der allerschönste war natürlich vorne, zwischen den väterlichen Armen am Lenker. Von welchem Platz aus ließe sich die Welt besser entdecken und erobern? Schaag natürlich zuerst.

Schon der Name des Dorfes war rätselhaft. Vielleicht stammt er vom holländischen Shag ab. Am Anfang meiner Erinnerung gab es da jedenfalls noch Tabakfelder, aus denen wir die ersten Zigaretten gedreht haben, bevor wir später trockenen Farn in Friedenspfeifen aus den Schalen halbierter Kokusnüsse bis zum friedlichen Umfallen qualmten. Und der Name klingt leider nicht so geheimnisvoll französisch oder keltisch wie Boisheim, Breyell oder Lobberich. Er ist auch ein bisschen kurz, obwohl es Ortsnamen doch immer besser steht, wenn sie nicht nur einsilbig sind. Blöder war jedoch, dass ihn außerhalb Schaags kaum jemand kennen wollte.

Doch daran lag es wohl nicht allein, dass ich später bei den doofen Städtern eine Zeitlang sagte, ich käme „aus der Nähe von Düsseldorf", um ihnen a) das wundervolle Schaag nicht zu verraten und ihnen b) nicht sagen zu müssen, wo der große Ort genau lag (in den Wiesen und Wäldern links von der B7 vor der holländischen Grenze). Düsseldorf klang bei diesen Angebern natürlich gleich ganz anders, auch wenn es 30 km von Schaag entfernt liegt, aber dafür am großen Rhein und also fast schon am unerreichbar weiten Meer, das ich erstmals mit 17 Jahren gesehen habe.

Dazu kam noch etwas anderes, bis heute Ärgerliches. Denn nicht etwa Schaag steht in meinem Pass, sondern nur das mir immer noch fremde Breyell. Denn Schaag hatte alles, was ein Dorf braucht: eine Schule, einen Bäcker (mit zwei Brotsorten, grau und weiß), sogar eine Mühle, mehrere Wirtshäuser, einen Arzt, einen Pfarrer – nur kein Rathaus.

Schaag existierte ganz um die Kirche mit dem schönsten Turm der Welt. Ihr gegenüber gab es einen Kolonialwarenladen, daneben hatte der Schmied Gruteser seine Wirtschaft, in dessen Schmiede auch die Pferde beschlagen wurden. Daneben gab es die Drogerie Karl Rosshack, mit der sich gut auf die Breyeller Apotheke verzichten ließ, und wo ich meine erste Begegnung mit der Presse hatte, weil der immer freundliche Rosshack Karl alles, was ich bei ihm für meine Mutter holte, immer in Zeitungen einwickelte, deren Bilder ich auf dem Heimweg studierte. Noch ein bisschen weiter die Straße hinab gab es sogar eine eigene Brauerei. Kurz, hier fehlte nichts.

Im Gegenteil: Schaag hatte viel, was vielen Städten schon lange fehlt: die großen tropfenden Eisbarren, die unter unserem Fenster vorbei zur Brauerei gefahren wurden, die Fronleichnamsprozessionen, für die alle Straßen mit Kornblumen und Mohn übersät waren oder auch die Bittprozessionen im Frühjahr, bei denen mein Vater, der Friseur, angesichts der Felder, auf die der Segen herabgefleht wurde, nur brummte: „*Da help kin Beähne, da mott Drieht dropp*". (Da hilft kein Beten, da muss Scheiß' drauf).

Die oft gerühmte Geistigkeit des Niederrheins habe ich also als eine Angelegenheit kennen gelernt, die vor allem über Stock und Stein ging. Und die Kreisstadt Kempen, die Heimat des mystischen Augustiners Thomas habe ich überhaupt nur einmal gesehen, und sein Hauptwerk, das in der Renaissance nach der Bibel das meistgelesene Buch war, habe ich erst 40 Jahre später in die Hand genommen.

Viel wichtiger waren in Schaag die Freunde: Schulze „Ditsch" (Dieter), Klothen „Wipp" (Wilfried), Klothen Hein und andere, von denen ich mich jetzt erst wundere, warum sie in Schaag alle von links nach rechts benannt wurden, also mit dem Vornamen zuletzt, egal, wie eng die Freundschaft war. Und sie war immer eng und wunderbar, und doch: Eines Tages brachte mich mein Vater auf dem schönsten Platz der Welt aus dem schönsten Ort der Welt nach Dülken zur Aufnahmeprüfung in das nächste Gymnasium, damit aus mir etwas werden sollte, und ich hörte auf der Fahrradstange die ganze Chaussee entlang nicht auf zu weinen. Ich wollte nicht weg, nicht aus Schaag, und vor allem nicht von meinen Freunden, die doch auch nicht weggingen. Was sollte ich in Dülken? Wen kannte ich da? Es war grauenhaft.

Schlimmer war, dass ich die Prüfung bestand – und mich bald unter lauter Fremden wiederfand. Wenig später nahm mich mein Vater noch einmal auf der Fahrradstange zur Hauptstraße mit, wo er mich mit der Mahnung absetzte, gut zu lernen. Dann ging ich nach rechts zur Bushaltestelle, um auf meinen Bus nach Dülken zu warten, und er fuhr mit meinem

Bruder Pitter nach links zur Arbeit. Hinter der übernächsten großen Kurve grüßte er an der Wiese, wo abends öfter die Rehe ins Freie traten, einen Bauern mit der Hand und fiel mit dem Fahrrad um und war tot.

Danach dauerte es nicht lang, dass ich morgens mit dem Bus wie gewöhnlich nach Dülken fuhr, dort ausstieg und schön langsam, weg von den Fremden, die Bahnlinien entlang durch die Wälder zu Fuß zurück nach Schaag ging. Mittags war ich wieder zuhause. Meine Mutter wartete mit dem fertigen Essen auf mich. Und meinen alten Freunden erzählte ich am Nachmittag von phantastischen Heldentaten, die ich inzwischen in der großen weiten Welt vollbringen würde. Sogar schwimmen hätte ich inzwischen im Gymnasium gelernt.

Es dauerte bis zum Herbst, bis alles aufflog und ich plötzlich wieder in meiner alten Dorfschule war. Normalerweise ist so etwas in Dörfern eine Schande, und wohl auch in Schaag. Für mich war es noch einmal das pure Glück. Denn inzwischen war Roswitha B. ins Dorf gezogen und saß nun in meiner alten Klasse. Ich verliebte mich sofort in sie, natürlich ohne ihr ein Wort davon zu verraten, aber stieg für sie über Mauern, um ihr dahinter Walnüsse zu sammeln, und zählte schon frühmorgens die Tage, bis ich sei heiraten konnte, mit 12 Jahren.

Daraus ist dann doch nichts geworden, wie auch aus vielen anderen Plänen nicht – vor und nach meinen vielen Abschieden von Schaag. Als ich mich jedoch zum letzten Mal von Schaag verabschieden wollte, regnete es 700 km lang von München bis Dülken. Dann klarte der Himmel über Schaag allmählich auf, dann fuhren wir von der Autobahn ab, durch das Dorf hindurch auf den Friedhof zu – wo plötzlich der Himmel über dem Grab meiner Eltern und meines Bruders Klaus regelrecht in Flammen stand, lichterloh rot und rosa, wie das Herbstlaub, das überall den Boden bedeckte – oder wie die Juwelen des himmlischen Jerusalem. Das ist das letzte Bild, das ich von meinem Heimatort in mir herumtrage.

Der schönste Platz der Welt ist ein mobiler Ort. Den Ort, zu dem man immer zurück will, nimmt man in Wahrheit überallhin mit. Darum sitze ich auch heute in Rom natürlich wieder am schönsten Ort der Welt. Drei Minuten von unserer Wohnung liegt der Petersplatz, wo es am schönsten auch wieder frühmorgens ist, wenn der Mond verblasst und der Morgenstern und die Steine vor dem Säulenwald Berninis noch nachtkühl sind, bevor gleich alle Welt wieder hierhin streben wird. Wie herrlich doch alles ist! Eccola! Das prächtigste Gotteshaus der Welt – dessen Pracht nur noch von der Annakirche in Schaag überboten wird, wo der letzte Pfarrer jetzt vor wenigen Wochen starb, der keinen Nachfolger mehr haben soll – und wo zu meiner Zeit die Messdiener von den Glockenseilen beim Läuten noch zwei Meter hoch in den Himmel gerissen wurden.

Nachbemerkung

Das hier vorliegende Buch versammelt einige Texte, die ich in den letzten dreißig Jahren für verschiedene Zeitungen verfasst habe, die meisten für die „Frankfurter Allgemeine", deren Redakteur und Reporter ich bis 1999 war, die späteren Stücke für DIE WELT, deren Korrespondent ich seit dem 1. Januar 2000 bin, und einige dieser Artikel erscheinen hier überhaupt zum ersten Mal.

Das Papier, auf dem die meisten gedruckt wurden, ist in den Kartons, in denen ich diese Berichte aufbewahrt habe, zum großen Teil längst vergilbt. Andere Artikel aus der jüngeren Zeit schwirren schon als Textdateien durch den Cyberspace. Wieder andere Stücke mussten von raschelnden Durchschlägen abgetippt werden, wie sie so lange bei der Schreibmaschine üblich waren, um Kopien herzustellen, deren Originale ich damals in meine Redaktionen schickte, zuerst zu Fuß und per Hand, dann mit der Post, dann per Fax, bevor das Internet die Kommunikation eroberte.

Es sind verstreute Erinnerungen. Sie bilden keinen Roman. Für mich aber spannen sie sich dennoch wie Brückenbögen quer durch den Strom meines Lebens und verbinden zwischen zwei Buchdeckeln noch einmal fast unverbundene Welten und Zeitalter. An manchen Stellen, wo das Wasser flacher war, kommen mir manche von ihnen auch vor wie Steine im Fluss – über die mir dennoch wie auf einer Brücke Personen entgegenkommen. Das Buch könnte also auch „Begegnungen" heißen, wenn das nicht so pathetisch klingen würde. Dennoch bilden unterschiedliche Begegnungen den Kern der meisten Texte, in unterschiedlichen Situationen, in denen ich einmal über diese Männer und Frauen und ihre Orte berichten sollte oder wollte.

Manche waren schon tot, als ich auf sie traf, die einen länger, die anderen kürzer. Mit anderen war ich essen und trinken, von ihnen sind inzwischen auch schon viele gestorben. Von einigen erfahren der Leser und die Leserin auf diesen Seiten gewiss zum ersten Mal. Andere sind wohlbekannt, wie die berühmte Dulcinea del Toboso, „die Schönste aller vom Weib Geborenen“. Von seinem Glück und seiner Liebe dürfe man angeblich nichts erzählen, lese ich jetzt in meinem zwanzig Jahre alten Bericht über diese Herzdame. Das ist natürlich grundfalsch und stimmte auch damals schon nicht, erst recht nicht für mich. Im Gegenteil habe ich immer wieder versucht, gerade davon zu erzählen. Von diesem Versuch vor allem erzählt in diesem Buch fast jede Seite. All diese Menschen, die in diesen Seiten versammelt sind, habe ich auf die eine oder andere Weise einmal geliebt – und wenn es auch nur auf die phantastische Weise Don Quijotes de la Mancha war.

Doch ich kann mich nicht rühmen, mit ihnen auch befreundet gewesen zu sein. Die meisten kannte ich kaum und habe sie hier und da wohl auch falsch eingeschätzt – wie im richtigen Leben. Die Überlebenden habe ich aus den Augen verloren wie ein Pilger einen anderen Pilger. Hiermit aber seien sie alle miteinander noch einmal herzlich gegrüßt, falls ihnen dieses Buch je unter die Augen kommen sollte.

„Es gibt ein Land der Lebenden und ein Land der Toten“, schrieb Thornton Wilder am Ende seiner „Brücke von San Luis Rey“, „und die Brücke ist die Liebe, das einzige was bleibt, das einzige was zählt.“ Ja, Liebe spannt sich wirklich als Brücke von einem zum anderen, zum Tisch oder Grab. Liebe ist der einzige Faden, der all diese Menschen zusammenhält. All ihnen sei dieses Buch dankbar gewidmet – mit der Bitte um Nachsicht für jedes falsche Wort und jeden falschen Ton.

P.B.
Münster, am 7. Oktober 2008

Inhalt

Paul Badde – Jerusalem, Jerusalem

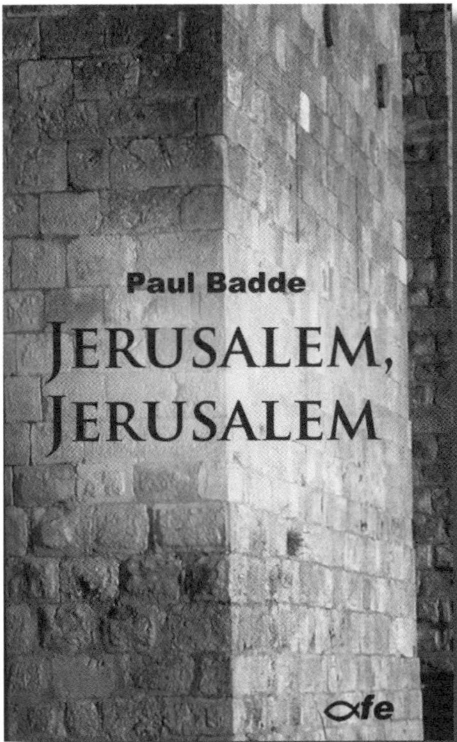

In einer faszinierenden Verschmelzung von Reportage und Essay lädt uns Paul Badde ein, am Leben dieser Stadt teil zu haben, an der bewegenden Geschichte und möglichen Zukunft dieser himmlischen Stadt. Kein besserwisserischer Reiseführer, sondern das wohl schönste Reportage-Buch über das Heilige Land.

Taschenbuch, 256 Seiten, 6,95 Euro
ISBN 978-3-298929-92-5